Pia Hepke

Missgeschicke

unterm Mistelzweig

Lektorat: scriptdoctor

Umschlaggestaltung: Pia Hepke
Bildmaterial: © Depositphotos

Illustration: © Pia Hepke 2021

Satz: Pia Hepke
Herstellung und Verlag: BoD – Books
on Demand, Norderstedt

ISBN-13: 978- 3754349090

Missgeschicke unterm Mistelzweig

An jeden Grinch und alle Weihnachtsmuffel da draußen!

Weihnachten nur ein anderes Wort für: purer Stress

Vollbeladen schleppte ich die schweren Einkaufstüten zu meinem Auto. Samstags einzukaufen war echt zum Ko… gar nicht meins. Sowieso war das doch echt alles zum Mäusemelken. Warum ausgerechnet ich?

Ich hörte die Stimme meines Vaters. „Du bist die Einzige, die sich freinehmen kann. Du weißt doch, dass Sibille sich nicht so gut mit meiner neuen Frau versteht, da wäre es nicht gut, wenn sie vorübergehend hier einzieht. Und so lange kann ich mir keinen Urlaub nehmen, um sie zu Hause zu betreuen. Die vielen Treppen zu deiner Wohnung machen es unmöglich, dass sie in der Zeit bei dir wohnt, und deshalb …"

Ich hatte mir am Telefon über eine halbe Stunde einen Vortrag anhören müssen und am Ende gar nicht mehr mitbekommen, wie ich schließlich einwilligte. Nach einem „Du bist ein Schatz, ich wusste es" hatte er aufgelegt, ohne mir die Gelegenheit für Widersprüche zu geben. Im Weichkochen war er der Größte. Was musste sich meine Mutter auch ausgerechnet kurz vor Weihnachten den Fuß brechen? Da sie allein lebte und es niemanden gab, der sich in der Zeit um sie kümmern konnte, war diese Rolle nun mir zugefallen.

„Du hast doch so viele Urlaubstage und arbeitest sonst immer über die Weihnachtsfeiertage. Da wird das schon kein Problem sein." So mein Vater.

Nein, mein Chef war da wirklich sehr verständnisvoll gewesen.

Zu meinem Leidwesen. Ich konnte mir echt Schöneres vorstellen, als über Weihnachten bei meiner gehbehinderten Mutter auf dem Land festzusitzen. Nicht, dass das jemand jetzt falsch verstand. Meine Mutter war nicht das Problem. Aber seit sich meine Eltern scheiden ließen und mein Vater sogleich eine Neue hatte heiraten müssen, war das traute Familienleben irgendwie gelaufen.

Als ich noch zur Schule ging, hatten wir es zwei Mal mit einem gemeinsamen Familientreffen an den Weihnachtstagen versucht, aber das war jedes Mal total nach hinten losgegangen. Danach hatte ich meine Zeit mit viel Fahrerei verbringen müssen. Gerade 18 und den Führerschein und schon musste man fast 200 Kilometer durch die Gegend juckeln.

Am Ende hatte ich unter dem Ganzen einen endgültigen Schlussstrich gezogen. Sollten doch alle ihr trautes Familienfest feiern, ich war raus. Ich hatte die Schule zu Ende gemacht und mir dann in einer Stadt einen Job im Verkauf gesucht. Genau das Richtige, wenn man Weihnachten sowieso nicht leiden konnte, aber egal. Ich hatte die Tage, die ich wirklich frei hatte, allein daheim mit einer heißen Tasse Tee, einem Buch und meiner Kuscheldecke auf dem Sofa verbracht. Das hatte die letzten Jahre wunderbar funktioniert. Manchmal besuchte meine Mutter mich, aber generell war ich froh, wenn die Weihnachtsfeiertage halbwegs unbemerkt an mir vorbeizogen und ich von diesen schlimmen Familientreffen verschont blieb.

Dieses Mal würde ich aber wohl nicht drumherum kommen. Ich war meiner Mutter hilflos ausgeliefert und sie liebte Weihnachten abgöttisch. Ich sah mich schon das ganze Haus schmücken und das nicht nur drinnen. Hier auf dem Land musste jeder so einen furchtbaren Wirbel darum machen. Ich musste mir dringend eine Strategie überlegen, wie ich um die Sache herumkam. All das ging mir durch den Kopf, während ich den Einkauf ins Auto verfrachtete.

„Oh, schon fleißig Weihnachtseinkäufe gemacht?" Ich schloss bei diesen Worten kurz die Augen. Das war jetzt wirklich das Allerletzte, was ich zu hören bekommen wollte. Ich wuchtete die letzte Tasche in den Kofferraum und drehte mich mit einem übertrieben breiten Lächeln herum.

„Ja, genau. Ich gehöre zu der seltenen Spezies, die bereits zwei Wochen vorher alles einkaufen geht und nicht erst zwei Stunden vor Ladenschluss." Dabei zuckte der Nerv meines rechten Augenlides verdächtig. Das passierte mir immer, wenn ich absolut nervigen Kunden mit einem freundlichen Lächeln erklären musste, dass ich nichts dafür konnte, wenn die Ware ausverkauft war und sich da so kurz vor Weihnachten auch nichts mehr dran ändern ließ. Dabei kochte es jedes Mal in meinem Inneren, sodass ich ihnen am liebsten an die Gurgel gesprungen wäre und geschrien hätte, dass sie nächstes Jahr gefälligst früher einkaufen gehen sollten, anstatt ihre schlechte Laune jetzt an mir auszulassen.

Meine Güte, die Leute taten immer so, als ginge in den paar Tagen, wenn die Geschäfte geschlossen hatten, die Welt unter. Außerdem kam Weihnachten ja jedes Jahr so überraschend. Als wenn es einen Tag vorher hinter dem Baum hervorspringen würde und schrie: *Hier bin ich! Jetzt aber schnell, du hast noch so viel zu tun!*

Warum konnten die Leute nicht vernünftig planen?

„Das ist schön, macht doch auch alles viel entspannter." Mein Gegenüber lächelte freundlich. Ohne zuckendes Augenlid. Er schien es tatsächlich so zu meinen. „Was wird es denn an Weihnachten geben?"

Ich betrachtete ihn kurz eingehender. Blonde Haare, verschmitztes Lächeln und leuchtende Augen, deren Farbe ich nicht richtig erkennen konnte. Eindeutig zu viele Lachfältchen drumherum und dann dieser immer fröhliche Ausdruck. Sein Alter einzuschätzen fiel mir verdammt schwer, da alles an ihm so jugendhaft wirkte. Er stand ebenfalls vor einem offenen Kofferraum und lud Einkäufe ein. Oder besser gesagt war er damit fertig und wollte gerade seinen Einkaufswagen wegbringen.

Mhm, er war in jedem Fall nicht viel älter als ich. Sollte allerdings mindestens 18 sein, immerhin musste er einen Führerschein haben. Also irgendetwas dazwischen.

„Verkohlte Gans nehme ich an", antwortete ich schließlich auf seine Frage und wollte mich sogleich wieder abwenden. Auf solchen Smalltalk gab ich nichts.

„Dann verzichte ich wohl besser auf eine Einladung zum Essen, was?" Er zwinkerte mir zu und ich musste zwei Mal blinzeln, ehe ich mir sicher sein konnte, dass er mit mir flirtete. So nannte man derartige Annäherungsversuche doch, oder? Ich war da total aus der Übung, verspürte allerdings auch kein Verlangen meine Kenntnisse aufzufrischen.

„Ist wahrscheinlich besser", erwiderte ich bloß und schlug entschieden die Kofferraumklappe zu.

„Hach, ich liebe diese Zeit einfach", fuhr er mit einem verträumten Blick fort, und schien meine subtilen Zeichen komplett zu ignorieren.

„Ich nicht. Tschau", verabschiedete ich mich knapp, da ich den Kerl wohl sonst nie loswerden würde und stieg hastig ein. Beim Wegfahren winkte er mir noch fröhlich zu und am liebsten hätte ich ihm den Mittelfinger gezeigt. Was zum Geier sollte das denn? Sprach der ständig fremde Leute auf der Straße an? Seltsamer Kauz. Ich tröstete mich damit, dass ich ihn nie wiedersehen würde.

In dem Punkt hatte ich mich leider komplett geirrt. Es war wirklich nicht zu fassen, aber nachdem ich bis auf die letzte Einkaufstasche bereits alles ins Haus und neben die Tür gestellt hatte, fuhr ein Wagen auf die Nachbarauffahrt. Und wer stieg kurz darauf aus? Richtig. Kein anderer als Mister Smalltalk vom Parkplatz.

Wie viel Pech konnte ein Mensch haben? In dem Moment war ich wirklich froh, dass ich meinen Mittelfinger bei mir behalten hatte. Das wäre jetzt andernfalls mehr als oberstpeinlich gewesen.

„So sieht man sich wieder." Und da war es, dieses breite Lächeln und der Smalltalk.

„Ja. Kaum zu glauben. Du wohnst also nebenan, ja?" Hoffentlich sagte er nein und musste hier nur irgendetwas abgeben oder wen besuchen oder was weiß ich. Nur nicht ausgerechnet da wohnen. Ein „Nein, ich bin dir bloß hinterhergefahren, weil ich unser nettes Gespräch fortsetzen wollte" hätte ich auch noch durchgehen lassen.

„Genau." Hoffnungsblase soeben zum Platzen gebracht. Den würde ich also höchstwahrscheinlich für eine längere Zeit öfter zu Gesicht bekommen.

„Toll." Ich klang genauso begeistert, wie ich mich fühlte.

„Du bist ja eben schnell verschwunden. Hattest es eilig, was?"

„Mhm, ja." Ich zog hastig die Tasche aus dem Kofferraum und schloss alles ab.

„Lag es an mir oder an dem Thema?" Na, wenigstens war er halbwegs helle in der Birne, aber er konnte das mit dem Reden einfach nicht lassen, oder? Als ich einen Blick hinüberwarf, sah ich, dass er sich ganz entspannt an die Seite seines silbernen Autos gelehnt hatte und über die kleine Buchsbaumhecke zu mir herübersah.

Ich versuchte mich krampfhaft daran zu erinnern, wer da vorher gewohnt hatte. Aber ich war in den letzten Jahren so selten hier gewesen, dass ich das regelrecht aus meinem Kopf gestrichen zu haben schien. War das nicht eine Familie mit kleinen Kindern gewesen? Waren die ausgezogen? Das musste ich dringend meine Mutter fragen.

„Am Thema?" Erwiderte ich schließlich. Solange er mir noch Fragen stellte, konnte ich mich schlecht ein weiteres Mal einfach so verdrücken. Also musste ich das irgendwie schnell hinter mich bringen.

„Weihnachten ist nicht so dein Ding, was?" Jetzt sah er mich fast schon mitleidig an.

„Nein, überhaupt nicht. Ich kann damit nichts anfangen und auch sehr gut ohne leben. Hier fangen bestimmt alle an, überall Lichterketten aufzuhängen und bescheuerte Weihnachtsmänner in den Garten zu stellen, nicht wahr?" Bei meinen Worten warf er einen Blick neben seine Garage. Ich konnte es echt nicht glauben, als ich dort einen Weihnachtsmann, samt Schlitten und jede Menge Lichterkettenkartons aufgehäuft stehen sah.

„Na, toll. Dann muss ich mir das ab sofort wohl jeden Tag ansehen." Der Typ hob bloß entschuldigend die Schultern und ehe ihm noch was Neues einfiel, stapfte ich wortlos weiter zum Haus. Das würde ja alles so viel schlimmer werden als befürchtet!

„Na ja, es besteht bei dir trotz allem noch Hoffnung." Ich warf ihm einen Blick über die Schulter zu. Das hatte er jetzt aber nicht wirklich ernst gemeint, oder? Nach allem, was er gerade von mir mitbekommen hatte, konnte er das unmöglich ernst meinen!

Er stieß sich von seinem Wagen ab und grinste mich breit an. Ich legte nur fragend den Kopf schief. „Und wie kommst du darauf?"

„Immerhin bedeutet dein Name Hoffnung. Ich wünsche dir noch einen schönen Tag, Nadine." Und mit offenem Mund ließ dieses Mal *er* mich stehen.

„Mama!" Sobald ich die Haustür hinter mir geschlossen hatte, schrie ich das halbe Haus zusammen. „Ma-ma!"

„Ja, was ist denn?" Humpelnd kam sie auf ihren Krücken angelaufen.

„Hinsetzen. Sofort!", wies ich sie augenblicklich an. Das war ja nicht mitanzusehen.

„Erst schreit sie mich herbei und dann weist sie mich zurecht. Wer soll da denn noch durchblicken?"

„Das hab ich gehört", ermahnte ich sie, während ich mir erneut die Einkaufstüten krallte und in die Küche schleppte. Meine Mutter ließ sich derweil stöhnend auf einen der Küchenstühle fallen und positionierte ihre Krücken mehr schlecht als recht neben sich.

„Und? Wieso hast du jetzt so gebrüllt?"

„Der Typ, der von nebenan, seit wann wohnt der da? Und was ist das überhaupt für einer?" Ich wuchtete die Tüten auf die Arbeitsfläche und begann damit alles vernünftig wegzuräumen.

„Ach so, ja. Du kennst ihn ja noch nicht. Würdest du mich häufiger besuchen kommen, hättest du ihn längst kennengelernt."

„War ja klar, dass ihr euch gut versteht. Der scheint genauso weihnachtsverrückt zu sein wie du", erwiderte ich, mein schlechtes Gewissen ignorierend.

„Na, und? Was ist so schlimm daran?"

„Und? Seit wann wohnt der da jetzt? Und was ist mit der Familie, die da vorher gelebt hat?", fragte ich einfach weiter.

„Meine Güte, bist du aber neugierig heute. Wieso interessiert dich das denn so plötzlich?"

„Wir sind uns beim Einkaufen begegnet." Ich hievte die gefrorene Gans aus der Kühltasche und überlegte gerade, wie ich sie am besten in die Gefriertruhe bekam. Ich hoffte inständig, dass meine Mutter bis Weihnachten zumindest so fit war, dass sie die selbst zubereiten konnte. Andernfalls würde es wohl wirklich verkohlte Gans geben. Ich seufzte und begann, die Schubladen umzuräumen, um irgendwie Platz zu schaffen.

„Ach, wie schön. Und dann habt ihr festgestellt, dass ihr in nächster Zeit nebeneinander wohnt?"

„So ungefähr. Mama, du musst deinen Gefrierschrank mal wieder abtauen. Da ist überall Eis", beschwerte ich mich und schabte mit der Schublade und dem Rücken der Gans daran entlang.

„Ich weiß, das hatte ich machen wollen, bevor ich alles für Weihnachten einkaufe. Aber da kam dieser blöde Unfall dazwischen. Ich hab Sissi einfach nicht gesehen", stöhnte sie.

„Wo ist die überhaupt?", fragte ich und sah auf.

„Hat sich bestimmt auf dem Sofa zusammengerollt. Wenn es draußen kalt wird, ist sie genau wie du ein richtiger Miesepeter."

„Bei mir liegt es aber nicht am Wetter", rebellierte ich, als sie mich mit der Katze zu vergleichen begann.

„Du igelst dich trotzdem genauso ein und wartest, bis alles vorbei ist." Dem konnte ich nur schwer widersprechen und so sah ich hastig zu, dass wir zum eigentlichen Gesprächsthema zurückfanden.

„Du hast mir immer noch nicht gesagt, was es mit unserem neuen Nachbarn auf sich hat", erinnerte ich sie, richtete mich auf und schloss entschieden den Gefrierschrank. Mission complete. Oder zumindest so halb.

„Ach, weißt du, Nadine. Wenn du mehr über ihn wissen willst, dann geh doch rüber und frage ihn selbst. Er beißt nicht und ist sehr nett. Ich lege mich hin und ruhe mich noch etwas aus. Das auf Ruf herbeieilen ist wirklich anstrengend."

Sie stemmte sich hoch und humpelte mit dem merkwürdigen Schuh an ihrem Fuß und den Krücken wieder ins Wohnzimmer. Ich schnaubte bloß. Ich hatte überhaupt nicht das Bedürfnis, mehr über den Kerl herauszufinden. Wieso auch?

„Ach, hatte ich ganz vergessen. Ihr solltet euch eigentlich gut verstehen, seid immerhin im selben Alter. Er ist Architekt. Du hast doch früher so gern gemalt!"

Was hatte Malen denn damit zu tun? Und gleichalt? Konnte ja wohl gar nicht sein!

Ich zeige dir den Zauber der Weihnacht. Na, viel Erfolg

Den Rest des Tages verbrachte ich damit, Einkäufe zu verstauen, zu kochen, meine Mutter zu nerven, wie sie es bezeichnete, und das Haus zu putzen. In erster Linie, um mich von unerwünschten Gedanken abzulenken. Dabei hatte ich meinem Vater gegenüber noch laut getönt, dass ich nur das Nötigste tun würde. War immerhin mein Urlaub und da wollte ich nicht normal weiterarbeiten müssen. Aber als ich ankam und sehen musste, dass meine Mutter fast gar nichts mehr im Kühlschrank hatte und auch alles andere danach aussah, als wenn sie wirklich nichts mehr allein hinbekäme … Da hatte ich nicht lange überlegt und war sogleich einkaufen gefahren – natürlich mit einer entsprechend langen Liste von meiner Mutter, was ich alles zu besorgen hatte.

Sie morgens die Treppe herunter und abends wieder herauf zu bekommen war schon recht anspruchsvoll, aber auch das hatten wir letztendlich hinbekommen. Meine Mutter schien sich wesentlich weniger Sorgen wegen ihres gebrochenen Knöchels zu machen als wir anderen. Sie hatte sich mit einem riesigen Stapel Bücher im Wohnzimmer verschanzt. Und ich? Ich hatte schon am zweiten Tag das Gefühl eines Lagerkollers. Ich war so etwas schlichtweg nicht gewohnt.

Um ein bisschen den Kopf freizubekommen, ging ich nach draußen in den Garten. Für Mitte Dezember war es ungewöhnlich warm.

Aber dank des Klimawandels hatten wir ja oftmals ohnehin keinen richtigen Winter mehr. Ich erinnerte mich an das eine Jahr, wo es am Heiligen Abend gut zwölf Grad warm gewesen war, als ich nach Ladenschluss nach Hause ging. Da hatten sogar mir die ganzen Leute leidgetan, die Weihnachten so abgöttisch liebten. Bei den Temperaturen war ja so gar kein Weihnachtsfeeling mehr zu spüren gewesen. Nicht, dass ich da ein Gespür für gehabt hätte oder so.

Ich holte auf der Terrasse erst einmal tief Luft und streckte mich. Fehlte nur noch, dass die Bäume erste Knospen ansetzten und wir den ganzen Weihnachtskram einfach übersprangen. Wieso ging das nicht? Ich hätte nicht das Geringste dagegen einzuwenden.

„Na? Hast du deine miese Laune von gestern überwunden?" Ich schreckte bei den Worten fürchterlich zusammen. Leider war mir die Stimme inzwischen nur allzu vertraut, weswegen ich sogleich den Blick zur Seite richtete. Und tatsächlich da saß unser „neuer" Nachbar – ich wusste ja immer noch nicht, wie lange er nun schon nebenan wohnte. Nach der Aussage meiner Mutter konnten das durchaus schon zwei, drei Jahre sein.

Er hatte es sich auf einer Bank an der Seite seines Hauses gemütlich gemacht und genoss die Sonnenstrahlen, die bis dorthin reichten. Freundlich lächelte er mich an. Am liebsten hätte ich ihm gesagt, dass ich diese Art von Laune noch für gut drei Wochen dauerhaft zur Show tragen würde, aber irgendwie fehlte mir dafür die nötige Energie.

„Willst du einen Kaffee?" Er hielt seine Tasse hoch und ich merkte, wie ich nickte.

„Dann komm rüber." Er winkte begeistert. Mit Sicherheit hatte er mit einer Absage gerechnet. Aber mir war seltsamerweise gerade nicht nach Streiten zumute. Womöglich hatte mich der Hausputz ja besänftigt oder überschüssige Energie abgebaut.

Keine fünf Minuten später saßen wir nebeneinander auf der Bank und tranken Kaffee, als würden wir uns schon Ewigkeiten kennen.

„Du bist also wirklich Sibilles Tochter", stellte er schließlich fest, mit dem Blick geradeaus in unseren Garten gerichtet. Wieso hatten wir eigentlich keine hohe Hecke mehr hier stehen? Hier hatte doch vorher eine gestanden, wie bei den anderen zwei Seiten des Gartens auch.

„Offensichtlich. Und du unser neuer Nachbar", erwiderte ich und pustete über die dampfende Oberfläche, ohne das Heckenthema zur Sprache zu bringen. Da würde ich Mama wohl mal fragen müssen.

„Offensichtlich." Bei seiner Antwort musste ich kurz grinsen, überspielte das aber, indem ich hastig einen Schluck nahm. Und mir natürlich prompt die Zunge verbrannte. Toll!

„Und wie ist dein Name? Ich brauche mich ja wohl nicht mehr vorstellen, was?" Ich musterte ihn kritisch von oben bis unten und wusste noch immer nicht so recht, was ich von ihm halten sollte.

„Mein Name ist Chris. Wie …"

„Christmas. Klasse." Ich rollte mit den Augen und stöhnte.

„Eigentlich wollte ich sagen wie Christian. Aber deine Variante gefällt mir besser." Er grinste breit und ich konnte absolut nicht nachvollziehen, wie er die ganze Zeit so gute Laune haben konnte. Und das, wo ich neben ihm saß, meine schlechte Laune färbte normalerweise zuverlässig auf mein näheres Umfeld ab.

Mich überfiel kurz vor der Weihnachtszeit jedes Mal eine üble, dunkle Wolke, die mich meist bis ins neue Jahr begleitete. Erst danach begann sich der Himmel langsam wieder zu lichten. Mein Augenlid hatte bis dahin allerdings oftmals einen dauerhaften Schaden erlitten. Dem tat die Auszeit bei meiner Mutter ganz gut, wenn man nicht gerade auf so seltsame Typen beim Einkaufen traf.

War der Kerl wirklich in meinem Alter? Das konnte ich mir bei seinem Auftreten absolut nicht vorstellen, aber wenn Mama das sagte? Jedenfalls schien er sich die kindliche Begeisterung für Weihnachten bewahrt zu haben.

„Sag mal, Chris. Gehörst du zu der Sorte Nachbar, vor der man sich eher in Acht nehmen muss, weil sie nur allzu vertraut mit einem sind? Ich meine, du konntest mich sofort zuordnen, obwohl wir uns noch nie begegnet sind." Ich warf ihm einen skeptischen Seitenblick zu. Klärten wir das lieber gleich am Anfang, dann wusste ich für den Rest meines Aufenthaltes, wie ich mich ihm gegenüber zu verhalten hatte.

„Tja, na ja." Er beugte sich vor und legte die Unterarme auf seinen Knien ab. Die Tasse hielt er dabei mit beiden Händen fest. „Weißt du, deine Mutter hat mir viel von dir erzählt. Und auch einige Fotos gezeigt. Sie scheint dich ziemlich zu vermissen. Kein Wunder, wenn du ihr einziges Kind bist und ihr Mann jetzt eine neue Familie mit einer anderen gegründet hat."

Auch wenn er das bestimmt nicht beabsichtigt hatte, waren seine Worte für mich wie ein harter Schlag in die Magengrube. Zudem wusste ich überhaupt nicht, was ich darauf erwidern sollte. Stattdessen starrte ich bloß blicklos auf die dunkle Flüssigkeit, von der weiterhin Dampf aufstieg.

„Irgendwie hab ich das Gefühl, dich ziemlich gut zu kennen." Er warf mir einen Seitenblick zu. „Deine Mutter hatte kaum ein anderes Gesprächsthema und ich hab ihr gern zugehört. Aber eines hab ich bis heute nicht so ganz verstanden. Du scheinst Weihnachten nicht leiden zu können, wieso?"

Ich seufzte und hob die Schultern. „Da gibt es ziemlich viele Gründe."

„Die da wären?" War ja klar, dass er sich damit nicht zufriedengeben würde. Ich schwieg dennoch erst einmal. Da war so vieles, dass ich überhaupt nicht wusste, womit ich anfangen sollte.

„Es ist viel zu warm, um in Weihnachtsstimmung zu kommen. Vor allem, wenn die ganzen Filme immer wunderschön verschneite Weihnachten zeigen", fing ich an. Wobei mir Schnee und Kälte zu jeder anderen Zeit es Jahres echt gestohlen bleiben konnten.

„Das stimmt wohl, aber ich denke, es braucht nicht unbedingt kalte Temperaturen draußen, damit es drinnen ganz warm wird, oder?" Der Spruch war gut und gar nicht mal so falsch, aber das war der erste Punkt gewesen, der mir eingefallen war. Und immerhin hatte er mir etwas Zeit verschafft, um mir weitere Dinge zu überlegen. Und da wären noch so einige. Außerdem zweifelte ich nicht daran, dass mir, je länger ich darüber nachdachte, immer mehr einfallen würden.

„Es geht nur noch um das größte und beste Geschenk. Geschenke zu kaufen ist ein einziger Stress und das nicht nur wegen der vollen Geschäfte. Jeder ist gestresst und um ein Vielfaches unfreundlicher

als sonst. Ich werde auf der Arbeit fast alle zehn Minuten ange-
schnauzt. Dabei bin ich nun wirklich nicht deren persönlicher Sand-
sack."

„Dass Menschen mit sich selber nicht im Reinen sind und meinen,
das an anderen auslassen zu müssen, passiert aber leider das ganze
Jahr über." Er sah mich irgendwie entschuldigend an. Als wolle er
Weihnachten verteidigen, während ich ihm gleichzeitig leidtat. Er
hatte damit außerdem nicht ganz Unrecht. Ich wurde auch an anderen Tagen im Jahr angefahren oder hatte es mit unglaublich schwierigen Kunden zu tun. Während der Vorweihnachtszeit hatte ich bloß
sehr viele davon.

„Hast du schon mal versucht, dich mehr auf die freundlichen
Kunden zu konzentrieren? Es passiert doch bestimmt auch, dass die
Leute viel freundlicher sind als sonst, oder nicht?"

„Nicht in unserem Geschäft." Ich schüttelte entschieden den
Kopf, obwohl ich ehrlicherweise zugeben musste, dass ich bisher
überhaupt nicht darauf geachtet hatte.

Ich verstand so langsam, warum meine Mutter ihm so viel über
mich erzählt hatte. Der Typ war echt ein klasse Zuhörer und irgendwie brachte er einen mit gespielter Leichtigkeit dazu, alles auszu-
plaudern. Wie schaffte er das nur? Er war doch Architekt und nicht
Psychologe.

„Erklär mir lieber, wieso du Weihnachten so zu lieben scheinst",
schoss ich zurück. So langsam reichte es mir, dass wir die ganze Zeit
bloß über mich sprachen.

„Du meinst, wie es mir gelingen könnte, dich zu bekehren?" Er
schenkte mir ein strahlendes Lächeln und ich war kurz außerstande,
ihm zu erklären, dass es mir darum gar nicht ging. „Mhm, was macht
denn den offensichtlichen Charme von Weihnachten aus?"

Er schien für einen Moment ernsthaft darüber nachdenken zu
müssen. Ich lehnte mich entspannt zurück und wartete. Das würde
also doch kein derart übertriebener Angriff werden, bei dem er mich
mit allen Mitteln „bekehren" wollte.

„In erster Linie gehört für mich Schnee dazu, aber den haben wir
hier leider nicht zur Hand. Es fallen also Dinge wie Schneemann

bauen, Schneeengel machen, Schneeballschlachten oder Schlittenfahren weg."

Mir wurde beinahe schlecht, als er so viel Schnee aufzählte.

„Ich kann darauf echt verzichten. Schnee macht alles nur komplizierter. Meinetwegen kann es in den Tagen schneien, die ich freihabe und zu Hause bleibe. Wenn ich aber zur Arbeit muss, will ich mir nicht unterwegs den Hals brechen oder die ganze Zeit im Stau stehen oder …"

„Wie wäre es, wenn wir mit dem Weihnachtsmarkt anfangen?", unterbrach mich Chris mit einem Mal, als hätte er mir überhaupt nicht zugehört. Seine grüblerische Haltung war verschwunden.

„Wie bitte?" Wieso damit anfangen? Das war ja gleichbedeutend mit starten, was sollte denn danach noch folgen? Was hatte er bitteschön vor?

„Na, um dich so richtig in Weihnachtsstimmung zu bringen."

„Ich will aber gar nicht in Weihnachtsstimmung gebracht werden. Ich hatte dich nur gefragt, was …"

„Weihnachtsmärkte mag jeder, egal ob er nun was von Weihnachten hält oder nicht."

Er hörte mir überhaupt nicht zu! Was sollte das? Er konnte doch nicht einfach so tun, als hätten wir zusammen beschlossen, dass er versuchen sollte, mir den Zauber der Weihnacht – oder wie auch immer man das nannte – näherzubringen. Ich wollte davon absolut nichts wissen.

Doch auf dem Ohr schien er komplett taub zu sein. Während ich noch halbwegs fassungslos dasaß, zählte er mir all die schönen Dinge auf, die man auf dem Weihnachtsmarkt machen konnte und ich hatte nicht die geringste Chance, dazwischen zu kommen, um die Sache klarzustellen. Das war doch echt …!

„Na, was sagst du? Wir sollten da unbedingt mal zusammen hingehen. Ich wette, das tut dir gut. Wir könnten deiner Mutter auch ein paar Dinge mitbringen. Sie hat sich letztes Jahr sehr gefreut, als ich ihr Berliner und …"

Und schon wieder redete er unaufhörlich weiter. Ich hatte so allmählich das Gefühl, dass er mein Gehirn mit all dem Weihnachtsgesäusel überschwemmen und dadurch die anderen Erinnerungen und Empfindungen überschreiben wollte. Ich merkte bereits, wie er mich langsam einlullte.

Sollte ich mich ernsthaft darauf einlassen? Nein. Wenn ich erst einmal damit anfing, würde ich aus der Nummer nie wieder herauskommen. Dummerweise gehörte der Kerl zu der Art Mensch, die man nur schwer wieder loswurde und wenn dann bloß, weil man zustimmte, etwas zu tun, was man eigentlich gar nicht wollte.

Ich wusste also ganz genau, dass er sich nur mit einem Ja zufriedengeben würde. Und da ich wirklich schon lange nicht mehr auf dem Weihnachtsmarkt gewesen war – viel zu beschäftigt und wenn dann höchstens mal mit den Arbeitskollegen etwas trinken, aber nie so richtig entspannt und zum Bummeln. Vielleicht würde es ja ganz lustig werden.

Und obwohl ich es hätte besser wissen müssen, ließ ich mich schließlich darauf ein.

Hätte ich mal lieber Nein gesagt.

Chris gehörte nicht zu der Sorte, die so etwas auf die lange Bank schoben. Wahrscheinlich fürchtete er, ich würde ihm sonst absagen, also stand er bereits am nächsten Tag vor der Tür. Ich hatte bloß einen skeptischen Blick hinauf zum Himmel geworfen. Es war bedeckt und irgendwie etwas drückend. Nicht gerade das passende Wetter für einen Weihnachtsmarktbesuch. Dennoch war es gut gefüllt, als wir eintrafen.

Oder besser gesagt, nachdem wir *endlich* ankamen! Wir brauchten eine geschlagene halbe Stunde länger, da wir uns maximal im Schneckentempo durch die Stadt bewegen konnten. Was war da bloß losgewesen? Chris hatte nur entschuldigend gelächelt und gemeint, wahrscheinlich wollten am 2. Advent alle zum Weihnachtsmarkt. Toll, alle! Nur ich nicht. Ich hatte kurz davorgestanden, die Autotür aufzumachen und zurück nach Hause zu laufen, aber das wäre verdammt weit gewesen. Als wir endlich eintrafen, war ich bereits so entnervt, dass ich am liebsten gleich mit dem nächsten Zug oder Bus zurückgefahren wäre. Chris ließ das natürlich nicht zu.

„Komm schon, kann doch nur besser werden", hatte er optimistisch gesagt und mich mit sich geschleift. Inzwischen hing meine Winterjacke über meinem Arm und ich wünschte, ich hätte mich eher für Herbstwetter oder Spätsommer eingekleidet. Es war einfach viel zu warm. Und das im Dezember!

„Möchtest du etwas trinken?", wollte Chris, ganz der Gentleman, wissen und sah sich um.

„Ja, aber nur was mit Eiswürfeln. Irgendwie muss man sich hier ja runterkühlen."

„Tja, Punsch oder Glühwein wäre weihnachtlicher, aber da muss ich dir Recht geben. Da hab ich bei dem Wetter auch keine richtige Lust drauf." Inzwischen war sein Lächeln etwas verrutscht. Sein Plan schien nicht ganz so zu verlaufen, wie er sich das gedacht hatte. Aber am Wetter konnte man bekanntlich nicht herumdrehen.

Es war gar nicht so einfach, etwas Kaltes zu Trinken zu finden. Im Anschluss schaffte es Chris irgendwie, mich zu einem Bummel über den Weihnachtsmarkt zu bewegen, obwohl ich am liebsten direkt wieder nach Hause gefahren wäre. Denn ich war mir absolut sicher, bei den warmen Temperaturen konnte mich nichts, absolut gar nichts in Weihnachtsstimmung versetzen! Normalerweise hatte ich ja zumindest Lust, mir die unterschiedlichen Stände anzusehen und was da so angeboten wurde. Besonders die Stände mit verschiedenen Steinen und teils selbstgemachtem Schmuck fand ich faszinierend, aber meine Laune war im Keller. Und ich kannte mich, die würde da so schnell nicht wieder herausklettern. Das war der schlicht zu anstrengend.

„Und, wie gefällt es dir?", fragte Chris schließlich, nachdem wir eine ganze Zeit schweigend von Bude zu Bude gewandert waren.

„Ja, ganz nett." Ich hob die Schultern und wusste absolut nicht, was ich sonst sagen sollte. Er trat näher und sah mir prüfend ins Gesicht.

„Danach siehst du aber nicht aus. Eher, als wenn ich dir irgendetwas Schlimmes antun würde." Ich wich seinem Blick aus. Kurz bevor ich mich abwandte, stellte ich jedoch fest, dass ich seine Augenfarbe nun endlich zuordnen konnte. Sie waren nicht blau, wie ich zunächst gedacht hatte, sondern eher von einem leichten Grünton. Nicht strahlend, sondern eher verhalten. Auch nicht matt, einfach nur … unauffällig. Nein, das war auch das falsche Wort. Arg! Was tat ich da eigentlich? War doch vollkommen egal wie man die Farbe nun bezeichnen sollte. Irgendwie grün und fertig.

„Ich sagte ja, ich kann Weihnachten und das ganze Brimborium nicht leiden", erwiderte ich bloß und ging einfach weiter.

„Ja. Und es war wohl nicht gerade die beste Idee, dass an einem Frühlingstag wie diesem ändern zu wollen." Er kratzte sich nachdenklich am Kopf.

Ich warf ihm einen kurzen Blick zu. Er wirkte so gar nicht männlich. Ihn zeichnete weder eine breite Statur, noch muskulöse Arme oder ein besonderes Auftreten aus. Eine starke, in den Bann ziehende Präsenz besaß er auch nicht. Da gab es ganz Andere, bei denen einem allein der Anblick den Atem raubte. Und trotzdem … irgendwie war es angenehmer, wenn man in der Gegenwart des Anderen noch atmen konnte und sich nicht verstellen musste. Ich musste nicht so tun, als würde mir das hier einen Heidenspaß machen, sondern konnte meine miesepetrige Laune ganz normal zur Schau stellen. War auch mal eine angenehme Abwechslung. Trotzdem wünschte ich mich einfach nur wieder nach Hause.

Das konnte ich ihm jedoch nicht antun, so ertrug ich das allerdings auch nicht länger. Alkohol war zwar nicht die Lösung für jedes Problem, aber womöglich für dieses.

„Ich will jetzt doch einen Glühwein", verkündete ich also aus dem Nichts heraus und zog mir meine Jacke wieder an. Nicht, dass mir kalt geworden wäre oder so, aber es war lästig, sie die ganze Zeit über dem Arm zu tragen. Da schwitzte ich lieber etwas und hatte dafür die Hände frei.

Chris versteckte seine überraschte Miene erstaunlich schnell hinter einem Lächeln.

„Das bekommen wir hin", meinte er begeistert, eilte zum nächsten Stand und orderte zwei Tassen mit Glühwein. Keine zwei Sekunden später nahm ich mein Getränk entgegen. Ich musste zugeben, ich mochte diese verzierten Tassen. Es war etwas Besonderes.

„Heiß." Den Kommentar hätte ich mir schenken können.

„Wollen wir ein Stück gehen? Es dauert bestimmt noch ein paar Minuten, bis wir den trinken können." Chris lächelte mich aufmunternd an. Ja, der würde bei den Temperaturen nicht so schnell abkühlen und laufen war immer noch besser, als hier leicht verlegen mit ihm herumzustehen. Also setzten wir uns langsam in Bewegung.

Ein wenig interessierter musterte ich nun die Stände. Die Luft war erfüllt von den leckersten Gerüchen: Pilze, Fleisch, Wurst, geräucherter Lachs, gebrannte Mandeln, Crêpes, Maronen und vieles mehr. Der Markt bestand bestimmt zu 80 Prozent aus Essensständen. Womit sie zweifellos Erfolg hatten, denn auch mein Magen begann zu knurren. Aber solange ich den Becher in der Hand hatte, konnte ich nicht auch noch mit Essen hantieren. Daher nahm ich in regelmäßigen Abständen einige Schlucke. Bei den ersten zwei Versuchen hatte ich mich noch verbrannt, inzwischen konnte ich den Glühwein relativ problemlos trinken. Er wärmte echt gut durch, dazu noch meine Jacke. Puh, heiße Angelegenheit!

Ich blieb stehen und sah mich nach dem Stand um, bei dem Chris die Getränke geholt hatte. Ich war fertig und wollte die Tasse gern wieder loswerden, um mich den appetitanregenden Gerichten zu widmen.

Während ich mich umsah, wunderte ich mich, dass Chris nicht bereits ins Schwitzen gekommen war. Keine zwei Meter entfernt an einem Stand mit selbstgemachten Weihnachtskugeln stand eine junge Frau, die ihm ziemlich heiße Blicke zuwarf. Ich blieb kurz an ihr hängen und musterte sie eingehender. Blonde Haare, die unter eine Mütze bis über ihre Schultern fielen. Wobei ich mich wirklich fragte, wozu man bei den Temperaturen eine Mütze brauchte. Schlanke Gestalt, eingehüllt von einem hellblauen Mantel, schmales Gesicht, feine Lippen, dazu große Augen. Auf den ersten Blick wirkte sie sehr hübsch. Ich fragte mich, ob sie ihn kannte oder woher ihre Begeisterung kam. Normalerweise hätte ich solch ein Verhalten nur erwartet, wenn ich mit einem dieser heißen Typen aus einem Buch oder Film unterwegs gewesen wäre. Chris war aber definitiv kein Edward Cullen (wobei ich den im Film auch nicht heiß fand, ganz im Gegenteil zu Damon Salvatore, da sprach ich mich auf jeden Fall zusätzlich für den Schauspieler aus!) und auf keinen Fall ein Orlando Bloom.

Ihr fiel mein Starren schließlich auf, sobald sie die Augen mal von meinem Begleiter abwandte. Ich hielt ihrem Blick unbekümmert stand. Keine Ahnung, wieso, aber ich war nicht gewillt so zu tun, als habe ich sie nicht beobachtet. Sie hingegen schaute schnell woanders hin.

„Du warst aber echt flott", bemerkte Chris, der meine bis eben noch suchenden Blicke richtig gedeutet hatte.

„Sonst ist er ja kalt", antwortete ich mit einem Schulterzucken, wobei das bei den Temperaturen vielleicht sogar besser gewesen wäre. Rasch wandte ich mich ihm wieder zu. Meine Stimmung hatte der geringe Alkoholgehalt leider nicht aufheitern können. Erst recht nicht nach der Aktion von eben, für die er natürlich nichts konnte, aber … Ich seufzte innerlich. Ich war für so anstrengende Dinge einfach nicht gemacht und erstrecht nicht in der Stimmung. Wir sollten unseren Ausflug wohl bald beenden.

„Da vorne", half Chris mir bei meiner Suche nach dem richtigen Stand weiter. Ich schaute hinüber und setzte mich nach einem Zögern in Bewegung. Was war eigentlich los mit mir? Bis eben hatte ich zumindest halbwegs begonnen, mich hier wohlzufühlen und umzuschauen und jetzt? Wieso ärgerte es mich überhaupt dermaßen, dass diese Frau ihn angeschaut hatte?

Etwas zu heftig knallte ich den Becher aufs Holz und wartete darauf, dass mir jemand mein Pfand auszahlte.

„Chris, dein Geld", sagte ich kurz darauf, als ich zu ihm zurückging. Chris kam mir entgegen und übersah die Kabel, die mit einer schwarzen Matte abgedeckt waren. Er blieb mit dem Fuß daran hängen und stolperte direkt auf mich zu.

Ich sah mich bereits dastehen, während er den restlichen Inhalt seiner Tasse über mich ergoss. Na, danke. Das würde jetzt ja perfekt zu allem passen.

Wie in Zeitlupe schwappte die rötliche Flüssigkeit über und machte sich auf den Weg zu mir und dann …

Ich bekam einen Stoß und als ich mich stolpernd gefangen hatte, fiel mein Blick auf einen fassungslosdreinschauenden Chris. Mit der nunmehr leeren Tasse stand er vor ... genau. Der Blondine von eben. Auf ihrem schicken blauen Mantel prangte nun ein tiefroter Fleck von beachtlicher Größe.

„Das tut mir ja soooo leid." Chris machte einen Schritt vor, während sie sprachlos das Malheur betrachtete. „Eigentlich hätte es ja ..." Jetzt wanderte Chris' Blick zu mir hinüber, als wolle er sagen: Wieso hab ich eigentlich nicht dich erwischt?

Tja, ich würde mich mit Sicherheit nicht beschweren und hob lediglich die Schultern. Das war sicherlich nicht meine Schuld.

„So was Dummes aber auch", sagte sie mit einem aufgesetzten Lachen. Na, dem würde ich aber erst mal einen Punkt setzen.

„Das kommt eben davon, wenn man sich vordrängelt", meinte ich daher etwas schnippisch. Immerhin hätte ich die Dusche abbekommen, wenn sie mich nicht „aus Versehen" geschubst hätte. So wie sie Chris gerade anblinzelte, glaubte ich nie und nimmer, dass das ein Unfall gewesen sein sollte. Dass sie das Getränk abbekommen hatte bestimmt, aber dass sie mich zur Seite geschubst hatte? Definitiv nicht!

„Gerettet trifft es ja wohl eher." Als sie sich mir zuwandte, verwandelte sich ihr hübsches Gesicht ziemlich schnell in etwas nicht mehr ganz so Hübsches.

„Ja, vielen Dank auch dafür." Ich setzte mit Absicht mein süßestes Lächeln auf.

„Was machen wir denn jetzt?" Chris stand immer noch hilflos vor ihr, dabei konnte er ja auch nichts dafür. Gut, er war gestolpert, aber ja nicht mit Absicht. Hoffte ich.

„Den Fleck bekommen wir bestimmt wieder raus. Hast du etwas zum Abwischen? Ich sollte ihn wohl am besten auswaschen."

Meine Güte, ich brauchte nicht mal hinzugucken, um zu wissen, dass sie ihm gerade superschöne Augen machte. Na, das konnte sich dann ja noch eine Weile hinziehen. Aber ohne mich.

„Ich werde dann jetzt nach Hause gehen. Vielen Dank auch für den ... netten Ausflug." Ohne ein weiteres Wort drehte ich mich um und ging. Sollte er doch mit der Blonden herumflirten. Den beiden dabei zusehen brauchte ich nun wirklich nicht, und schon gar nicht, wenn ich sowieso nicht hier sein wollte. Ich hatte zwar keine Ahnung, wie ich nach Hause kommen sollte, aber irgendein Zug oder Bus würde sicherlich fahren. Zur Not ging auch ein Taxi.

Ich warf einen prüfenden Blick zum Himmel. Da türmten sich inzwischen ziemlich dicke, dunkle Wolken und die Luft war merklich drückender geworden. Sofern das überhaupt noch steigerungsfähig war. Ich sollte mich wohl besser beeilen, wenn ich unterwegs nicht nass werden wollte. Allerdings hegte ich nach wie vor die leise Hoffnung, dass Chris doch so viel Anstand besaß und mir nacheilte. Immerhin war das alles hier auf seinem Mist gewachsen und er schuldete es mir, mich nicht einfach so stehen, beziehungsweise gehen zu lassen.

Tatsächlich fing er mich kurz vor Ende des Marktes ab und als wäre nichts gewesen, meinte er: „Lass uns, bevor wir gehen, noch gebrannte Mandeln und einige Berliner für deine Mutter kaufen, dann fahren wir zurück. Einverstanden?"

Ich blieb stehen und sah ihn an. Die Frage, was mit seiner neuen Bekannten geschehen war, lag mir bereits auf der Zunge, aber … Sein Lächeln wirkte etwas gezwungen, was ja kein Wunder war. Es musste auch für ihn frustrierend sein, dass der Tag überhaupt nicht so verlaufen wollte, wie er sich das wahrscheinlich vorgestellt hatte. Und immerhin war er mir gefolgt. Ich sollte es ihm nicht unbedingt noch schwerer machen.

„Okay." Mit einem wieder echter wirkendem Lächeln streckte er seine Hand aus. Ich brauchte ein paar Sekunden, ließ dann jedoch das Pfandgeld hineinfallen. Augenblicklich wandte er sich dem nächsten Berlinerstand zu.

„Es ist so schade. Ein richtiger Weihnachtsmarkt mit Eis und Schnee ist einfach toll! Der Gang zwischen den Ständen ist von den vielen Füßen ausgetreten. Das typische Knirschen des Schnees fehlt, aber man spürt ihn dennoch beim Laufen. Dazu die kalte Luft, die trotz der vielen Körper und warmen Ständen in deine Wangen und Finger beißt. Man holt sich einen heißen Glühwein, um sich von innen zu wärmen, und merkt, wie er sich langsam im ganzen Körper ausbreitet und sogar die Füße wieder auftaut. Dabei steht man beisammen, unterhält sich und betrachtet die langen Eiszapfen, die von den kleinen Hütten mit den dicken Schneehauben hängen und sie nur noch schöner machen. Beim Sprechen bilden sich dichte Wolken vor den Gesichtern und die Dunkelheit senkt sich langsam herab, wodurch die Lichter erst ihre volle Wirkung entfalten und man genau sehen kann, wie sie im frischen Schnee glitzern und ihn zum Funkeln bringen. Wenn man wieder losläuft, kommt man nur sehr langsam voran, weil so viele Menschen in den Gängen sind. Dadurch hat man erst recht die Zeit, alles in Ruhe in Augenschein zu nehmen. Man neigt nicht dazu, über den Markt zu hetzen oder alles bloß schnell zu erledigen, sondern man nimmt sich Zeit. Ist entspannt und gar nicht gestresst, genießt die Atmosphäre, die fröhlichen Gesichter, die lauten Stimmen und die gute Laune, die einen wie ein warmer Umhang umgibt und dann auf einer Welle mit sich fortnimmt."

„Du klingst gerade wie ein verträumtes Mädchen", kommentierte ich trocken. Fehlte nur noch das Zusammenschlagen der Hände, ein paar Sternchen und Herzen in den Augen und ein „Wie süüüüß!" als Ausruf oben drüber.

„Findest du? Und du wie der abgebrühte Kerl, der alles immer nur kitschig findet", konterte er mit einem Seitenhieb. Ich nahm wortlos die Berliner entgegen, die er während seines Vortrags irgendwie nebenbei bestellt hatte. Die Verpackung war schön warm.

Ups. Schön warm? In dem Moment wurde mir klar, dass er mich mit seinen Erzählungen für einen kurzen Moment in seine Welt hineingezogen hatte. Als ich mir dessen bewusst wurde, war mir sofort wieder unerträglich warm und die heißen Berliner alles andere als angenehm. Ich entschied, meine Jacke doch wieder auszuziehen. Andernfalls fürchtete ich, zu zerfließen.

Nachdem Chris noch drei Tüten mit Mandeln überreicht bekommen hatte, machten wir uns langsam auf den Rückweg. Dabei dachte ich darüber nach, dass, so wie er es beschrieben hatte, der Besuch auf einem Weihnachtsmarkt einfach wunderbar verlockend klang.

Und ich kam nicht umhin das Gedankenspiel fortzuführen. Hätte er mich zu einem solchen Weihnachtsmarkt mitgenommen, wäre es mir vielleicht wirklich möglich gewesen, ihn mit seinen Augen zu sehen. In dem Fall wäre ich dem Zauber womöglich erlegen. Bestimmt hätte es mir sogar Spaß gemacht. Vielleicht wäre ich auf dem Schnee ausgerutscht und er hätte mich lachend aufgefangen. Wir hätten uns vergnügt und wären zwar etwas verfroren, aber beschwingt den Weg durch den Schnee zurück zu seinem Auto gegangen. Stattdessen waren wir …

Ich hob den Kopf, als etwas Feuchtes meine Wange traf und dadurch meine Gedanken unterbrach.

„Scheiße", fluchte ich, als sich unser Schnee auf dem Weg nach unten nicht in bezaubernde Flocken verwandelte, die die Landschaft schöner und strahlender machten, sondern die Form von nasskalten Tropfen beibehielt.

„Das hat uns jetzt wirklich noch gefehlt", seufzte Chris und sah mit einem solch traurigen Gesicht empor, dass es dem regenverhangenen Himmel echte Konkurrenz machen konnte.

„Tja, das dürfte den Glühwein nun auch aus ihren Klamotten waschen", meinte ich verschnupft. Als ich erneut zu Chris hinübersah, musste ich mich sehr wundern, da er mich breit angrinste. Hatte er in der kurzen Zeit einen Stimmungsaufheller geschluckt, oder was?

„Da hast du wahrscheinlich recht. Erspart mir die Kosten für die Reinigung. Ich hab ihr dafür meinen Becher gegeben. Das Pfandgeld wird nur leider nicht reichen, daher bin ich ganz froh über den Regen." Er zwinkerte mir zu und ich stand kurz davor, wirklich loszulachen. Ich stellte mir die blöde Kuh mit der Tasse in der Hand vor, wie sie dem weglaufenden Chris hinterherblickte. Aber ehe ich das Lachen rauslassen konnte, multiplizierte sich die Anzahl der Tropfen schlagartig.

„Nadine, Beeilung!", wies Chris mich an, als er den stärker werdenden Regen ebenfalls bemerkte.

So ein verdammter Mist. Der machte die ganze Welt nur noch trister und ungemütlicher und zog meine Laune ganz schnell wieder herunter.

Wegen des Andrangs auf dem Weihnachtsmarkt, hatten wir eine ganze Ecke entfernt parken müssen und die Strecke galt es nun möglichst schnell zu Fuß zurückzulegen. Selbstverständlich hatte keiner von uns einen Regenschirm dabei. Nicht einmal ich hätte für einen Besuch auf dem Weihnachtsmarkt einen Regenschirm eingepackt. Zum Schutz gegen den Regen schmiss ich meine Jacke beim Rennen über die Berliner, damit das Papier nicht vollkommen durchweichte. Was dann stattdessen mir zuteilwurde.

Als wir endlich bei Chris' Auto anlangten, war mein Pullover bis auf die Haut durch. Dennoch stieg ich ohne zu zögern ein, sobald die Tür offen war.

„Ist das widerlich", jammerte ich und warf einen prüfenden Blick unter meine Jacke. „Na ja, wenigstens die sind nicht vollkommen durchweicht."

„Mhm, die Mandeln gehen auch noch." Chris fischte sie prüfend aus seiner Jackentasche. Er hatte seine natürlich anbehalten. Ich warf ihm einen wütenden Blick zu, obwohl er im Grunde nichts für den Regenguss konnte. Dennoch war, wenn man es genau betrachtete, doch alles ganz allein seine Schuld.

„Es tut mir wirklich …", setzte er an, doch ich unterbrach ihn.

„Sehen wir zu, dass wir schnell nach Hause kommen. Ich will aus den nassen Sachen raus." Er nickte, während ich mich anschnallte und meine Jacke unter den Berlinern drapierte, weil ich nicht wollte, dass sie von meiner durchweichten Hose feucht wurden.

„Es hat aber auch von jetzt auf gleich total heftig angefangen zu schütten. Das konnte man wirklich nicht absehen", sagte Chris mit einem unterdrückten Lachen. Ich erwiderte nichts, sondern starrte nur aus dem Fenster. Es regnete immer noch. Na, da kam ja echt richtig gute Weihnachtsstimmung auf bei dem Wetter.

Ich spürte bereits die Euphorie, wenn ich an die Feiertage dachte.

Wann war endlich Frühling?!

After-Weihnachtsmarkt. Das Wasser spült den Flitterkram hinfort

Die gesamte Autofahrt sprach ich nicht ein Wort mit Chris. In erster Linie zu seinem eigenen Schutz, damit ich ihm nicht womöglich irgendwelche Gemeinheiten an den Kopf warf.

Endlich daheim angekommen, stieg ich wortlos aus und ging zu uns rüber. Mich für den Ausflug zu bedanken, brachte ich nicht einmal im Scherz über die Lippen, und wahrscheinlich wären dem auch noch ein paar andere unschöne Dinge gefolgt, also hielt ich lieber gleich den Mund.

„Warte. Die sind für dich und die für deine Mutter. Es tut mir wirklich leid." Chris legte zwei der drei Tüten gebrannte Mandeln auf die Berliner. „Wärm dich auf und iss die Berliner bei einer schönen, heißen Tasse Tee, ja?"

Ich hatte wirklich keine Idee, wie er in dieser Situation immer noch lächeln konnte. Außerdem stand er mitten im Regen und wurde jetzt so richtig nass, während ich bis unter das Vordach des Eingangsbereiches gegangen war.

Er wartete meine Antwort nicht ab und gab mir damit kaum eine Chance, ihn zum Tee einzuladen. Mit einem letzten, zaghaften Lächeln drehte er sich um und lief zu seinem Haus hinüber. Ich stand währenddessen bloß da und wusste absolut nicht, was ich dazu sagen oder tun sollte. Wie schaffte er es in meiner Gegenwart, bei meiner absolut schlechten Laune, immer noch zu lächeln? Und wie konnte er weiterhin so nett sein?

Als mir schließlich kalt wurde, schüttelte ich den Kopf. Was machte ich mir hier unnötig Gedanken? Also ging ich ins Haus. Die Berliner und die Mandeln trug ich direkt ins Wohnzimmer, wo ich meine Mutter in mittlerweile vertrauter Position vorfand. Sie saß in ihrem Sessel, das eine Bein auf einem Hocker hochgelegt und mit einem Buch in der Hand, die Lesebrille auf der Nase.

„Ach, schon wieder da?" Sie sah auf. „Kind, wie siehst du denn aus?" Entsetzt musterte sie mich. Meine langen braunen Haare hingen mir strähnig nass vom Kopf und mein Pony bis über meine Augen. Wegpusten funktionierte nicht, zu schwer waren die Strähnen von all dem Wasser.

„Wir waren auf dem Weihnachtsmarkt", antwortete ich, obwohl sie das sehr genau wusste. Immerhin hatte sie mich angewiesen, von dort Berliner mitzubringen.

„Ich weiß. Ich hatte schon befürchtet, als es hier zu regnen begann, dass ihr womöglich auch etwas abbekommt, aber du siehst aus, als wenn du unterwegs komplett geduscht hättest."

„Hab ich auch", murrte ich. Zumindest fühlte es sich so an. „Und weil ich nicht richtig sauber geworden bin, werde ich das jetzt noch mal wiederholen."

„Soll ich uns einen heißen Tee machen, bis du fertig bist? Zum Aufwärmen?" Meine Mutter richtete sich auf. Ich warf ihr einen prüfenden Blick zu.

„Bekommst du das denn hin?" Fragend legte ich den Kopf schief und sah bedeutungsvoll zu ihrem Bein hinüber.

„Also meine Hände funktionieren noch ausgezeichnet und stehen kann ich auch, ohne mich dazu die ganze Zeit festhalten zu müssen."

„Na gut, aber wehe ich finde dich nachher hilflos auf dem Rücken liegend, wenn ich wieder runterkomme."

„Ich bin doch kein Käfer!", entgegnete sie entrüstet. Ich streckte noch einmal den Kopf ins Wohnzimmer.

„Ich dachte auch eher an eine alte Schildkröte." Ein Sofakissen flog in meine Richtung, doch ich war längst lachend die Treppe rauf verschwunden.

Als ich frisch geduscht und mit vorsichtshalber trocken geföhnten Haaren – eine heftige Erkältung fehlte mir zu Weihnachten gerade noch zu meinem Glück, da meine Mutter sich in dem Fall ja nicht mal um mich hätte kümmern können – wieder im Wohnzimmer auftauchte, schaute ich anerkennend drein. Es standen tatsächlich zwei Tassen, eine dampfende Kanne und die Berliner auf Tellern verteilt auf dem Tisch.

Beifallzollend applaudierte ich meiner Mutter, die gerade mit zwei Gabeln und einem Löffel in der Hand herangehumpelt kam.

„Das sieht sehr gut aus. Wo hast du denn das zerstörte Porzellan von Versuch eins und zwei versteckt?"

„Ach, du." Meine Mutter tat so, als wolle sie das Besteck nach mir werfen. „Bis du hier aufgetaucht bist, bin ich auch irgendwie alleine klargekommen. Die Treppe macht mir halt zu schaffen. Wenn du Zucker willst, musst du dir den noch holen." Ächzend ließ sie sich auf dem Stuhl nieder. Trotz allem schien sie das Tischdecken ziemlich angestrengt zu haben.

„Ich dachte, Papa war in der Zeit hier." Ich holte mir meinen geliebten Zucker aus dem Schrank und warf ihr dabei einen Blick über die Schulter zu.

Wenn ich sah, wie blass sie jetzt wirkte, dann konnte ich mir überhaupt nicht vorstellen, dass sie auch sehr gut alleine klarkam. Natürlich, Kleinigkeiten. Aber das Teegedeck fiel ja nicht unbedingt unter die allzu aufwendigen Dinge.

Meine Mutter besaß im Gegensatz zu mir blonde Haare, welche ihr bis über die Schultern reichten, sie trug sie jedoch meistens zu einem Zopf gebunden. Ihre Lesebrille hatte sie nur zum Lesen auf und ich kannte sie als starke Frau, die sich nicht so leicht unterkriegen ließ. Das merkte man jetzt auch wieder. Zum Glück konnte sie dennoch relativ gut Hilfe annehmen. Die hatte sie damals auch wirklich bitter nötig gehabt. Als Papa sich von ihr trennte, war sie am Boden zerstört gewesen. Am meisten traf es sie, dass er so schnell jemand Neues hatte. Sie hatte sich das nie richtig anmerken lassen, war auch weiterhin mit einem Lächeln durchs Leben gegangen, aber mir war es nicht entgangen. Sie hatte es nämlich wie selbstverständlich hingenommen, dass ich viel mehr Aufgaben im Haushalt und auch in anderen Bereichen übernahm. Anfangs hatte ich mich gegen diese neue Situation noch aufgelehnt, doch als ich bemerkte, dass sie das nur immer trauriger machte, gab ich es auf. Ich hatte mich nie wirklich mit meinem neuen Teil der Familie anfreunden können. Am schlimmsten war es an Weihnachten gewesen, wenn ich regelrecht dazu gezwungen worden war, mich lieb und nett zu verhalten, weil Papa sich ein Fest mit der ganzen Familie wünschte. Wie schwer das für Mama sein musste, schien ihm egal zu sein. Ich hatte ihr jedoch ansehen können, welche Kraft es sie kostete, und war nicht bereit gewesen da mitzuziehen. Ich mochte die Neue meines Vaters nicht, wieso sollte ich dann an Weihnachten so tun? Das war doch absolut bescheuert.

Papa musste selber gemerkt haben, dass das so keinen Sinn hatte, und deshalb hatte ich Weihnachten danach mit Pendeln verbracht. Aber ohne Mama hatte ich mich auch nicht besser zu benehmen gewusst. Und kurz darauf war ich ausgezogen. Nicht nur, um von alldem wegzukommen. Ich hatte gehofft, dass es Mama eventuell leichter fallen würde, wieder jemand Neues kennenzulernen, wenn ihre erwachsene Tochter nicht zu Hause hockte und jeden neuen Typen sogleich verschreckte. Aber irgendwie war dieser Teil meines Plans nie so wirklich aufgegangen.

Ich stellte den Zucker auf den Tisch und ging noch mal in die Küche, um die Katzenfutterschüssel zu füllen.

„Sissi", rief ich sie. „Wo bist du denn? Doch nicht etwa draußen, oder?"

Gemächlich bog sie um die Ecke und rieb sich dabei am Türrahmen.

„Hätte mich bei dem nassen Wetter auch gewundert." Ich streichelte ihr über den hochgestreckten Rücken und den Schwanz. Noch ein zweites Mal, dann machte sie sich über ihr Nassfutter her. Sissi war uns damals mehr oder weniger zugelaufen. Sie war irgendwann hinten im Garten aufgetaucht. Die rotweiß-getigerte Katze war total abgemagert gewesen. Und obwohl Papa strikt dagegen gewesen war,

war ich losgezogen und hatte von meinem Taschengeld Katzenfutter gekauft. Ich konnte mich noch ganz genau daran erinnern, wie wütend er geworden war. „Wenn man die erst einmal füttert, kommen die immer wieder und dann wird man sie nicht mehr los", hatte er regelrecht gebrüllt.

Na ja, so ganz falsch hatte er damit nicht gelegen, immerhin war die kleine Sissi danach wirklich bei uns geblieben. In erster Linie war es Mama zu verdanken gewesen, dass wir sie richtig aufgenommen haben. Papa war immer strikt gegen Haustiere gewesen und hatte am Ende bloß eingelenkt, weil Mama meinte, sie würde sich ebenfalls darum kümmern und hätte dann tagsüber wenigstens etwas Gesellschaft.

Keine Ahnung, ob er zu der Zeit schon geplant hatte, bald wegzugehen und deswegen nichts von Tieren hatte wissen wollen. Es war jedenfalls nur ein Jahr danach gewesen, dass er uns verlassen hatte.

Ich fragte mich manchmal, wie alt Sissi jetzt wohl war. Älter. Das war ihr anzusehen. Sie ging nicht mehr so viel nach draußen und verbrachte die Tage lieber auf der Couch. Aber wenigstens konnte sie meiner Mutter da gut Gesellschaft leisten. Ganz besonders jetzt.

Ich strich ihr noch ein letztes Mal liebevoll übers Fell. Ignorierte, dass sie eigentlich dringend mal wieder gekämmt werden müsste, und setzte mich zu Mama an den Tisch.

„Und? Wie war's? Wie kam es überhaupt dazu, dass ihr zusammen losgezogen seid? Ich hätte dich nie auf den Weihnachtsmarkt bekommen. Das hat mich schon etwas überrascht." Ich verzog bei ihren vielen Fragen den Mund und schenkte uns erst einmal Tee ein.

„Na ja. Irgendwie hast du ihm ja wohl jede Menge über mich erzählt." Schoben wir das Gespräch doch zunächst einmal in eine etwas andere Richtung. „Wie gut kennst du unseren neuen Nachbar eigentlich?"

„Er ist nicht neu. Chris wohnt schon seit über einem Jahr neben mir. Und das wüsstest du, wenn du dich häufiger hier blicken ließest." Den anklagenden Ton, zusammen mit dem dazu passenden Blick über den Rand ihrer Tasse, ignorierte ich gekonnt. Ich konnte mich erinnern, dass ich mir das schon mal hatte anhören müssen.

„Es scheint mir so, als würde er mich besser kennen als meine Freunde."

„Was wahrscheinlich nicht allzu schwer ist", kommentierte meine Mutter. „Hast du überhaupt noch welche?"

Ich rollte lediglich mit den Augen. „Es ist jedenfalls deine Schuld, dass er sich aus welchen Gründen auch immer dazu verpflichtet zu fühlen scheint, mir den Geist der Weihnacht näherzubringen oder so."

„Na, da bin ich ja wirklich mal gespannt. Wenn er das bei dir schafft, mache ich ihn zu meinem Schwiegersohn." Genüsslich biss meine Mutter in ihren Berliner.

„Du weißt aber schon, dass ich da auch noch ein Wörtchen mitzureden habe, oder? Besonders bei der Sache mit dem Schwiegersohn." Ich hob eine Augenbraue. Wir waren ja schließlich nicht mehr im Mittelalter, wo man mich einfach an den Nächstbesten verheiraten konnte.

„Seien wir doch mal ehrlich, Nadine. Wenn er es hinbekommt, dass du Weihnachten wieder magst, dann hat er dein Herz längst erobert."

Damit ich um eine Antwort herumkam, gönnte ich mir einen großen Bissen. Doch meine Mutter lächelte wissend. Allerdings bezweifelte ich sehr stark, dass ihm das gelingen würde. Vor allem hier, bei Regen und fünfzehn Grad Wintertemperaturen. Wie sollte da auch nur ansatzweise Weihnachtsstimmung aufkommen?

Außerdem, so wie er mich heute erlebt hatte, würde er mir die nächsten Tage bestimmt nicht mehr zu nahe kommen, wenn überhaupt.

Ich hatte ihn schließlich wortwörtlich im Regen stehenlassen.

Doch was den Punkt anging, sollte ich mich gehörig geirrt haben. Es regnete noch den gesamten Tag weiter. Am nächsten Morgen war es weiterhin bewölkt, aber wenigstens trocken. Ich verbrachte den Vormittag damit, Wäsche zu waschen und andere Hausarbeiten zu erledigen, denen meine Mutter derzeit nur schwerlich selber hätte nachkommen können. Außerdem kochte ich uns Nudeln mit leckerem Pesto und widmete mich dem Großteil des Nachmittags Dingen, die auf meiner Liste standen. Unter anderem zwang meine Mutter mich, das Haus weihnachtlich zu dekorieren.

Als ich am Abend endlich entschied, dass es genug für heute war, klingelte es an der Tür. Ächzend erhob ich mich vom Sofa, auf dem ich mich gefühlt gerade eben erst niedergelassen hatte, und schlurfte zur Tür. Nicht ohne den wissenden Blick meiner Mutter bemerkt zu haben. So überraschte es mich eher weniger, als ich die Tür öffnete und Chris davor stand.

Wobei, überrascht war ich trotzdem. Aber eher davon, dass er noch nicht aufgegeben, sondern vielmehr die Herausforderung angenommen hatte.

„Guten Abend", begrüßte er mich freundlich, während ich es mit eher mürrischem Unterton erwiderte. Ich war einfach erschöpft.

„Lust auf einen zweiten Versuch?" Er klang beinahe lockend und ich wartete eigentlich nur auf die Zuckerstange, die er mir vor die Nase hielt. Die kam allerdings nicht.

„Weiß nicht, ob ich mich von dem Letzten schon ausreichend genug erholt habe." Ich verschränkte die Arme und lehnte mich rechts an die Wand neben der Haustür.

„Nicht? Dabei hab ich extra einen ganzen Tag gewartet." Er wirkte fast enttäuscht, doch ich erkannte, dass er absichtlich so dreinsah; wie ein Welpe, dem man eigentlich nichts abschlagen konnte. Ich leider auch nicht. Dennoch seufzte ich, ehe ich antwortete.

„Ich hätte wetten können, dass du die Schnauze voll hast und aufgibst. Also an was hattest du gedacht?" Ich unterdrückte ein gehässiges Grinsen. Ich war neugierig, wie lange er es mit mir als Grinch aushielt. Selbst normale Menschen machten irgendwann einen Bogen um mich, da es Richtung Weihnachten immer schlimmer wurde mit meiner schlechten Laune. Ich hatte mir schon des Öfteren anhören müssen, dass ich in dem Zustand nicht gesellschaftsfähig war, weswegen ich die Feiertage meist alleine verbrachte. Auch er würde irgendwann zu dieser Erkenntnis gelangen. Da war ich mir sicher.

„Wie wäre es mit einer Runde Schlittschuhlaufen im Dunkeln mit hellen Lichtern drumherum?" Ich musste zugeben, das klang wirklich verträumt, verlockend und irgendwie romantisch. Allerdings nicht sonderlich weihnachtlich.

Demnach hob ich eine Augenbraue und fragte mit skeptischem Unterton: „Und wie genau soll mir das Weihnachten näherbringen?"

„Es geht dabei ja nicht nur um den einen Tag, oder die Feiertage. Es geht genauso um die Zeit davor und ich nehme mal an, dass du die genauso wenig magst, oder liege ich da falsch?" Fragend legte er den Kopf schief. Ich gab meine abwehrende Haltung der verschränkten Arme mit einem Seufzer auf.

„Es ist tatsächlich eher die Zeit davor, die mich aufregt, als der Feiertag selbst." Was für ein Eingeständnis und das von mir. Aber es stimmte, wenn ich jetzt so darüber nachdachte. Sobald Weihnachten dann da war, wurde es langsam wieder besser. Zumindest im Laden und auf der Arbeit. Auch wenn Silvester noch mal eine Herausforderung darstellte.

„Hast du eine Ahnung, wie früh die Lebkuchen in die Regale geräumt werden? Ich glaube, man ist von September inzwischen zu August übergegangen. Und wenn man die ein halbes Jahr vorher schon ständig vor der Nase hat, dann hat man sie an Weihnachten selbst einfach nur über. November könnte ich ja noch vertreten, aber alles davor? Da tauschen die doch nach Weihnachten lediglich ihr Inventar gegen die Osterdeko aus, um dann nach Ostern direkt alles wieder weihnachtlich gestalten zu können." Ich schnaubte verächtlich, da unter anderem ich zu den Personen zählte, die eben diese Regale befüllten. Es war doch aber wirklich so, dass man den Würgereiz unterdrücken musste, wenn man bei teils über dreißig Grad Außentemperatur den Grundgedanken von kaltem Wetter in Regalen verstaute. Ich verstand das schlicht nicht. Dabei sättigte man die Gesellschaft und übersättigte sie zugleich. Dass sich die Weihnachtssüßigkeiten mitten im Hochsommer tatsächlich verkaufen ließen, verstand ich allerdings noch weniger. Denn wenn dem nicht so wäre, würde ich die Regale nicht damit befüllen müssen.

„Wie auch immer. Ich gestehe, ich möchte im Sommer auch noch nicht an Weihnachten denken, sondern erst, wenn es draußen früh dunkel wird. Aber darum geht es ja nicht. Ich dachte mir einfach, dass ich dir zeige, wie viel Spaß man zu dieser Zeit des Jahres haben kann." Erwartungsvoll musterte er mich.

„Was?" Ich stand tatsächlich für einen Augenblick derart auf der Leitung, dass ich nicht verstand, was er von mir erwartete. Die Geschichte mit den Lebkuchen und allem hatte mich vollkommen in Beschlag genommen, weswegen ich unser vorheriges Gespräch gänzlich verdrängt hatte.

„Na, hättest du Lust, mit mir Schlittschuh zu fahren?" Irgendwie brachte nicht mal meine teils etwas schroffere Art das Funkeln in seinen Augen zum Erlöschen. Sie strahlten genauso hell wie sonst auch.

„Ich habe keine Schlittschuhe." Ich wusste selber, dass man in den großen Hallen welche leihen konnte, aber das war mein erster Gedanke. Mein zweiter befasste sich damit, wann ich überhaupt das letzte Mal auf dem Eis gestanden hatte. Ui, das musste richtig lange her sein.

„Kein Problem. Welche Schuhgröße hast du?" Er musterte konzentriert meine Füße und das brachte mich dazu, selber kurz herunterzuschauen. Ich wackelte mit den Zehen, die in dicken Wollsocken steckten – meine Hausschuhe hatte ich doch tatsächlich vergessen einzupacken. Da unten würde ich die Antwort auf seine Frage allerdings nicht finden. Also sah ich wieder hoch.

„Achtunddreißig."

„Perfekt. Dann kann ich dir die von meiner Schwester leihen. Sie braucht sie ohnehin nicht mehr." Ich runzelte die Stirn und hätte ihn ja gern bezüglich der Schwester etwas ausgefragt, aber trotz zweistelliger Temperaturen wurde es so langsam frisch an der Tür. Allmählich sollten wir hier mal zu einem Ende kommen und nicht noch ein neues Gesprächsthema anschneiden. Das konnte ich mir genauso gut für später aufheben.

„Also mal abgesehen davon, ob ich mitkomme oder nicht. Wo willst du denn überhaupt hin? Der See im nächsten Nachbarort wird bestimmt nicht zugefroren sein."

„Nein, ich weiß. Aber dieses Jahr haben sie etwas abseits vom Weihnachtsmarkt eine künstliche Eisfläche aufgebaut. Zum Schlittschuhfahren. Es ist auch kostenlos, man braucht nur eigene Schlittschuhe. Da wollte ich gern mit dir hin."

„In der Nähe des Weihnachtsmarktes", wiederholte ich bloß und musste an die Dusche von gestern denken. Chris schien meine Gedanken diesbezüglich erraten zu haben.

„Ich weiß, das mit dem Weihnachtsmarkt ist wortwörtlich ins Wasser gefallen, aber dieses Mal habe ich mir den Wetterbericht angesehen und es soll morgen sogar etwas kühler werden."

„Ach, wie kühl denn? Zwölf Grad anstelle der fünfzehn?" Es lag nicht an ihm, dass ich so miserable Laune hatte, und ich wollte sie nicht komplett an ihm auslassen. Aber nachdem er mich unbeabsichtigt wieder daran erinnerte, wieso ich diese Zeit im Jahr nicht leiden konnte, ärgerte es mich mit einem Mal, dass ich mich überhaupt darauf einlassen wollte. Ich konnte mit Weihnachten und dem ganzen Drumherum nichts anfangen und daran musste wirklich niemand etwas ändern. Ich kam damit sehr gut zurecht. Es waren doch nur die zwei, drei Wochen im Jahr. Andere konnten den gesamten Sommer nicht ab. Die waren meist viel schlimmer dran. Also kein Grund, mich bekehren zu müssen.

„Es bleibt einstellig." Doch Chris grinste mich auf diese verschmitzte Art an. Er wurde nicht ärgerlich oder erwiderte meinen Unmut mit einer ähnlichen Stimmung. Er nahm das Ganze total locker, was mich normalerweise nur noch mehr auf die Palme brachte. Er hatte jedoch eine seltsam beruhigende Wirkung auf mich. Oder eher eine entwaffnende. Denn ich schien gegen ihn nicht gewinnen zu können.

„Und du hattest also an morgen Abend gedacht?"

„Genau. Wenn es dunkel ist, wirkt der Zauber mehr."

Na, da war ich ja wirklich gespannt.

„Also schön, du hast gewonnen. Ich mache mit. Aber wenn es wieder regnet, wirst du dir wünschen, mir nie begegnet zu sein. Versprochen."

„Das wirst du nicht schaffen, denke ich, aber ich lasse es drauf ankommen." Er streckte mir eine Hand hin und ich zögerte lediglich zwei Sekunden, ehe ich einschlug. Damit war der Kuhhandel perfekt!

„Bis morgen Abend. Ich werde dich gegen halb fünf abholen. Nicht, dass du kneifst." Er schaffte so ein schelmisches Grinsen, dass ich es regelrecht als Herausforderung ansehen musste.

„Wer weiß, vielleicht spiele ich vorher ja noch eine Runde Verstecken mit dir." Ich konnte mich nicht zurückhalten und streckte ihm zumindest die Spitze meiner Zunge heraus, ehe ich blitzschnell die Haustür schloss. Ich konnte ihn dahinter fluchen hören und musste grinsen.

Als ich wenig später in die Küche ging, um alles für das Abendbrot vorzubereiten, saß meine Mutter am Esstisch und sah mich über den Tresen hinweg an.

„Du hast aber verdammt gute Laune. Und ich musste erst einmal die Heizung höher drehen, solange wie du an der offenen Tür gestanden hast."

„Ich habe gar keine besonders gute Laune", widersprach ich automatisch. „Und für die kalten Temperaturen musst du dich bei unserem lieben Nachbarn bedanken, der lässt sich wirklich verdammt schlecht abschütteln." Ich wandte mich ab, ehe sich das Zucken meiner Mundwinkel durchsetzen und erneut zu einem ausgewachsenen Grinsen mutieren konnte. Keine Ahnung wie, aber Chris schaffte es doch tatsächlich mit gespielter Leichtigkeit, meine Laune zu heben. Dabei war ich nach dem Weihnachtsmarktausflug echt richtig mies drauf gewesen.

„Ja, er ist wirklich gut darin", stimmte mir meine Mutter zu. „Ich bin froh, dass er das Haus nebenan bezogen hat."

„Jaaaa", antwortete ich gedehnt. Da kam mir gerade ein bestimmter Gedanke. „Kann es sein, dass Chris sich in den ersten Tagen um dich gekümmert hat?"

„Und wenn es so wäre?" Also doch!

„Dann ist Papa deswegen abgedampft und war nicht sonderlich lange hier. Moment mal, wieso bin ich dann eigentlich hier?" Ich legte die Bretter fürs Abendbrot auf den Tisch und musterte sie.

„Willst du mir jetzt etwa sagen, dass ich mich lieber an meinen Nachbarn halten soll, anstatt an meine eigene Familie? Mein einziges Kind?"

„Klar, was dachtest du denn?", antwortete ich ungerührt über die Schulter und ging zurück in die Küche. „Nein, das meinte ich nicht. Aber wenn Chris auch mal nach dir gucken kann, hätte es ja wohl gereicht, wenn ich meine freien Tage hintereinandergelegt hätte und dann immer gekommen wäre, anstatt mir gleich wochenlang Urlaub zu nehmen."

„Nach der Arbeit noch herfahren und an den paar Tagen hier alles erledigen und dann wieder zurückfahren, nur um danach ganz normal auf der Arbeit zu erscheinen? Wie lange genau hattest du das durchhalten wollen?" Mit ernstem Blick musterte meine Mutter mich. Also schön, ich musste zugeben, dass besonders der Teil mit der vielen Fahrerei nicht wirklich verlockend klang. Andererseits gingen so meine wertvollen Urlaubstage drauf und ich war hier ja trotzdem nur am Arbeiten.

Wenn Chris mich nicht gerade mit auf Tour nahm. Was wohl auch der einzige Grund war, wieso mir hier nicht die Decke auf den Kopf fiel.

„Ich habe recht", stellte sie an meiner Stelle fest und ich widersprach nicht. Wozu auch?

„Was habt ihr beiden denn jetzt geplant?" Ich stellte die Butter und das Brot auf den Tisch. Dabei tat ich so, als wenn ich sie nicht gehört hätte. Wie scharfsinnig konnte meine Mutter bitteschön sein?

„Nadine, Schweigen macht mich nur noch neugieriger", ermahnte sie mich und sah von unten zu mir hoch, als ich endlich zu ihr hinüberschaute.

„Er konnte mich zum Schlittschuh fahren überreden."

„Ach, dann wundert es mich nicht, dass ihr eine halbe Stunde an der Tür verbracht habt. Da musste er mit Sicherheit einiges an Überzeugungsarbeit leisten."

„Ja, genau." Ums Verrecken nicht hätte ich zugegeben, dass er wesentlich weniger davon gebraucht hatte, als ich selber bei dem Thema angenommen hätte.

„Du magst ihn", stellte meine Mutter als Nächstes scharfsinnig fest. Dabei hatte sie ja noch nicht einmal die ganze Geschichte gehört.

„Solange wir hier nur von Mögen reden", erwiderte ich möglichst cool und gelassen. Es fehlte mir gerade noch, dass ich mit meiner Mutter über irgendwelche Beziehungssachen sprechen musste. Zumal sie unseren Nachbarn ja wesentlich besser kannte als ich. Sie hatte immerhin auch ein gutes Jahr Vorsprung.

„Na ja, Liebe muss sich entwickeln. Aber das wird schon, bis Weihnachten ist schließlich noch Zeit." Das Besteck fiel klappernd und klirrend auf den Tisch.

„W-wie bitte?", wollte ich stotternd wissen. Was ging denn hier jetzt gerade ab?

„Du hast schon verstanden. Und nun gib das lieber her, bevor du damit noch jemanden verletzt." Sie beugte sich über den Tisch und nahm mir die Messer weg, die ich gerade eben erst wieder aufgesammelt hatte.

Mehr sagte meine Mutter dazu nicht. Dennoch hatte sie es geschafft, mich mittelmäßig zu schocken. Schön und gut, dass mir irgendetwas an unserem Nachbarn gefallen musste, würde jedem auffallen, der mich auch nur ein bisschen kannte. Immerhin entsprach es einer Meisterleistung, mich dazu überredet zu bekommen, freiwillig etwas in Richtung Weihnachten zu unternehmen. Und Chris hatte es jetzt sogar schon auf zwei Verabredungen gebracht. Aber an Liebe dachte ich zu dem Zeitpunkt wirklich noch nicht. Ich hielt es in dem Punkt tatsächlich für zu früh.

Wieso konnte sich keine gute Freundschaft aus dieser Geschichte entwickeln? Es musste doch nicht immer gleich die große Liebe sein. Wenn er von vornherein hier nebenan gewohnt hätte, wären wir womöglich richtig gute Kindheitsfreunde geworden. Immerhin hatte ich zu dem Zeitpunkt noch nichts gegen Weihnachten gehabt und ich nahm an, dass Chris mich mit seiner Begeisterung bis zu jenem Zeitpunkt auch derart infiziert hätte, dass ich Weihnachten nicht einmal nach alldem hätte hassen können. Der Zauber der Weihnacht wäre höchstwahrscheinlich unauslöschlich in mein Herz gebrannt worden. So aber musste er sich erst einmal einen Weg bahnen. Schauen wir mal, wie weit er es schaffte oder an welcher Mauer er aufgeben würde. Ich wusste, dass es da einige gab. Doch nicht einmal ich hatte eine genaue Vorstellung davon, wie dick diese letztendlich sein würden.

Gemeinsam Richtung Weihnacht gleiten

Fazit war, dass Chris offensichtlich plante, wirklich jede einzelne Mauer einzureißen. Zumindest noch.

Demnach wunderte es mich ganz und gar nicht, dass er am nächsten Abend pünktlich um halb fünf vor der Tür stand. Ich hatte mir aus lauter Jux und Tollerei einen Rock und eine Strumpfhose angezogen. Keine Ahnung wieso, aber ich stellte mir das Ganze toll vor auf dem Eis mit den Schlittschuhen. Sofern ich denn mehr als ein Klammern am Rand hinbekam und tatsächlich so etwas wie eine Drehung zustande brachte.

„Wow, das richtige Outfit hast du ja schon mal." Bewundernd ließ er den Blick von unten nach oben wandern und ich musste zugeben, dass mir das gefiel. Genau, es schmeichelte mir nicht nur, sondern gefiel mir sogar!

„Herzlichen Dank auch." Mit einem strahlenden Lächeln drehte ich mich vor ihm auf der Stelle, sodass der Rock um meine Beine flog. Das machte Spaß!

„Wie sieht es aus? Bereit für den zweiten Ausflug?" Er hielt mir eine Hand hin und ich hatte plötzlich so ein Bild vor Augen. Nicht ganz klar, mehr verschwommen und eher wie eine Erinnerung. Aber es war da und ich brauchte bloß ein Weilchen, bis mir klar wurde, an was ich da gerade dachte. Das war echt zu komisch. Aber es passte wirklich gut.

„Weißt du, du erinnerst mich gerade an diese Weihnachtsgeschichte, die auch mal neu interpretiert verfilmt wurde. A Christmas Carol oder so und die Frau hieß Carol, glaube ich. Jedenfalls fühle ich mich gerade so ähnlich."

„Du meinst, als würde der Geist der Weihnacht an deine Tür klopfen und dir drei verschiedene Weihnachten zeigen?" Er grinste mich breit an. Die Vorstellung schien ihm zu gefallen.

„Ja, so ähnlich."

„Dann wären wir mit dem Weihnachtsmarkt beim Geist der vergangenen Weihnacht gewesen. Und das Schlittschuhfahren ist der Geist der gegenwärtigen Weihnacht. Mal sehen, ob ich dich nach dem Geist der zukünftigen Weihnacht auch rumbekommen habe."

„Du meinst also, du bräuchtest nach heute auf jeden Fall noch einen weiteren Versuch?", foppte ich ihn, während ich meinen Mantel zuknöpfte und zu ihm nach draußen trat.

Chris hatte recht behalten, was das Wetter anging. Wie ich erstaunt feststellte, war es wirklich etwas frischer geworden. Allerdings immer noch nicht richtig kalt.

Wir gingen die wenigen Stufen hinab und ich sah in seinen Garten hinüber. Er hatte den Weihnachtsmann mit seinem Schlitten inzwischen aufgestellt und die kleinen Bäume, die in seinem Vorgarten wuchsen, mit Lichterketten versehen. Auch wenn ich den kleinen Weihnachtsmann zu kitschig fand, musste ich zugeben, dass mir die Lichterketten gefielen. Obwohl es noch nicht richtig dunkel war, bereicherten sie die Atmosphäre.

Irgendwie schien Chris bereits auf mich abgefärbt zu haben. Wenn das so weiterging, würde er womöglich wirklich nicht mehr als die drei Versuche brauchen. Oder würde ich es ihm am Ende vielleicht extra schwer machen?

„Da ich dich als ziemlich harte Nuss einschätze, denke ich schon. Wenn nicht, umso besser. Aber ich hab mir zur Not auf jeden Fall einen Plan B überlegt." Er bot mir den Arm dar und nachdem ich ihn kurz überrascht gemustert hatte, nahm ich die Geste gerne an.

„Du meinst C", verbesserte ich ihn dennoch.

„Wie?" Er blinzelte.

„Plan A war der Weihnachtsmarkt, das hier ist Plan B und das nächste wäre dann …"

„Ach so, da hast du natürlich recht. Aber keine Sorge, so schnell gehen mir die Ideen nicht aus. Wenn du es drauf anlegst, werde ich mir für das gesamte Alphabet etwas ausdenken." Er zwinkerte mir verschmitzt zu und ich sah seine grünen Augen aufleuchten, als wohne in ihnen der Zauber der Weihnacht selbst, der sich persönlich herausgefordert fühlte.

Gerade in diesem Moment erschien es mir ziemlich verlockend, ihn einfach jedes Mal mit seinen Bemühungen ins Leere laufen zu lassen, nur um zu sehen, ob er es am Ende wirklich bis zum Z schaffte.

Allerdings bezweifelte ich, dass uns so viel Zeit blieb. Da müsste er schon einige Buchstaben zusammen auf einen Tag legen, damit wir mit allen bis zum Tag des Festes fertig waren. Immerhin machte es wenig Sinn, mich erst nach Heilig Abend überzeugt zu bekommen, oder nicht?

„Darf ich bitten?" Er ließ meine Hand leicht von seinem Arm rutschen und verbeugte sich ein Stück, um mich zuerst am Auto entlanglaufen zu lassen, ehe er sich auf der anderen Seite vorbei arbeitete.

„Ich bin sehr gespannt. Wenigstens scheint es dieses Mal nicht ins Wasser zu fallen." Dennoch sah ich noch einmal misstrauisch zum Himmel hoch. Der war bereits dunkel verfärbt und bis wir da waren, würde es endgültig dunkel sein. Mal schauen, ob man die Sterne sehen kann.

„Und wenn uns das doch passiert, werden wir alle weiteren Aktionen nach drinnen verlegen. Ich hoffe jedoch, dass das nicht nötig sein wird." Er grinste noch einmal, ehe er mir schwungvoll die Autotür öffnete. Beinahe wäre sie in der kleinen Buchsbaumhecke gelandet, die mich sowieso schon etwas einengte. Aber ich hatte immer noch genug Platz zum Einsteigen.

„Ich danke vielmals."

„Ausgesprochen gute Laune heute, was?"

Ja, da hatte er wohl recht. „Mal schauen, wie lange die anhält."

Das fragte ich mich tatsächlich. Aber irgendwie hoffte ich inständig, dass sie bis zum Ende halten würde. Dabei hatte ich anfangs gar keine Lust auf diese Aktion gehabt. Und jetzt saß ich hier und war regelrecht aufgeregt.

Chris stieg ebenfalls ein, setzte das Auto zurück auf die Straße und schon waren wir auf dem Weg. Ich wollte nicht erneut die gesamte Fahrt mit Schweigen verbringen so wie beim letzten Mal. Also platzte ich mit dem Erstbesten heraus, was mir einfiel.

„Mama hat mir erzählt, dass du dich in der ersten Zeit um sie gekümmert hast, bis ich gekommen bin. Danke dafür."

„Ach, das hab ich gern gemacht. Ich war froh, dass sie die OP so gut überstanden hat. Weißt du", er sah kurz zu mir herüber, ehe er sich wieder auf die Straße konzentrierte, „ich habe sie wirklich gern. Sie hat sich genauso um mich gekümmert wie ich mich um sie. Es ist ein Geben und Nehmen. Genauso wie das Prinzip von Weihnachten." Ich schüttelte einfach nur den Kopf. Dieser Junge war doch in Wahrheit bestimmt gar nicht echt, oder?

„Wie kam es überhaupt, dass du nebenan eingezogen bist?"

„Das Haus stand zum Verkauf, ich hab's gekauft und bin eingezogen. Fertig."

„Du weißt, dass ich mir den Teil selber zusammengereimt habe, oder?" Ich warf ihm einen Seitenblick zu und mir entging sein freches Grinsen nicht.

„Ja, für so intelligent hatte ich dich dann doch gehalten."

„Zu freundlich. Wenn du so weitermachst, mag ich Weihnachten am Ende dafür, aber dich nicht. Gehst du das Risiko extra ein?" Momentan hatte ich nicht das Gefühl, dass er ernsthaft bei mir punkten wollte. Aber vielleicht kannten wir uns einfach nicht gut genug dafür. *Noch nicht*, fügte ich kurzerhand hinzu.

„Hauptsache, du magst Weihnachten am Ende. Und ich glaube, wenn man Weihnachten wirklich liebt, dann liebt man auch viel mehr Menschen um sich herum. Das kommt ganz von allein." Er bremste vor einer roten Ampel und sah nach einigen Sekunden zu mir herüber, als könnte er es nicht mehr aushalten, nicht zu wissen, wie ich auf diese Worte reagierte.

„Kitschiger Spruch", gab ich ehrlich zu. Lächelte dann jedoch. „Und trotzdem wunderschön."

„Das ist wahrscheinlich der Kern von Weihnachten, oder? Viele finden es kitschig, aber genau das macht es manchmal auch aus. Besonders der Teil, dass man es dennoch für wunderschön hält. Es ist dieser Zauber, dem man sich einfach nicht entziehen kann."

„Gott, es wird immer schlimmer." Jetzt musste ich lachen. „Wenn du ein Mädchen wärst, würde ich das ja noch akzeptieren können, aber so als Mann?" Ich musterte ihn nachdenklich.

„Höchst unattraktiv?" Er fuhr wieder los, warf mir vorher jedoch noch rasch einen Seitenblick zu. Die Frage schien er ernst zu meinen.

„Das würde ich jetzt nicht unbedingt sagen." Ich hörte die Worte und registrierte erst da, dass ich es war, die sie sagte.

„Nicht?" Überrascht zog er die Augenbrauen hoch.

„Ich denke, es gibt ein paar Männer auf der Erde, die ganz vernarrt in Weihnachten sind und das, ohne richtig kitschig dabei zu sein."

„Autsch, zu denen gehöre ich dann wohl eher nicht." Er fasste sich kurz an die Brust.

„Meine Güte, so war das gar nicht gemeint." Ich lachte. Schon wieder. „Ich wollte nur sagen, dass es nicht unattraktiv sein muss. Jeder kann alles mögen, ganz unabhängig davon, welches Geschlecht, welcher Religion oder sonst was man angehört. Es muss für einen selber passen und was andere denken, ist in dem Punkt wirklich zweitrangig. Und irgendwie habe ich das Gefühl, dass es einen Teil deiner Persönlichkeit ausmacht, dass du eben so vernarrt in Weihnachten bist. Du wärst ohne diese Vernarrtheit wahrscheinlich nicht du."

„Dankeschön." Als ich ihm nach dieser peinlichen Ansprache einen Blick zuwarf, konnte ich sehen, dass er lächelte. Und richtig glücklich dabei aussah. Irgendwie peinlich berührt verbrachte ich die nächsten Minuten damit, den Verkehr und die Umgebung zu mustern.

„Ich denke, heute schaffen wir es ohne Stau", meinte Chris irgendwann. Ich nickte nur. Es war bereits dunkel und sogar hier in der Stadt konnte ich die ein oder andere Weihnachtsdekoration entdecken. Besonders auffällig waren die Sternschnuppen, welche oben an den Laternen angebracht und beleuchtet waren. Ihren Zauber zeigten sie erst, wenn es dunkel wurde.

Die restliche Autofahrt schwiegen wir, doch es war ein angenehmes Schweigen, welches Chris mit Liedern aus dem Radio füllte.

Meine Stimmung besserte sich erst wieder, als wir auf dem Parkplatz ausstiegen und ich die Stadt im Lichterglanz der Nacht erblickte. Für einen kurzen Moment war ich wie verzaubert. Ich musste mich regelrecht daran erinnern, zu atmen und mich zu bewegen.

„Schön", hauchte ich. Chris trat mit einem breiten Strahlen, welches den Lichtern rundherum Konkurrenz machte, neben mich.

„Ganz genau. Deswegen meinte ich, am besten sollten wir im Dunkeln herkommen. Also, dann wollen wir mal. Die Eisbahn sollte noch schöner sein." Er griff nach den zwei Paar Schlittschuhen, die er hinten im Kofferraum verstaut hatte, und wir gingen los. Ich bot an, das zweite Paar zu tragen, doch er meinte nur, er habe alles gut im Griff.

Für einen kurzen Moment überlegte ich, seine Hand zu nehmen. Aber das kam mir albern vor. Wir waren hier schließlich nicht auf einem Date, wir machten lediglich … einen Ausflug. Unternahmen gemeinsam etwas. Ja, als was genau würde man diese Aktion hier eigentlich bezeichnen? Jedenfalls ging es nicht darum, sich näherzukommen oder romantischen Gefühlen nachzujagen. Es ging um Weihnachten.

Und eben das hatte es für einen kurzen Moment geschafft, mich mit seinem Flair dazuzubringen die Nähe eines anderen zu suchen und das alles mit ihm zu teilen. Sich an eine Schulter anzulehnen und dieses Lichtermeer um einen herum zu genießen.

Ich riss mich zusammen und so gingen wir – ich mit den Händen vorsorglich in den Taschen meines Mantels vergraben – nebeneinander her. Dennoch konnte ich es nicht lassen, mich mit großen, staunenden Augen umzusehen. Dieser Stadtteil lag etwas abseits vom großen Weihnachtsmarkt und bei Tage war mir die Dekoration – bis auf die der kleinen Hütten – irgendwie entgangen. Doch jetzt, bei Dunkelheit, zeigte sie ihre wahre Pracht.

Wie bescheuert, aber ich konnte mit Sicherheit sagen, dass es nicht dieselbe Wirkung gehabt hätte, sähe das alles im Sommer so aus. Im T-Shirt und mit kurzer Hose nachts durch die Stadt laufen mit Lichtern rundherum? Da wäre es mir wohl kaum heimelig geworden. Es war das dick eingemummelt sein, welches diesen Eindruck erzeugte. Der Kontrast zwischen der äußeren Kälte und der inneren Wärme, die dadurch entstehende Gemütlichkeit.

Und gerade während ich all diesen Gedanken nachhing, musste ich feststellen, dass Chris es allein hierdurch bereits gelang, dass mir ganz warm im Inneren wurde. Keine miese Laune, kein drei Tage Regenwetter Gesicht oder innerer Grinch, der einfach nur schreien und wüten wollte.

Der zeigte sich allerdings sofort wieder, als wir bei der Eislaufbahn anlangten. Denn auch wenn es in der Stadt nicht leer gewesen war, so war es bisher eine angenehme Menschenmenge um einen herum gewesen. Hier jedoch drängte es sich dicht an dicht. Und obwohl ich erstaunt feststellte, dass die Eisfläche fast den gesamten Marktplatz einnahm und damit wirklich beachtlich war, war es auch auf dem Eis recht kuschelig.

Allerdings immer noch angenehmer als hier, vor dem Zelt. In dem konnte man seine Schuhe wechseln und bei Interesse seine Sachen in einem Schließfach einschließen lassen, damit nichts wegkam. Gut mitgedacht, andernfalls hätte man später alles doppelt.

Scherz.

Das Anstehen nervte mich allerdings jetzt schon, dazu das ständige Geschiebe und Gedrängel. Außerdem trällerte die ganze Zeit Weihnachtsmusik aus den Lautsprechern, die rund um die Eisfläche angebracht waren. Gerade spielten sie *Rudolph the red nosed reindeer*. Rentiere konnten aber auch gemein sein, schoss es mir beim Refrain durch den Kopf. Irgendwie mochte ich das Lied nicht. Da musste sich Rudolph erst nützlich machen mit seiner Andersartigkeit, damit die anderen auch einsahen, dass er nicht nur seltsam war. Was war denn schon dabei, dass seine Nase rot leuchtete? Und wieso sangen jedes Jahr so viele Leute dieses Lied, aber seine Botschaft war immer noch nicht bei allen angekommen?

Mann, wurde ich gerade etwa philosophisch? Gut, dass als nächstes *Jingle Bells* über den Platz tönte, da konnte ich wenigstens nichts hineininterpretieren.

„Hätte nicht erwartet, dass es so voll ist. Morgens wäre mit Sicherheit weniger losgewesen, aber dann hätte das zauberhafte Ambiente gefehlt." Geschickt versuchte Chris, meine Aufmerksamkeit wieder auf das Drumherum zu lenken, fort von den vielen Menschen.

Und er hatte Recht. Es waren kleinere Strahler auf den Boden gerichtet, welche das Eis in einem unwirklichen weißbläulichen Licht funkeln ließen. Irgendwie kalt und fremdartig. Gleichzeitig machte es genau das jedoch so anziehend und faszinierend. Die Laternenpfähle waren mit Girlanden aus Tannenzweigen umwickelt, in die man funkelnde Lichterketten eingearbeitet hatte. Zusätzlich waren Bänder von einem Pfahl zum nächsten gespannt und daran Lichteiszapfen befestigt worden, welche einem im ersten Moment den Eindruck vermitteln konnten, sie wären echt und in ihnen wohne ein Zauber, der sie derart erstrahlen ließ.

Schmerzhaft wurde ich aus meiner Bewunderung gerissen. Ein kleines Kind, es musste um die neun oder zehn sein, rannte in vollem Lauf in mich hinein. Ich verlor das Gleichgewicht und stolperte gegen Chris, der mich zum Glück auffing, ohne dabei selbst den Halt zu verlieren.

„Ganz schön stürmisch." Ich pustete mir die Haare aus dem Gesicht, die ich extra offen gelassen hatte, damit sie ähnlich wie der Rock um mein Gesicht tanzen konnten. Sollte es jemals so weit kommen. Das Mädchen, zumindest nahm ich an, dass es eines war, war von mir weiter in einen Mann hinter mich gerasselt. Sie entschuldigte sich weder bei mir noch bei ihm und rannte einfach weiter.

„So etwas. Kinder heutzutage haben auch kein Benehmen mehr." Da musste ich ihm beipflichten. Er warf mir einen Blick zu und beobachtete, wie Chris mich wieder auf meine eigenen Beine stellte. Ich hatte gar nicht wahrgenommen, wie ich die ganze Zeit halb in seinen Armen gehangen hatte.

Peinlich!

„Halb so wild, ist ja noch mal gut gegangen", meinte Chris hingegen versöhnlich, aber ich sah das anders.

„Trotzdem war es ihre Schuld und sie hätte sich entschuldigen können. Was sollte das überhaupt?", moserte ich.

„Wenn du das wissen willst, renn schnell hinterher und frag sie. Aber remple dabei keine fremden Leute an, das mögen die nämlich gar nicht." Mahnend hob er den Kopf und mit seinem ernsten Blick und der tiefen Stimme, die er aufgesetzt hatte, brachte er mich doch tatsächlich zum Lachen.

„Ja, schon gut. Ist ja auch egal", lenkte ich deshalb ein.

„Oh, sieh mal. Jetzt dürfte es nicht mehr lange dauern." Die Schlange rückte vor und wir standen nun direkt vor dem Zelteingang.

„Wird auch Zeit." Ich trampelte ungeduldig auf der Stelle.

„Ist dir etwa kalt? Ich könnte uns etwas Warmes zu Trinken holen." Chris deutete auf die vereinzelten Buden, die an einer Seite der Eislaufbahn aufgebaut waren. Diese sahen um ein hundertfaches weihnachtlicher aus als jene vorgestern auf dem Weihnachtsmarkt. Das kam von dem Licht in Kombination mit dem schwarzen Himmel und den um einiges winterlicheren Temperaturen.

„Nein, auch wenn mir jetzt eher danach ist als beim letzten Mal. Aber lass uns das lieber später machen. Mit aufs Eis können wir es sowieso nicht nehmen."

„Da hast du recht."

Als wir dann endlich an der Reihe waren, nahm ich ihm die Schlittschuhe ab und hoffte inständig, dass sie mir passen würden. Das hätten wir vorher vielleicht lieber mal ausprobieren sollen. Wenn sie zu groß waren, hätte ich noch ein weiteres Paar Socken anziehen können. Aber wenn sie zu klein wären, dann könnte es eng werden. Im wahrsten Sinne des Wortes.

Erwartungsvoll schlüpfte ich in den ersten Schuh und siehe da: Nicht zu klein.

Eventuell etwas zu weit an den Seiten, aber ich wollte damit ja keine Kür laufen und für das Bisschen, was ich zustande brachte, würden sie allemal reichen.

„Fertig? Oder soll ich dir helfen?" Chris stand plötzlich vor mir und musterte prüfend meine Schlittschuhe.

„Gleich." Hastig fädelte ich die Schnürsenkel von links nach rechts und andersherum, um sie endlich verknoten zu können. Ich zog und wäre beinah rittlings von der Bank gekippt, fing mich aber zum Glück kurz vorher. Schockiert umklammerte ich das abgerissene Ende des Schnürsenkels mit der rechten Hand.

„D-d-das war keine Absicht", stotterte ich und hielt es wie einen toten Wurm von meiner Hand herunterbaumelnd hoch. Meine Güte, da lieh er mir extra Schlittschuhe und ich hatte nichts Besseres zu tun, als sie kaputtzumachen.

„Halb so wild, die sind schon alt, da kann das mal passieren. Gibt her." Er nahm mir den abgerissenen Schnürsenkel aus der Hand und verknotete die Enden wieder miteinander. Dann schnürte er mir den Schuh zu.

„Siehste, geht doch." Zufrieden erhob er sich.

„Danke!"

„Wenn sonst nichts ist, bringe ich schon mal unsere Sachen weg." Er schnappte sich meine und seine Schuhe, die ich neben mir auf die Bank gelegt hatte, und stakste zu einer Frau hinter einer langen Reihe von Tischen. Ich sah mich jetzt genauer um und musste amüsiert feststellen, dass sich alle Leute auf Schlittschuhen „an Land" höchst unelegant fortbewegten. Na, wenigstens würde ich dann nicht auffallen.

Als ich endlich fertig war, drückte ich mich vorsichtig von der Bank hoch, behielt sogar sicherheitshalber noch eine Hand am Holz. Trotzdem geriet ich ganz schön ins Schlingern und wäre bestimmt wieder auf meinen Hintern geplumpst, wenn mich nicht eine Hand am Arm ergriffen hätte.

„Dankeschön." Haltsuchend klammerte ich mich bereitwillig an ihn. Als ich endlich halbwegs sicher stand, besah ich mir die Hand genauer und runzelte die Stirn.

„Kein Problem, sah so aus, als könntest du Hilfe gebrauchen."

„Äh, ja." Mein Hirn hakte noch etwas, denn das war weder Chris' Stimme noch sein Gesicht. Dabei hatte ich angenommen, dass er mein Retter sein musste. Ein Irrtum, wie mir nun bewusst wurde. Diese Augen waren blauer, das Grün fehlte. Außerdem waren die blonden Haare kürzer und er war bestimmt auch noch einige Zentimeter größer. Ich war froh, als ich endlich über diesen Punkt hinwegsehen und vernünftig weiterreden konnte. Andernfalls hätte er mich irgendwann sicherlich für beschränkt gehalten. Außerdem war es unhöflich, ihn die ganze Zeit so anzustarren.

„Das war Rettung zum genau richtigen Zeitpunkt", antwortete ich mit leicht belegter Stimme. Ich traute mich jedoch nicht, mich zu räuspern, weil das viel zu viel verraten hätte. Und gerade diese Befangenheit, welche mich bei seinem Anblick ergriffen hatte, wollte ich vor ihm verbergen. Leider machte ich es nicht besser, indem ich im nächsten Moment den Blick zu Boden richtete. Um das gleich wieder zu überspielen, tat ich so, als überprüfe ich meinen Stand, um mich dann endlich von ihm lösen zu können. Nichts wäre peinlicher gewesen, als wenn er mich gleich wieder hätte auffangen müssen. Das war allerdings nicht nötig. Wobei, als ich Chris' Stimme hinter mir hörte, brachte die mich doch sogleich wieder ins Wanken.

„Nadine, ich bin entsetzt. Hast du etwa schon Ersatz für mich gefunden?" Plötzlich stand Chris direkt hinter mir. Erschrocken zuckte ich zusammen und sah mich beinahe ertappt um, ehe ich mich erinnerte, dass wir ja gar nicht als Paar unterwegs waren.

„Ich habe lediglich den Ersatzmann gespielt. Viel Spaß wünsche ich noch." Meine neue Bekanntschaft verabschiedete sich mit einem charmanten Lächeln und verließ das Zelt. Ah, keine Schlittschuhe mehr, deswegen hatte er so einen guten Stand gehabt. Für einen kurzen Moment bedauerte ich, dass er so schnell verschwunden war. Ich konnte mich nicht mal richtig bei ihm bedanken und seinen Namen kannte ich auch nicht. Wobei daraus ja aller Wahrscheinlichkeit nach ohnehin nichts geworden wäre. Aber wer wusste das schon?

„Kanntest du ihn?", fragte Chris nun mit wesentlich ernsterer Miene.

„Nein. Er hat mich nur vor einem peinlichen Sturz auf meine vier Buchstaben bewahrt, während ich versucht habe, auf diesen unmöglichen Dingern zu stehen." Ich hob hilflos abwechselnd die Füße ein Stück und hatte das Gefühl, allein das würde mein Können bereits überfordern, doch dann warf ich ihm ein schelmisches Lächeln zu. „Wäre das nicht eigentlich deine Aufgabe gewesen?"

„Ich bin nur hier, um dir den Geist der Weihnacht näher zu bringen. Oder wie war das noch? Die gegenwärtige Weihnacht zu zeigen. Wahrscheinlich wurde dir der galante Helfer vom Himmel geschickt."

„Aber klar doch." Ich schnaubte. „Sieh lieber zu, wie du mich halbwegs galant aufs Eis und nachher heil wieder runterbekommst, ansonsten war's das hier und jetzt mit der gegenwärtigen Weihnacht." Ich probierte mich an einigen Schritten allein, griff dann jedoch ohne zu fragen hastig nach Chris' Jackenärmel, um mich daran festzuklammern. Leider war der auch nicht viel sicherer auf den Beinen als ich.

„Scheiße, hab ich das schon lange nicht mehr gemacht." Er atmete richtig auf, als wir schließlich auf dem Eis standen. Wobei ich keine Ahnung hatte, wie wir es überhaupt bis hierher geschafft hatten. Na ja, er war drauf, ich stand noch unschlüssig davor und sah mich bereits wie die Typen von Cool Runnings auf die Schnauze fallen. Vielleicht könnte ich mich ja auch so wie im Film an Chris klammern und mitziehen lassen.

„Nadine, komm schon. Einfach einen Fuß nach dem anderen." Chris winkte mir aufmunternd zu. Wie einem Tier, das man dazu animieren wollte, zu einem zu kommen. Ein Hund vielleicht?

„Also ich weiß nicht." Unsicher drehte ich mich zur Seite, wodurch ich den Fuß seitlich aufs Eis setzen konnte und dadurch wenigstens nicht Gefahr lief, mir selbst die Füße unterm Körper wegzuziehen und gleich beim ersten Anlauf einen oscarreifen Sturz hinzulegen.

Das funktionierte soweit recht gut. Nach einigem Hin und Her stand ich dann sogar mit beiden Füßen auf dem Eis. Und jetzt?

Doch noch während ich ratlos meine wackeligen Füße betrachtete, fiel mir etwas anderes ins Auge.

„Wow, das wirkt richtig echt. Ist das wirklich künstlich? Also aus Plastik?" Ich hätte es mir gern näher angesehen, aber ich fürchtete, bei dem Versuch auf meiner Nase zu landen, und das war mir dann doch zu nah.

„Ja. Das synthetische Eis ist mittlerweile richtig gut. In der Zeitung stand ein großer Bericht dazu. Selbstschmierend oder so? Hab nicht alles behalten, war zur Eröffnung des Weihnachtsmarktes Ende November." Ich sah zu Chris auf. Entschuldigend hob er die Schultern. War ja auch nicht weiter wichtig. Ich hätte nur nicht gedacht, dass der Unterschied so wenig auffallen würde. Im ersten Moment hielt ich es für echtes Eis, aber das wäre bei den Temperaturen in null Komma nichts weggeschmolzen.

Ich stand nach wie vor hilflos an einer Stelle. So fühlte ich mich wenigstens ansatzweise sicher.

„Taste dich einfach ganz vorsichtig heran. Das ist alles eine Sache der Übung und des Gleichgewichts." Der hatte gut reden. Ich bekam durchaus mit, wie er probehalber am Rand ein Stück vor- und zurückfuhr. Mir entging ebenfalls nicht, dass er dabei immer besser und sicherer wurde. Tja, da sah man, dass das Ganze bei ihm allem Anschein nach nicht so lange her war wie bei mir. Ich war das letzte Mal in irgendeiner Ferienfreizeit auf dem Eis gewesen und da hatte ich wahrscheinlich noch Schuhgröße 20 oder so etwas gehabt.

„Wenn du mich hier heute irgendwann alleine stehen lässt, ich schwöre, dann laufe ich nach Hause und rede nie wieder ein Wort mit dir." Keine Ahnung, wieso ich ihm gerade drohte, aber um Hilfe oder eine stützende Hand zu bitten wollte mir nicht über die Lippen kommen.

„Keine Sorge, ich denke, hier spielt sich der größte Spaß ab. Wieso sollte ich da woanders hingehen?" Dieses freche Grinsen hätte ich ihm ja zu gern vom Gesicht gewischt, leider war ich derzeit äußerst geh-eingeschränkt und schaffte es kaum die zwanzig Zentimeter auf ihn zu.

Da mir das Füßeheben fürs Erste zu gefährlich erschien – obwohl ich es anfangs durchaus mit normalen Laufversuchen probierte, was genauso wenig wie an Land funktioniert hatte – war ich nun dazu übergegangen mich am Rand der Bahn entlangzuhangeln und einfach vorwärts zu ziehen. Sobald ich halbwegs Schwung hatte, klappte das auch einigermaßen passabel. Das Problem war bloß, dass hier so viele Menschen waren, dass ich nicht sonderlich weit mit dieser Methode kam. Also drehte ich um, nur um festzustellen, dass ich so nicht den gesamten Abend verbringen konnte.

„Versuch es mal frei. Einfach ein Stück in diese Richtung und danach kannst du ja vorerst wieder umdrehen. Aber laufen lernt man auch nicht, indem man immer nur an der Wand entlanggeht. Mal abgesehen davon, dass man dann ziemlich eingeschränkt ist."

„Herzlichen Dank auch, das hab ich bereits selber festgestellt", murrte ich. „Also schön, du fängst mich aber auf, klar?" Als er nickte, sah ich ihn nur zweifelnd an. Das konnte doch gar nicht gut gehen. Ich nahm den linken Fuß und stieß mich ab, um auf dem rechten in seine Richtung zu gleiten. Na ja, ich verfehlte ihn etwas, das konnte man aber durchaus noch als Absicht abtun.

„Sah doch schon gut aus", lobte Chris mich sogleich, obwohl ich hätte wetten können, dass jeder Hund auf Schlittschuhen besser ausgesehen hätte. Aber schön, jetzt war ich hier und sollte mich zumindest mal richtig daran versuchen. Und was sollte schon großartig passieren? Ein paar blaue Flecke oder aufgeschlagene Knie hatte man sich früher beim Inlineskaten auch geholt. Obwohl ich gerade wirklich viel für diese Knie- und Ellenbogenschützer gegeben hätte. Alternativ hätte ich mir einen der kleinen Pinguine oder Schneemänner nehmen können. Davon standen ein paar am Rand. Sie hatten links und rechts einen Griff wie bei einem Fahrrad der Lenker und dienten den Kindern als eine Art Stützräder. Oder wie bei den älteren Leuten einen Rollator. Jedenfalls verhinderten sie, dass die Kinder hinfielen und waren zu dem auch noch sehr süß anzusehen. Ich war aber sicher, es auch ohne deren Hilfe hinzubekommen. Das wäre doch gelacht!

„Dann tasten wir uns doch mal langsam ran." Den nächsten Versuch startete ich leider etwas zu euphorisch und damit auch zu schwungvoll.

Witzig, wie sehr der kleine Erfolg mein Selbstvertrauen angekurbelt haben musste. Jedenfalls stieß ich mich mit zu hoch erhobenem Bein ab, wodurch ich nach links kippte und dank des Schwungs eine sehr enge Kurve fuhr. Als Nächstes wäre ich wohl einfach zur Seite umgekippt.

„Hoppla, Vorsicht!" Chris fing mich gerade so auf. „Das fehlt mir am Ende noch, dass du hier einen Abgang machst und dir das Knie aufschürfst oder ähnliches."

„Momentan fürchte ich, steht die Wahrscheinlichkeit dafür bei satten siebzig Prozent." Ich fühlte mich echt wie ein Neugeborenes oder wie Bambi auf dem Eis. Der konnte seine Beine auch nicht richtig sortieren. Und Klopfer musste ihn immer wieder fleißig auffangen.

„Danke, Klopfer." Ich legte mit Schwung meine Hand auf seine Schulter und drückte, während ich gewichtig nickte, als habe er mir gerade einen guten Dienst erwiesen.

„Ich verstehe zwar nicht so ganz, was das soll, aber ich schätze, ich habe heute das Glück, dass du mir noch ein paar Mal mehr in die Arme fallen wirst." Er grinste breit.

„Das könnte dir so passen. Ich suche mir da lieber andere Typen. Vorhin hat das ja schon ganz ausgezeichnet funktioniert." Um das deutlich zu machen, stieß ich mich von ihm ab und glitt ein paar Zentimeter auf dem Eis entlang. Ehe ich erneut ins Schleudern geriet.

Aber mein Klopfer war sofort an meiner Seite, ehe ich in eine recht rundliche Frau stolpern konnte, die meinen Sturz in jedem Fall weich gepolstert hätte.

„Vielleicht solltest du dich doch eher an mich halten. So richtig gut zielen, scheinst du nämlich nicht zu können." Er feixte, als er noch mal zu der Frau hinübersah, die vollkommen unbehelligt von dannen zog. Leider wesentlich eleganter als ich Elefant gerade, wie ich zu meinem Leidwesen feststellen musste. Wenigstens musste ich mir keine Gedanken machen, dass das Eis brach. Andernfalls hätte ich mich doch eher an sie gehalten, so als Rettungsring war sie bestimmt eher zu gebrauchen als Mister Chris-tmas.

In diesem Moment fuhr ein Kind mit einem Pinguin an mir vorbei. Ich starrte ihm für einige Sekunden hinterher und ertappte mich bei dem Gedanken, dass ich so einen doch echt gut gebrauchen konnte.

Allerdings würde ich damit wohl nur einen noch dämlicheren Eindruck erwecken. Also wandte ich mich mit einem leichten Kopfschütteln ab. Dabei erfasste ich Chris' Blick, der mir so ein wissendes Lächeln zuwarf, dass ich ihn am liebsten quer übers Eis geschubst hätte. Dabei wäre ich aber bestimmt bloß selber auf die Schnauze gefallen, daher musste ein abfälliges Schnauben reichen. Allerdings sorgte das lediglich dafür, dass sein Grinsen noch breiter wurde.

Blöder Idiot, was musste er auch in meinen Gedanken herumschnüffeln.

Ausgerechnet jetzt startete das Lied *All I want for Christmas is you*.

Für einen kurzen Moment hatte ich das Gefühl nun im Gegenzug, seine Gedanken lesen zu können. Missbilligend kniff ich die Augen zusammen. Vielleicht würde er ja über die Verbindung auch meine Antwort hören. Ein Versuch war es wert.

Ohne mich. Das kannst du vergessen!

Und Schwupps: auf die Schnauze gefallen!

Inzwischen glaubte ich, den Dreh einigermaßen rauszuhaben. Jedenfalls fuhren wir Hand in Hand und hatten auch ganz gut Schwung drauf. Also es war kein Oma-Schlittschuhfahren mehr.

Gerade richtete ich den Blick nach vorn, da ich es irgendwie vermeiden wollte, dass unsere Augen sich über unsere Hände hinweg trafen und so ein peinlicher Moment entstand, da riss es mich zu Boden.

„Aua." Ich rieb mir den Ellenbogen und es dauerte seine Zeit, bis mir bewusst wurde, dass nicht ich es war, die den Sturz verursacht hatte. Und ich war es auch nicht, die sich dabei anscheinend verletzt hatte.

„Alles in Ordnung?" Ich robbte auf dem Eis zu Chris rüber, der sich den rechten Knöchel hielt.

„Was? Ja, klar. Sorry, ich hab kurz nicht aufgepasst, bin irgendwie vorne mit der Kufe hängengeblieben und hab mich dann langgelegt. Ich wollte dich wirklich nicht mitziehen, aber ich hab mich automatisch an dir festgehalten." Entschuldigend sah er zu mir auf. Da war er wieder, dieser absolute Welpenblick. Dazu das Kauern am Boden. Unschlagbar!

„Halb so wild, hab mir nicht großartig wehgetan." Die Leute fuhren einfach um uns herum, warfen uns jedoch hier und da irritierte Blicke zu. Wir sollten lieber mal zusehen, dass wir aus der Gefahrenzone kamen, ehe uns noch jemand übersah und über uns einen Salto schlug.

61

„Na, komm. Kannst du aufstehen?" Ich stellte mich hin (wackelig, aber ich stand) und reichte ihm eine Hand.

War wahrscheinlich keine sonderlich gute Idee, denn wenn ich versuchte, ihn hochzuziehen, würde unweigerlich ich als Nächste auf dem Eis hocken. Das war es gerade jedoch nicht, was mich beschäftigte. Ich hatte mit einem Mal das Gefühl, bei uns wären die Rollen vertauscht. Wäre dies eine Geschichte, dann wäre ich die Weihnachtsversessene, die den gutaussehenden Nachbarn, den sie zufällig beim Einkaufen trifft, von dem Zauber dieser Zeit überzeugen wollte. Und er würde über mir stehen und mir beim Aufstehen helfen. Allerdings hätte ich in dem Fall keine so armselige Figur auf dem Eis abgegeben, wenn ich ihn hätte überzeugen wollen. Andererseits er ja auch nicht, das hätte schließlich nicht zum Image cooler, heißer Typ gepasst.

Man merkte zweifellos, dass mein Hirn mit anderen Dingen als der Tatsache, dass ich auf diesen Schuhen weniger Halt hatte als auf zwanzig Zentimeter Pfennigabsätzen, beschäftigt war. Zum Glück dachte wenigstens Chris mit.

„Ja, passt schon, danke. Wenn ich allerdings deine Hand nehme, wette ich, dass ich gleich wieder auf dem Eis hocke." Er grinste schief und in diesem Moment wurde mir das dann auch endlich klar, weswegen ich meine Hand hastig hinter dem Rücken versteckte.

Chris legte beide Hände aufs Eis und wollte sich wohl hochdrücken, doch stattdessen sackte er zischend in sich zusammen.

„Was hattest du gerade noch gesagt?", wollte ich grinsend wissen, da er das nun auch ohne meine Hilfe geschafft hatte. Doch als ich sein schmerzverzerrtes Gesicht bemerkte, war der Spaß sogleich verflogen. Das war anscheinend kein Scherz.

„Es ist also doch nicht alles in Ordnung", stellte ich ohne Umschweife fest und sank neben ihm zu Boden – okay, die Schlittschuhe rutschten mir auf den letzten paar Metern weg.

„Ach, was. Das ist bestimmt nur halb so wild." Anstatt ihm zu widersprechen, wartete ich geduldig ab, während er sich nach kurzem Zögern auf meiner Schulter abstützte und hochstemmte. Den rechten Fuß setzte er dabei ganz vorsichtig auf, ich konzentrierte mich darauf, da ich ihn direkt vor Augen hatte. Das zischende Ausatmen konnte ich dennoch deutlich hören.

„So." Ich erhob mich ebenfalls. „Wir bewegen uns jetzt langsam Richtung Ausgang und dann schauen wir uns erst einmal deinen Fuß vernünftig an."

Chris sah zunächst danach aus, als wolle er widersprechen. Aber ich konnte genau sehen, wie er bei dem Versuch mehr Last auf den Fuß zu legen, schmerzhaft das Gesicht verzog und es dann sein ließ. Mein Entschluss stand fest und er gab schließlich nach und nickte.

Also drehte ich ihn vorsichtig herum und schob ihn, während ich ihn gleichzeitig stützte, in die gewünschte Richtung. Was für ein Glück, dass er sich gerade wie auf Schienen befand, das machte das Ganze wesentlich einfacher.

Zumindest bis zu der Stelle, an der wir „an Land" gehen mussten. Da wurde die Sache dann knifflig. Weil ich nicht riskieren wollte, dass er ein zweites Mal stürzte und sich womöglich noch eine weitere Verletzung zuzog – und ich mir womöglich mit ihm – sah ich mich nach geeigneter Hilfe um. Zu zweit sollten wir Chris eigentlich recht gut bis zur nächsten Sitzgelegenheit bekommen.

Also sprach ich einfach den uns am nächsten stehenden Mann an. „Entschuldigung, aber könnten Sie uns vielleicht helfen?"

Er stand mit dem Rücken zu uns, drehte sich allerdings sogleich zu mir herum. Na, da hatte ich aber mal einen Volltreffer gelandet. Chris musste etwas Ähnliches durch den Kopf gegangen sein.

„Schleppst du schon wieder einen neuen Typen als Ersatz an?", scherzte er, während ein großer, gutaussehender Mann im langen, edel wirkenden Mantel auf uns zueilte.

„Klar doch, du scheinst ja immerhin nicht mehr zu gebrauchen zu sein. Also muss ich mich doch nach was Neuem umsehen", witzelte ich leise, aber er wandte nur das Gesicht ab und ging nicht darauf ein. Überrascht musterte ich ihn für ein paar Sekunden, immerhin hatte er damit angefangen. Dann wurde ich jedoch von dem netten Fremden abgelenkt.

„Alles in Ordnung bei euch Zweien?" Ich sah ihm in die braunen Augen und schätzte, dass er zwei, drei Jahre älter war als wir. Also quasi genau im richtigen Alter. Leider hatte ich nur gerade weder die Zeit noch die richtige Stimmung, um ihn näher kennenzulernen. Dabei hätte ich das wirklich gern getan, aber Chris war momentan wichtiger.

„Eher nicht. Ich fürchte, er hat sich den Knöchel verstaucht", antwortete ich und zeigte verdeutlichend auf Chris' Fuß.

„Ich bin nur umgeknickt, halb so wild", antwortete der mit einem höchst genervt klingenden Unterton. Beinahe wäre ich als Gegenreaktion richtig patzig geworden, aber ich riss mich zusammen.

„Könnten Sie mir helfen, dass wir ihn zu einer der Bänke bekommen, damit ich mir den Fuß einmal vernünftig angucken kann?", bat ich ihn, ohne auf Chris einzugehen. Wollte er die Sache nur runterspielen oder war er aus irgendwelchen Gründen tatsächlich eingeschnappt? Aber ich konnte ihn jetzt auch schlecht einfach so sitzenlassen. Erstens war er verletzt und zweitens war nach Hause kommen ohne Auto um einiges mühseliger.

„Kein Problem." Bereitwillig griff meine neue Bekanntschaft Chris auf der anderen Seite unter die Arme und mit seiner Unterstützung war es gar nicht so schwer, ihn die paar Meter bis zur nächsten freien Bank zu bekommen. Ohne zu murren, ließ er sich darauf nieder.

„Das wäre geschafft. Kann ich sonst noch irgendwie behilflich sein?" Mit einem überaus freundlichen Lächeln sah er mich an. Es war zum Dahinschmelzen.

Doch im nächsten Augenblick wanderten seine Augen über mich hinweg. Irritiert sah ich mich um. Am Rand des Zeltes stand eine Frau mit feinen, elfenhaften Gesichtszügen. Sie trug eine hellbraune Pudelmütze mit süßem Bommel. In dem Moment lächelte sie zaghaft und als ich mich wieder zu ihm herumdrehte, erwiderte er das ganz offensichtlich. Sie schien jedoch so nett zu sein und ihn nicht zu drängen, sie blieb sogar auf Abstand.

Da konnte ich ihn unmöglich noch länger einspannen. Zumal ich den Rest wirklich allein schaffte.

„Nein, aber vielen Dank für Ihre Hilfe." Ich lächelte und kniete mich hin, um mir Chris' Fuß näher anzusehen.

„Gerne doch. Hoffe, dass es nichts Ernstes ist, Kumpel." Er schlug Chris noch kurz auf die Schulter, der sich offensichtlich das Lachen erkämpfen musste, mit dem er auf die Aussage reagierte. Sobald er zu seiner Freundin hinüberlief und kurz darauf einen Arm um ihre Schulter legte, konzentrierte ich mich voll und ganz auf meinen „Patienten".

„Schon vergeben, wie es scheint. Wie ärgerlich", stichelte Chris, was ich absichtlich überhörte. Das war mir gerade wirklich nicht wichtig. Ich war damit beschäftigt, den Schlittschuh von seinem Fuß zu bekommen. Das ließ ihn verstummen, da er dabei nämlich den ein oder anderen Schmerzenslaut unterdrücken musste.

„Der ist in jedem Fall schon dick." Dafür brauchte ich nicht mal ein geübtes Auge. Sein Knöchel sah eindeutig geschwollen aus. Prüfend zog ich ihm die dicke Socke hinunter. Verfärbt hatte sich noch nichts, aber gut war trotzdem etwas anderes.

„Ich sag doch, bloß verstaucht oder so. Bin blöd umgeknickt und bei den hohen Schuhen ist das halt fatal. Ich verstehe überhaupt nicht, wie ihr ohne gebrochene Knöchel auf diesen dünnen Absätzen laufen könnt." Ich musste dabei lachen, stutzte jedoch. Apropos gebrochen.

„Bist du sicher, dass er nicht gebrochen ist? Meine Mutter ist auch nur über die Katze gestolpert", gab ich zu bedenken und musterte ihn besorgt. Das Letzte, was ich brauchte, war, dass er sich meinetwegen etwas gebrochen hatte. Wegen meiner Mutter wusste ich, was da für ein Rattenschwanz dranhängen konnte. Ihre Sprunggelenksfraktur war zwar nicht kompliziert gewesen, hatte aber trotzdem operiert werden müssen. Danach hatte ein Gips alles an Ort und Stelle gehalten und jetzt gab es für vier bis sechs Wochen diesen Schuh. Sie durfte den Fuß bis zum Ende der Zeit nur teilbelasten. Danach würde man weitersehen, so hieß es. Und das ausgerechnet vor Weihnachten. Ich konnte diesen Punkt nicht oft genug verfluchen.

„Nein, ich bin ja nicht zum ersten Mal umgeknickt. Das ist in ein paar Tagen wieder gut. Keine Sorge." Er winkte ab und wenn er wirklich nur umgeknickt war, hatte er damit wahrscheinlich recht.

Aber was, wenn nicht? Andererseits fuhr ich normalerweise nicht bei jedem dicken Knöchel direkt ins Krankenhaus.

„Ach, Jungs passiert das also auch häufiger?" Mit einem schiefen Grinsen richtete ich mich auf und sah auf ihn hinab.

„Wenn man viel Sport treibt, kann das durchaus mal passieren."

Chapeau, gute Antwort.

„Also schön, das heißt, du willst nicht zu einem Arzt oder ins Krankenhaus, richtig?" Herausfordernd sah ich ihn an.

„Nein." Entschieden schüttelte er den Kopf.

„Na gut. Dann Schuhe an und ab nach Hause", bestimmte ich.

„Wieso?" So langsam kam er mir vor wie ein quengelndes Kleinkind.

„Weil du, mein lieber Freund, mit diesem Fuß kaum noch laufen kannst. Der Weg zum Auto wird schon lustig. Und selbst wenn er nur verstaucht ist, braucht der Knöchel dringend Ruhe. Und etwas Eis zur Kühlung wäre bestimmt auch nicht verkehrt. Ich bezweifle, dass du etwas von der Eisbahn stibitzen darfst, also fahren wir jetzt nach Hause." Ich hatte bei meiner Ansage die Hände in die Seiten gestemmt, mich etwas breitbeiniger hingestellt und zudem noch einen sehr strengen Blick auf ihn niederfallen lassen. Zum Glück saß er nach wie vor, da erzeugte das wesentlich mehr Wirkung.

Chris sah tatsächlich wie ein trotziges Kind zu mir auf, dem die Mutter verboten hatte weiterzuspielen.

„Aber wir müssen ja nicht jetzt sofort los. Du könntest noch etwas Schlittschuhfahren und danach gehen wir. Immerhin sind wir extra deswegen hergekommen."

„Als ob mir das ohne dich Spaß machen würde." Die Worte waren raus, ehe ich sie hätte aufhalten können. Aber das war wohl auch ganz gut so, denn in seiner Miene veränderte sich etwas. So sehr, dass er den Blick schließlich abwandte. Doch immerhin willigte er danach endlich ein.

Meine ehrlichen Worte schienen ihn zufriedengestellt zu haben.

„Also schön, wenn das so ist, dann gehen wir eben", murmelte er leise, aber laut genug, dass ich es über das summende Stimmengewirr und die Weihnachtsmusik um uns herum verstehen konnte.

Ich nickte, holte unsere Sachen und half ihm dabei, die Schuhe zu wechseln. Ich war stolz auf mich, dass ich kein einziges Mal selber umgeknickt war bei dem ganzen Hin- und Herlaufen. Als wir uns allerdings auf den Weg machten, hatte ich nicht das Gefühl, das Schlimmste wirklich hinter mir zu haben. Chris wollte sich partout nicht von mir stützen lassen, weswegen wir extrem lange brauchten.

Das ging mir dermaßen auf die Nerven, dass ich leise vor mich hinmurmelte, dass ich froh war, wenn das alles vorbei war. So etwas brauchte wirklich niemand.

Ich war mir nicht sicher, ob er mich gehört hatte, jedenfalls war die Stimmung abermals ziemlich frostig. Verschwunden war jeder Funke Weihnachtsstimmung.

Im ersten Moment schockierte mich das regelrecht. Ich meine, hatte ich ihn bisher überhaupt schon einmal traurig oder deprimiert gesehen? Nein, eigentlich nicht. Weder als wir auf dem Weihnachtsmarkt abgesoffen waren und sein ganzer schöner Plan wortwörtlich den Bach heruntergegangen war. Noch als er sich ziemlich schmerzhaft den Fuß verdrehte. Er hatte ständig gelächelt und immer weitergemacht. Fast so, als ob es nichts gäbe, was ihm die Laune verderben könnte. Oder als habe er schon weitaus Schlimmeres erlebt, sodass ihn etwas Regen oder ein verstauchter Knöchel nicht weiter betrüben könnten.

Sollte das wirklich der Fall sein, dann wusste ich nicht, ob ich tatsächlich wissen wollte, was er bisher alles hatte durchmachen müssen, um sich sein Lächeln derart konsequent bewahren zu können. Wer wollte schon erst durch die Hölle gehen müssen, nur damit man auch bei der trübsten Wolke den schönsten Sonnenschein sehen konnte? Dann sah ich lieber weiterhin Regenwolken und betrübte mich darüber, wodurch ich natürlich einiges vom Leben verpasste, aber ich war mir sicher, damit im Schnitt glücklicher zu sein. Denn all das Schlechte aufzuwiegen, das schien mir ein ganzes Leben zu brauchen und dabei wusste ich noch nicht einmal Genaueres.

Ich stoppte meine Gedanken hier und jetzt, da ich merkte, dass sie sich in die vollkommen falsche Richtung bewegten. Außerdem verlor ich mich in Überlegungen, die weder Hand noch Fuß hatten und einzig meiner übersprudelnden Fantasie entsprangen. Das würde nirgends hinführen und den Umgang mit ihm wahrscheinlich nur unnötig verkomplizieren.

Als wir endlich am Auto ankamen, wurde ich das erste Mal richtig laut, als Chris darauf bestand, zu fahren. Ich dachte in dem Moment wirklich, dass er sie nicht mehr alle hatte. So teuer konnte sein Wagen nicht sein, dass er sich Sorgen machen musste, dass ich was damit anstellte. Die Wahrscheinlichkeit war viel höher, dass er uns in der nächsten Hauswand parkte, wenn er mit seinem schmerzenden Fuß versuchte, Gas zu geben oder zu bremsen.

Nach einigen hitzigen Worten gab er schließlich nach, aber die Stimmung war danach sogar noch schlechter. Ich sollte wirklich lernen, die Finger von Weihnachten zu lassen. Das brachte scheinbar auch anderen Unglück. Beim ersten Versuch war ich es gewesen, die wegen des Wetters richtig schlechte Laune gehabt hatte, doch jetzt war sogar meinem Sonnenschein das Lachen vergangen. Und das machte mich traurig. Ihm hatte ich die Freude an dem Ganzen wirklich nicht verderben wollen. Das musste ich später unbedingt wieder in Ordnung bringen.

Die Frage war nur wie?

Manchmal tut Eis auf dem Kopf ganz gut, alternativ geht auch auf dem Fuß

Nach einer langen Autofahrt des tödlichen Schweigens, parkte ich in Chris' Auffahrt. Er musste jetzt zwar einmal ums Auto herumlaufen, um zur Haustür zu kommen, aber dabei konnte er sich ja am Wagen abstützen.

Langsam schaltete ich den Motor aus und zog die Handbremse an. Irgendwie wusste ich nicht, was ich sagen sollte. Es wäre das Erste nach dem Streit wegen des Fahrens.

„Danke fürs Bringen", murmelte Chris, schnallte sich ab und kämpfte sich aus dem Auto. Hastig stieg ich ebenfalls aus und ging zu ihm.

„Danke, ich kann das alleine. Gib mir einfach meine Schlüssel, dann kannst du gehen." Er sah mich nicht an, während er die Hand ausstreckte. Ich legte den Autoschlüssel hinein und stand danach unschlüssig da. Ihn jetzt allein lassen? Das kam mir irgendwie nicht wie die beste Idee vor …

Er schien jedoch nichts mehr zu dem Thema zu sagen zu haben, verschloss das Auto und humpelte an ihm entlang Richtung Haus. Ich sah ihm eine Weile dabei zu. Besonders interessant wurde es, als er die Motorhaube loslassen musste. Hüpfen schien nicht die beste – und vor allem nicht die eleganteste – Variante zu sein, und so entschied er sich dazu, mit den Fußspitzen leicht aufzutreten. Ich hielt es ganze zwanzig Sekunden aus, dann war bei mir der Geduldsfaden gerissen.

„Das ist doch bescheuert", schimpfte ich und lief los.

„Was?" Chris sah sich genau in dem Moment um, als ich unter seinen rechten Arm tauchte und ihn stützte.

„Keine Ahnung, was das soll, ich sehe es mir jedenfalls nicht länger an. Ich bringe dich jetzt rein und sorge dafür, dass du halbwegs versorgt bist, *danach* gehe ich und nicht eher." Nach meiner Ansage zog ich ihn gleich mit mir weiter Richtung Tür, damit er gar nicht erst widersprechen konnte.

Tat er zum Glück auch nicht. Ich hatte nur ein miesepetriges Murren im Ohr, welches ich geflissentlich ignorierte. Keine Ahnung, was ihm derart die Stimmung verhagelt hatte, aber das war noch lange kein Grund sich selbst zusätzliche Schmerzen zuzufügen.

Als wir bei der Haustür ankamen, schloss er auf und öffnete die Tür mit einem Schubs.

„Danke, den Rest schaffe ich dann-"

„Kommt gar nicht infrage. Du brauchst noch Eis für den Fuß und außerdem ist es so wesentlich einfacher. Was soll die Anstellerei?" Ich warf ihm einen scharfen Blick zu. Wollte er etwa nicht, dass ich mit reinkam? War doch egal, wenn nicht aufgeräumt war, sollte ihm das Sorgen bereiten. Ich würde nicht so genau hinsehen und damit hatte sich das. Bei mir sah es auch mal chaotisch aus, wenn ich unerwartet Besuch bekam. Solange keine Mahnungen offen herumlagen, war doch alles gut.

„Also schön, du hast gewonnen." Er sackte ein Stück in sich zusammen und ich grinste siegessicher.

„Sehr gut, dann wollen wir mal. Wohnzimmer oder gleich Schlafzimmer?"

„Auf die Treppe kann ich erst mal verzichten. Geradeaus und dann rechts. Da geht es direkt ins Wohnzimmer."

„Alles klar, aber vorher …" Sobald wir im Eingangsbereich standen, lehnte ich ihn an die Wand – oder besser gesagt, stützte er sich dort kurz ab. Chris macht das Licht an, während ich die Tür schloss und mir rasch die Schuhe auszog, ehe ich mich auch an seinen vergriff.

„Das bekomme ich …", fing er an.

„Wenn ich das mache, geht das viel schneller. Hab ja schon geübt."
Er ließ mich machen. Sobald das erledigt war, legte ich mir seinen
rechten Arm wieder über die Schulter und gemeinsam humpelten
wir ins Wohnzimmer. Dort konnte ich trotz meines Vorsatzes nicht
widerstehen, mich unauffällig umzusehen.

Auf dem Tisch links von uns lagen gewaltige Pläne ausgebreitet
und ich musste mich arg zurückhalten, um nicht allzu neugierig her-
überzulinsen, sobald das Licht anging. Es war ein großer Raum mit
Esstisch, Sofalandschaft, Fernsehwand, Ofen und dem ein oder anderen Gemälde an der Wand, wo sich keine großen Fenster befan-
den.

„Wohin?", fragte ich ihn hastig und Chris deutete aufs Sofa zu unserer Rechten. Das ging über Eck und stand vor einem großen Fern-
seher, der sich direkt neben der Fensterwand befand. Ein Stück davor, also genau genommen direkt neben uns, befand sich ein Kamin.
Ich hatte gar nicht gewusst, dass unsere Nachbarn einen besaßen.
Auch hier verbot ich mir einen allzu neugierigen Blick und konzentrierte mich lieber auf unser Ziel. Ich musste zugeben, ich war
froh, als ich ihn endlich beim Sofa von meiner Schulter gleiten lassen
konnte.

„Eis finde ich im Gefrierschrank in der Küche?" Ich wandte mich
bereits ab. Hinten links neben dem Wohnzimmertisch musste es in
die Küche gehen, schätzte ich.

„Ja, irgendwo da müsste sich auch ein Kühlakku befinden."

„Das wäre natürlich noch besser. Ansonsten kann ich kurz rüber-
flitzen und schauen, was Mama so im Gefrierschrank versteckt hat.
Die ist eigentlich auch immer sehr gut ausgestattet, besonders jetzt."
Ich musste an ihren Knöchel denken.

„Ja, ihr Fuß war ziemlich dick und sie konnte gar nicht mehr auftreten vor Schmerz." Chris hob das Bein auf die lange Seite des
Sofas.

„Wie?" Überrascht sah ich ihn an. „Hast du etwa …?"

„Ja, klar. Sie meinte, es wäre nichts und wollte den Krankenwagen
nicht rufen, deswegen hat sie bei mir angerufen. Zum Glück arbeite
ich viel Zuhause und war da." Er zeigte auf den Papierstapel auf

dem großen Tisch hinter mir. „Ich bin Architekt und kann auch viele Zeichnungen daheim machen."

„Ach so." Ich drehte mich kurz um, betrachtete jetzt etwas genauer das Chaos und erkannte einige Umrisse, die nun als Grundriss wesentlich mehr Sinn machten. Dabei fiel mir ein, dass Mama so etwas auch schon erwähnt hatte. Von wegen malen und so.

„Ich hab sie eingepackt und bin dann einfach mit ihr ins Krankenhaus. Kühlpack war da Pflicht."

„Und du bist ganz sicher, dass wir bei dir nicht auch lieber ...", setzte ich an, er sah mich aber nur mit zusammengezogenen Augenbrauen an. Da war dieses Mal höchstens ein wütendes Funkeln in dem schönen Grün.

„Kühlen und ausruhen wird reichen", wiederholte er und ich zuckte mit den Schultern.

„Dann Socke aus und Hosenbein hoch", wies ich ihn an und drehte mich bereits um, doch da bemerkte ich, wie sehr er schon wieder das Gesicht verzog. „Lass es bleiben, mache ich gleich alles."

Ich registrierte noch das erleichterte Seufzen, ehe ich in der Küche verschwand. Oh, das war wohl eher die rustikale Variante der Vorbesitzer. Wenn wir uns näher kennen würden, hätte ich ihn gefragt, ob er plante, die bald auszutauschen. Andererseits war das ja nicht mein Bier, mal abgesehen davon, dass eine neue Küche auch ganz schön ins Geld gehen konnte.

Ich ließ den Blick über die Arbeitsfläche schweifen. Dort hatten einige Tassen und Becher eine Versammlung einberufen. Wenn ich zurück ans Wohnzimmer dachte, zählte er ganz offensichtlich nicht zu den ordentlichsten Menschen. Andererseits wenn bei mir unangekündigt jemand hereinspazieren würde, sähe es wohl ähnlich aus. Ich räumte auch grundsätzlich nur gründlich auf, wenn ich Besuch bekam – oder wirklich mal Zeit hatte, was eher selten der Fall war.

Ich wandte mich nach links. Das da sah ganz nach Kühlschrank aus. Ich öffnete die große Schranktür und es war tatsächlich der Kühlschrank. Oben im kleinen Gefrierfach fand ich jedoch nicht, was ich suchte. Unter dem Kühlschrank war eine weitere Tür aus altem, dunklen Holz. Ich zog sie auf und Tada: der Gefrierschrank.

Ich fing mit Schublade eins an und musste mich bis drei durchkämpfen, ehe ich so etwas wie Kühlakkus und Kühlkissen fand. Ich nahm das steifgefrorene blaue Teil heraus und schnappte mir eines der Geschirrtücher neben dem Spülbecken. Damit bewaffnet, ging ich zurück zu Chris ins Wohnzimmer.

Der hatte einen ziemlich leidenden Ausdruck aufgesetzt. Oder vielleicht war er gar nicht aufgesetzt. Er hatte den Kopf nach hinten auf die Rückenlehne des Sofas fallenlassen und die Augen geschlossen. Er öffnete sie nicht einmal, als ich mich neben ihn kniete, vorsichtig die Socke auszog und das Hosenbein ein Stück hochschob.

„Wenn ich dich das machen lasse, gehst du dann danach endlich?" Er klang erschöpft und ich überlegte, ob er inzwischen doch die Nase voll von mir hatte. Na ja, war ihm ja nicht zu verdenken, immerhin lag er nun meinetwegen mit einem dicken Fuß hernieder. Dabei hatte er mich ja bloß für Weihnachten begeistern wollen. Es war auch komisch, dass es ihn erwischt hatte und nicht mich bei meinen äußerst zweifelhaften Fahrkünsten. Ja, eigentlich müsste ich jetzt hier sitzen und meiner Mutter Gesellschaft leisten. Wir hätten ein hübsches Pärchen abgegeben.

Stattdessen lag er hier und seine ganze gute Laune war verschwunden.

„Dir hat es aber ganz schön die Laune verhagelt", meinte ich noch, doch von ihm kam lediglich ein Brummeln. Also gut, da musste ich wohl zu anderen Mitteln greifen.

„Hier. Schokoeis hilft bei so etwas immer!" Ich holte die Packung Eis hinter meinem Rücken hervor. Ich hatte sie bei meiner Suche nach den Kühlakkus gefunden. Ein Löffel lag auch drauf.

„Bitte, was?" Chris musterte mich ziemlich verdattert, als ich die Eispackung auf seinem Schoß ablegte.

„Leider kann ich nicht mit so einem hübschen Becher dienen, wie die in den amerikanischen Filmen, aber schmecken tut es ja trotzdem." Chris' fassungslose Miene war zum Schießen. Aber ich musste noch wegen etwas anderem Lachen.

„Es tut mir leid." Doch ich konnte es nicht länger zurückhalten. Ich hielt mir noch das Kühlkissen vors Gesicht, um es zu unterdrücken, aber es war hoffnungslos. Das Lachen brach unaufhaltsam aus mir heraus, nachdem es sich endlich einen Weg gebahnt hatte. Chris drehte den Kopf und sah mich nur absolut unverständlich an. Es war ja auch schwer zu verstehen, was mich an seinem lädierten Knöchel derart zum Lachen brachte.

„Wirklich, ich will dich nicht auslachen und das tue ich auch nicht." Ich schüttelte verdeutlichend den Kopf. Er sah mich noch skeptischer an, immerhin waren diese Worte von einer heftigen Lachsalve begleitet worden. Ich lachte also ganz offensichtlich, obwohl ich gleichzeitig behauptete, ich würde es nicht tun.

„Ich …", versuchte ich es erneut. „Es ist nur … das hätte eigentlich mir passieren sollen." Dabei deutete ich auf seinen Fuß. Chris hob eine Augenbraue und musterte mich. Anscheinend erwartete er dazu nähere Ausführungen, weil er das Ganze immer noch nicht verstand. War ja auch etwas kompliziert.

„Na ja, ich bin diejenige, die mit Weihnachten und dem ganzen Drumherum nicht kann. Es wäre also nur natürlich gewesen, wenn ich mich voll auf die Schnauze gelegt hätte und jetzt mit verstauchtem Knöchel hier säße. Ich hab gerade echt das Gefühl, auf dich abgefärbt zu haben." Hilflos und halb entschuldigend hob ich die Schultern und musste mit Erstaunen feststellen, dass sich ein breites Grinsen auf seinem Gesicht ausbreitete. Aha? Hatten wir die schlechte Stimmung endlich vertrieben? Das war ja auch nicht mehr mitanzusehen gewesen.

„Na, ist doch nicht schlimm. Dann nehme ich all das Schlechte eben auf mich, wenn es dir dabei hilft, etwas Spaß zu haben? Und den hattest du dieses Mal ja offensichtlich. Das ist also ein gewaltiger Fortschritt im Gegensatz zum letzten Mal." Er zwinkerte und ich blinzelte. Irgendwie hatte er Recht. Ich hatte tatsächlich Spaß. Aber das lag ja weniger an der Vorweihnachtszeit als vielmehr an … ihm?

Den Gedanken vertrieb ich augenblicklich, als würde er mich sonst beißen, und legte endlich das Kühlkissen auf sein Bein.

„Ah! Kannst du einen nicht vorwarnen?" Sein Fuß zuckte kurz ein paar Mal, ehe er ihn dazu bringen konnte stillzuliegen.

„Aber wo bliebe denn da der Spaß?" Ich grinste ihn gemein an.

„Immer auf meine Kosten, was?" Er griff sich ein Kissen und schmiss es nach mir. Ich fing es ab und deutete zunächst an, es ihm postwendend zurückzuwerfen. Doch dann entschied ich mich anders und hob ganz vorsichtig sein Bein an, um das Kissen darunter platzieren zu können.

„So besser?"

„Viel besser." Er seufzte und ließ den Kopf abermals nach hinten auf die Lehne sinken.

Ich hockte für ein Weilchen da und dachte nach. Seine Laune schien besser zu sein, sollte ich trotzdem gehen? Ich würde ihn gern fragen, was ihn so verstimmt hatte, aber ich wollte auch nicht riskieren, dass er gleich wieder schlecht drauf war.

Stattdessen drängte sich ein anderer Gedanke in meinen Kopf.

„Was gefällt dir eigentlich so an Weihnachten?" Die Frage war absolut ernstgemeint. So richtig hatten wir darüber noch gar nicht gesprochen, oder?

„Oh, da gibt es unglaublich viele Dinge, aber die alle aufzuzählen, wird nichts bringen. Es ist auch mehr diese innere Einstellung, verstehst du? Sie macht all diese Dinge erst möglich. Es ist, als ob man mit anderen Augen schaut, man ist offener für den Zauber und auch für kleine Gesten. Mmh, wie erklär ich das am besten? Lass mich kurz überlegen, ob mir ein Beispiel einfällt." Ich ließ ihn, auch wenn ich glaubte, schon ungefähr verstanden zu haben, was er meinte. Allerdings war meine innere Einstellung da eher das genaue Gegenteil.

„Ah, hast du dir mal bewusst die Werbung zu Weihnachten angeschaut?" Begeistert sah er mich an.

„Ähm, ja oder nein? Also, ich meine, fast alles dreht sich um Weihnachten. Es ist immer irgendwo Thema, auch wenn das Produkt eigentlich gar nichts mit Weihnachten zu tun hat. Und nach Weihnachten läuft wieder die normale Werbung." Ich hob die Schultern. Das war mein Beitrag zum Thema.

„Richtig, aber was ich meine, ist das, was in den meisten Fällen mit der Weihnachtswerbung transportiert wird und in welcher Stimmung nur diese Werbung aufgebaut ist. Entweder gibt sie dir ein warmes, wohliges Gefühl von Geborgenheit oder sie ist darauf ausgelegt, dass die Menschen sich besinnen, auf das was wichtig ist oder anderen ganz selbstlos helfen. Ich erinnere mich da an eine Werbung, in der ein alter Mann auf der Straße ein Holzpferd schnitzt und es einem Mädchen schenkt. Die Kleine kommt wieder, während er schläft. Sie wirft mit einem kleinen Beamer einen Weihnachtsbaum an die Wand neben ihn und legt Geschenke drunter."

„Oh." Ich stellte mir gerade das Gesicht des Mannes vor, wenn er aufwacht und das sieht.

„Genau das meine ich. Genau das mag ich an Weihnachten so. Es bringt einen zum Umdenken. Nicht umsonst finden viele Spendenaktionen zur Weihnachtszeit statt, die Menschen sind bereit, mehr von dem Eigenen für andere zu geben. Sie besinnen sich oftmals auf das, was sie haben und lernen es mehr wertzuschätzen. Natürlich gibt es auch immer Ausnahmen. Aber ich denke, dieses Gefühl kennt doch jeder von uns, oder nicht? Um dann zu sagen, ach, es ist doch Weihnachten."

Es war seltsam, aber so hatte ich das noch nie gesehen. Für mich war Weihnachten immer nur stressig und ärgerlich gewesen. Aber für den Rest oder einen Großteil der Menschheit sah das ganz anders aus und veränderte sie auf positive Art.

Das will ich auch.

Der Gedanke war da, bevor ich ihn aufhalten konnte.

Absolut albern, als ob man so etwas mit reiner Willenskraft bekäme.

Schließlich verabschiedete ich mich, nachdem ich mich vergewissert hatte, dass Chris allein klarkam und nichts mehr brauchte. Nach der Kühlung hatte er bereits wieder halbwegs alleine gehen können, was, wie er selber noch einmal betonte, dafürsprach, dass er sich den Fuß lediglich verstaucht hatte. Da er auch gut von zu Hause aus arbeiten konnte, wäre das ebenfalls halb so wild. Wahrscheinlich wollte er damit verhindern, dass ich mir Vorwürfe machte. Allerdings konnte ich wirklich nichts dafür. Weder war es meine Idee gewesen, Schlittschuhfahren zu gehen, noch hatte ich ihn zu Fall gebracht.

Es war schlicht und ergreifend einfach dumm gelaufen.

Trotz allem war ich gespannt, ob er tatsächlich einen dritten Anlauf nehmen würde. Ich konnte es gut verstehen, wenn er es nach der Aktion endgültig bleiben ließ. Außerdem war er jetzt erst einmal für ein paar Tage außer Gefecht gesetzt. Na ja, es war seine Entscheidung. Am Ende konnte ich ihn ohnehin nicht aufhalten, wenn er sich das in den Kopf setzte, würde er wieder vor meiner Tür – besser gesagt vor der meiner Mutter – stehen, sobald es ihm möglich war.

Als ich rüberging, musste ich Mama erst einmal aufwecken. Die war mit Lesebrille auf der Nase, Buch auf der Brust und Katze auf dem Schoß friedlich eingeschlafen. So hätte sie am nächsten Morgen aber sicherlich einen steifen Nacken gehabt und Abendbrot war wahrscheinlich auch keine schlechte Idee.

„Mama. Ma-ma." Sissi bemerkte mich zuerst und fing auffordernd an zu schnurren. Ich streichelte ihr über das rotweiße Fell, während ich meine Mutter sanft an der Schulter schüttelte. Dabei geriet das Buch ins Rutschen, doch ehe ich zugreifen konnte, hatte sie es selber zu fassen bekommen.

„Oh, Nadine. Wieder da?", fragte sie mit verschlafener Stimme und blinzelte einige Male. Ihre Augen waren ganz klein und ihr Gesicht sah irgendwie zerknautscht aus.

„Nein, ich bin der Geist der gegenwärtigen Weihnacht und komme dich holen", sagte ich mit tiefer Stimme, musste dann jedoch lachen.

„Ich komme aber nur mit, wenn wir mit den Rentieren in Santas Schlitten durch die Gegend fliegen", erwiderte meine Mutter und setzte sich mühsam auf. Sissi brachte sich bei dem Geruckel lieber in Sicherheit und sprang aufs Sofa.

„Das könnte schwierig werden. Aber für ein gutes Abendbrot könnte ich sorgen. Hast du Hunger?" Ich machte mich bereits auf den Weg in die Küche.

„Ja, ich denke schon. Wie spät ist es?"

Ich sah auf die Uhr. „Kurz vor acht."

„Oh, na dann wart ihr ja wenigstens ein Weilchen weg. War es schön?" Mama kam auf ihre Krücken gestützt in die Küche gehumpelt. Natürlich wollte sie mir wieder helfen. Dieses Mal hielt ich sie nicht ab. Sie würde schon Ruhe geben, wenn es ihr zu viel wurde.

„Ja, die haben das alles echt richtig schön dekoriert. Bei Nacht mit all den Lichtern hat es dem Ganzen eine wunderbare Atmosphäre gegeben." Das stimmte, so hatte ich es wirklich empfunden. Was den Rest anging, war ich mir noch nicht ganz sicher, ob ich ihr von Chris' Sturz erzählen sollte. So mogelte ich mich um das Thema erst einmal herum.

„Schön. War viel los?"

„Es war schon gut besucht. Man muss ja auch nichts bezahlen, nur Schlittschuhe mitbringen." Ich begann damit, den Tisch zu decken, während meine Mutter alles, so gut es ging, verteilte.

„Das ist schön, wenn es gut ankommt, machen sie es im nächsten Jahr bestimmt noch mal, dann kann ich es mir auch ansehen."

„Angucken, nicht ausprobieren", ermahnte ich sie. Es reichte, wenn Chris sich verletzte. Mama wollte ich nächstes Jahr zu Weihnachten nicht mit dem anderen Fuß auf Eis liegen sehen.

„Ja, ja. Ich schaffe das auch ohne Schlittschuhe." Sie wusste, worauf ich angespielt hatte, und ich grinste. „Eben."

„Aber erzähl doch mal, wie war das Schlittschuhfahren denn?", fragte sie nun gezielter nach.

„Es war schon recht knifflig. Ich kann mich nicht mehr erinnern, wann ich das letzte Mal auf dem Eis gestanden habe. Tee?" Ich stand neben dem Wasserkocher und sah fragend zu ihr herüber.

„Ja, gerne." Sie nickte. „Aber Chris hat dir doch sicherlich geholfen, oder?"

Schließlich musste ich einsehen, dass ich nicht drumherum kommen würde. Und eigentlich war ja auch nichts Schlimmes daran. Wie gesagt, es war nicht im Geringsten meine Schuld gewesen. Und wenn die beiden sich wirklich so gut verstanden, dann würde meine Mutter ohnehin irgendwann dahinterkommen.

„Ja, das schon. Leider hat er sich dabei ungeschickter angestellt als ich."

„Was?" Mama merkte bei meinen Worten auf und sah überrascht drein. „Wie meinst du das?"

„Na ja, er sieht jetzt ähnlich aus wie du", kommentierte ich und zog eine Schulter hoch.

„Er hat sich das Bein gebrochen?" Meine Mutter war entsetzt.

„Nein, nein. So schlimm ist es nicht. Scheint nur verstaucht zu sein. Aber er sitzt jetzt, mit Kühlkissen auf dem Sofa und wird lesen oder Fernsehen gucken. Ich hoffe, dass es wirklich nur verstaucht ist. Er hat sich geweigert zum Arzt zu fahren. Wie ich erfahren habe, steht er dir da in nichts nach." Ich stemmte die Hände in die Seiten und sah sie anklagend an, während das Wasser neben mir zu kochen begann.

„Ach, hast du das?" Sie wandte sich ab und tat so, als wenn nichts wäre. Ich löste meine Haltung, um den Tee aufzugießen.

„Allerdings. Er musste dich quasi dazu zwingen, ins Krankenhaus zu gehen."

„Na ja, es sah anfangs ja gar nicht so schlimm aus", versuchte sie, sich offensichtlich herauszureden. Schließlich konnte sie schlecht sagen, dass es gar nicht so schlimm gewesen war, immerhin hatte sie sogar operiert werden müssen. Als Papa mich deswegen anrief, hatte ich mich erst einmal setzen müssen. Anstatt mir gleich zu sagen, dass es nichts Schlimmes ist, hatte er einfach nur gesagt, Mama müsse operiert werden. Ich hatte bereits ganze Horrorszenarien vor mir gesehen. Kurz darauf war dann (über meinen Kopf hinweg) entschieden worden, dass ich mich die nächsten Wochen, die sie noch so stark eingeschränkt sein würde, um sie zu kümmern hätte. Meine Wohnung im vierten Stock ohne Fahrstuhl war da eher ungeeignet. Deswegen hatte ich sie gar nicht im Krankenhaus besucht, sondern zusätzliche Überstunden geschoben, um meinen Urlaub irgendwie durchzubekommen. Was in erster Linie auch meinen netten Kollegen zu verdanken gewesen war. Einen familiären Zwischenfall hatten auch schon andere gehabt, und normalerweise war immer ich es gewesen, die dann auf der Arbeit einsprang. Jetzt war es halt andersherum. Schön, dass ich mich zumindest auf meiner Arbeit auf mein Umfeld verlassen konnte. Papa hatte es ja nicht einmal für nötig gehalten, mich hier zu begrüßen. Anscheinend hatte Chris sich die ganze Zeit um Mama gekümmert.

„Dann werde ich morgen mal eine schöne Suppe für ihn kochen, die du dann rüberbringen kannst."

„Du kochst hier gar nichts", fuhr ich ihr dazwischen und setzte mich an den fertiggedeckten Tisch. „Guten Appetit."

„Dann kochst du eben und ich sage dir, was du tun musst. Am besten nehmen wir eine Hühnersuppe. Die ist einfach."

„Mama, er ist nicht erkältet", erinnerte ich sie.

„Das weiß ich, aber die tut bei dem Wetter trotzdem gut. Jetzt zier dich nicht so, er hat mir schließlich ebenso geholfen, da können wir ihm auch mal was Gutes tun."

„Jawohl." Sie hatte ja recht. Es lag eher daran, dass ich nicht von mir aus rübergehen, sondern lieber abwarten wollte, ob er von sich aus nochmals einen Versuch starten würde. Jetzt kam ich aber anscheinend nicht drumherum. Mama hatte ein Machtwort gesprochen und dagegen war man bekanntlich machtlos.

„Du wirst morgen noch mal einkaufen müssen. Ich schreibe dir eine Liste. Das Meiste fürs Weihnachtsessen haben wir ja schon beisammen, weil du es so früh kaufen wolltest." Sie warf mir einen Blick zu.

„Wenn man eh weiß, was es geben soll und die Zutaten nicht frisch sein müssen, gibt es keinen Grund, wieso man erst zwei Tage vor Weihnachten alles besorgen sollte und ich habe ja Zeit." Ich zuckte die Schultern und nahm einen Schluck von dem heißen Tee.

„Wie auch immer. Wir sollten überlegen, was du in nächster Zeit kochen willst oder kannst, dann bringst du dafür am besten gleich alles mit. Mal sehen, etwas Einfaches. Was machst du dir denn sonst so?"

Ich verdrehte die Augen, doch den Rest des Abends waren wir mit dem Entwerfen eines Essensplans und der entsprechenden Einkaufsliste beschäftigt. Später musste ich meiner Mutter ausreden, dass sie selbst noch mal zu Chris hinüberging und nach ihm sah. Deswegen hatte ich das mit dem verstauchten Fuß lieber für mich behalten wollen, aber daran war jetzt nichts zu ändern.

Manchmal war meine Mutter wie eine Glucke. Na ja, sie hatte ja nur mich und ich war dann doch recht früh ausgeflogen. Mit den neuen Kindern von Papa hatte sie sich nie ganz anfreunden können, obwohl sie es die ersten Jahre, besonders an Weihnachten, wirklich versuchte. Aber es war hoffnungslos gewesen. Wie hätte das auch funktionieren sollen?

Da war Chris ihr wohl geraderecht gekommen. Nur dass sie zurzeit eigentlich diejenige war, die bemuttert werden musste. Aber das einzusehen, darin war sie noch nie besonders gut gewesen. Welche Mutter war das schon?

Dicker Fuß, dicke Luft, dicker K ...

Am nächsten Tag war es also an mir, vormittags einkaufen zu fahren. Mama hatte noch zahlreiche Dinge auf die Liste gesetzt, weswegen es mich nicht wunderte, als sie mich so früh wie möglich losschickte. Bei der Menge hätte ich es andernfalls auch nie pünktlich bis zum Mittag zurückgeschafft.

Und so stand ich mit einem bis obenhin vollbeladenen Einkaufswagen an der Kasse. Es dauerte eine halbe Ewigkeit, das alles auszupacken, und noch länger, es wieder vernünftig einzupacken. Irgendwie war das auf dem Fließband plötzlich mehr geworden. Aber dieses Phänomen kannte ich bereits. Ich lächelte der Kassiererin freundlich zu und erwiderte den Vorweihnachtsgruß.

Dabei hatte ich es immer zum Kotzen gefunden, jedem ein schönes Weihnachtsfest wünschen zu müssen, wenn ich doch genau wusste, dass es das so sicherlich für mich nicht geben würde. Aber die kleine, rundliche Person strahlte eine ähnliche Heiterkeit und Herzlichkeit aus, wie ich sie bereits von Chris kannte, und so war es mir genau wie bei ihm nicht möglich, sie zu enttäuschen oder linksliegen zu lassen. Also war der Gruß längst über meine Lippen, ehe ich dies überhaupt realisierte.

Ich schob mein vollbeladenes Gefährt zum Auto und machte mich daran, alles einzuladen. Wenn ich für mich allein einkaufen ging, waren das nie solche Mengen. Na ja, ich konnte ja auch immer was von der Arbeit mitnehmen. Ich hasste Einkaufen, zumindest wenn es so endete. Es verschlang ständig so viel Zeit und dieses Herumgeräume fand ich zum Kotzen. Erst in den Einkaufswagen, dann da raus, ab aufs Fließband, von da wieder in den Einkaufwagen, dann weiter in den Kofferraum und von dort ab ins Haus. Wenn es wirklich nur Kleinigkeiten waren, war man rasch fertig und alles gut. Aber hierbei? Ich hätte durchdrehen können.

„Nützt alles nichts", murrte ich, als ich endlich den Kofferraum schließen konnte und mit Graus daran dachte, nachher alles wieder herausräumen zu müssen. Zu allem Überfluss hatte ich auch noch die Taschen vergessen mitzunehmen, wie Mama mich gestern noch erinnert hatte. Also musste ich es daheim weiter in eine Kiste räumen.

Rasch brachte ich den Einkaufswagen weg und machte mich auf den Weg. Wenigstens hatte ich keinen blöden Stadtverkehr, der mich zusätzliche Nerven gekostet hätte. So war ich nur allzu schnell am Ziel und stand erneut vor dem riesigen Berg aus Einkäufen.

Es war spät geworden, was ich insgeheim bereits befürchtet hatte. Mama, die mir helfend zur Seite stehen wollte, scheuchte ich weg, während ich mindestens drei Mal zum Auto lief, bis ich am Ende alles im Haus verstaut hatte. Danach dauerte es noch mal gefühlt eine Stunde, bis der gesamte Einkauf ordentlich weggeräumt war. Hierbei unterstützte mich meine Mutter tatkräftig – mit entsprechenden Anweisungen, wo was hingehörte.

Ich war regelrecht erleichtert, als ich endlich mit dem Kochen beginnen konnte. Zum Glück war Hühnersuppe wirklich nicht schwierig, die hatte ich auch schon selber gemacht. Meistens dann, wenn es mir nicht so gut ging. Mama stand trotzdem die ganze Zeit hinter mir und spähte mit Argusaugen über meine Schulter. Was schon ein wenig anstrengend war, aber ich biss mir auf die Zunge und hielt den Mund. Sie hätte bestimmt lieber selber gekocht, aber das konnte ich nicht zulassen.

Sissi schlich wenig später ebenfalls um uns herum und ich wäre beinahe auch noch über sie gefallen. Das wäre der absolute Clou gewesen. Dann hätten wir uns mit Chris in eine Reihe setzen können, jeder mit einer anderen Fußverletzung. Um das zu verhindern, bekam die Katze sogar noch vor uns etwas zu essen.

Trotz allem aßen wir verhältnismäßig früh zu Mittag. Kaum hatte ich den Löffel zur Seite gelegt, wurde ich auch schon wieder hochgejagt.

„Und jetzt gehst du zu Chris und bringst ihm die Suppe. Sie ist ja noch gut warm. Es reicht, wenn du sie drüben einmal aufkochst, dann kann er sie sofort essen."

Ich musterte sie skeptisch. Andererseits überraschte mich ihr Plan nicht sonderlich. War ja klar gewesen, dass da noch was kam. „Es wundert mich ja, dass du nicht gleich darauf bestanden hast, dass ich drüben mit ihm zusammen esse."

„Jetzt geh schon, ich räume ab."

Sie warf mich jetzt nicht wirklich raus, oder?! War ich froh, dass gerade niemand da war, sie verhielt sich wirklich etwas daneben. Was sollte diese Hektik?

„Ist ja schon gut, bin ja bereits unterwegs. Sicher, dass es dir nicht lieber ist, wenn ich gleich ganz drüben einziehe?" Sie machte nur eine unwirsche Handbewegung. Also schnappte ich mir den Suppentopf und zog mir rasch noch etwas über. Wer wusste schon, wie lange Chris mit seinem Fuß bis zur Tür brauchen würde.

Als ich draußen stand, stellte ich fest, dass es ein klein wenig frischer geworden war. Trotzdem immer noch viel zu warm für Schnee, auch wenn ich in den Nachrichten gesehen hatte, dass die unten Richtung Bayern und Gebirge bereits einiges davon abbekommen hatten. Aber selbst da wurde es gefühlt jedes Jahr weniger.

Sobald ich nebenan vor der Tür stand, stellte ich fest, dass es eine kleine Herausforderung darstellte, mit dem Topf Suppe in den Händen die Klingel zu betätigen. Ich versuchte es zunächst mit dem Ellenbogen, das wollte aber nicht so recht funktionieren. Also stellte ich den Topf auf meinem angewinkelten Bein ab, wodurch ich für kurze Zeit eine Hand frei hatte, balancierte etwas wackelig auf dem anderen und drückte hastig auf den Klingelknopf. Danach ergriff ich rasch den Topf und stellte mich wieder auf beide Beine.

Ja, ich weiß. Ihn auf den Boden zu stellen wäre einfacher gewesen, aber Essen hatte für mich schlicht nichts auf dem Boden verloren. Auch nicht in einem Topf.

Es dauerte tatsächlich etwas, bis sich die Tür öffnete. Als ich Chris schließlich kommen hörte, setzte ich ein strahlendes Lächeln auf, musste dabei allerdings sofort an diese überfröhlichen Nachbarn denken, die nach dem Einzug sofort mit einem Geschenkekorb oder ähnlichem vor der Tür standen und sich unbedingt vorstellen wollten. Gut, dass wir uns ja bereits kannten.

„Oh, hallo." Chris wirkte ziemlich überrascht, als er mich vor der Tür stehen sah. Na, wen wunderte es. War ja auch das erste Mal, dass ich ihn besuchte.

„Hi. Ich hab Suppe gemacht und dachte, du möchtest vielleicht etwas abhaben." Verdeutlichend hielt ich den Topf ein Stück in die Höhe. Mama hatte mir eingeschärft, nicht zu sagen, dass das ihre Idee gewesen war. Ich hätte echt gern gewusst, was das Theater sollte. Da von ihm nur ein unverständlicher Blick als Reaktion kam, setzte ich nach: „Wie geht es deinem Fuß?"

„Besser. Denke, morgen oder übermorgen ist er wieder ganz in Ordnung."

„Schön." Irgendwie hilflos stand ich immer noch mit dem Topf in der Hand vor ihm. Ich konnte ihm den schlecht in die Arme drücken und gehen, da mir nicht entging, dass er sich an der Tür abstützte und den rechten Fuß nur auf die Zehenspitzen abgesetzt hatte.

„Ähm, also …" Bedeutungsvoll hob ich den Topf nochmals ein Stück höher.

„Ach so, ja. Komm doch rein. Wo die Küche ist, weißt du ja." Er humpelte zur Seite und ich schlüpfte an ihm vorbei. Verunsichert ging ich direkt weiter in die Küche. Es hatte irgendwie den Anschein gehabt, als wolle er mich gerade nicht so gern hierhaben. Nur, was könnte der Grund dafür sein?

Er war nicht ganz so seltsam drauf wie gestern auf dem Rückweg. Aber irgendetwas schien ihn nach wie vor zu bedrücken. Oder bildete ich mir das womöglich bloß ein und es lag einzig an seiner Verletzung?

Chris war mir nicht gefolgt, sondern ins Wohnzimmer abgebogen. Also legte er scheinbar auch nicht sonderlich viel Wert auf meine

Gesellschaft. Zumindest schlussfolgerte ich das daraus. In diesem Moment ärgerte ich mich etwas darüber, dass meine Mutter mich hierzu überredet hatte. Ich hätte es einfach bleiben lassen sollen. Wenn er soweit gewesen wäre, wäre er wiedergekommen oder eben nicht. Mit dieser Aktion hatte ich jedoch das Gefühl, mich ihm aufzudrängen. Und zwar eindeutig gegen seinen Willen. Was inzwischen allerdings nicht mehr zu ändern war. Da es mir noch peinlicher erschien, jetzt einfach sofort wieder zu verschwinden, entschied ich, dass nun durchzuziehen.

„Möchtest du jetzt etwas? Dann mach ich dir die Suppe gleich warm", rief ich aus der Küche. Hier konnte ich nichts entdecken, was darauf hinwies, dass er etwas zu Mittag gegessen hatte. Nicht einmal so ein Fertiggericht. Da standen nur die Tassen, die anscheinend noch den ein oder anderen Becher zu ihrem Treffen eingeladen hatten.

„Ich mache sie mir später heiß, hab‘ gerade keinen Appetit." Na, das hörte sich aber nicht so an, als habe Chris wieder zu seinem alten Selbst zurückgefunden. Es erinnerte mich viel eher an die traurige Version von gestern. Dabei hatte ich gehofft, dass er diese „Phase" inzwischen überwunden hatte. Wenn das so weiterging, musste ich mich womöglich doch nach den Gründen erkundigen. Ich verstand wirklich nicht, was ihm derart die Laune verhagelt haben könnte. Wenn es der erneut missglückte Versuch war, dann hätte ich gedacht, dass er sich längst wieder berappelt und einen neuen Plan ausgearbeitet hatte. Andererseits konnte ich mir nicht vorstellen, dass ihn die Sache so sehr mitnahm. Nein, das konnte es eigentlich nicht sein. Da musste etwas anderes dahinterstecken. Die Frage war nur, was und ob ich mich danach auf die Suche machen sollte oder besser die Finger davonließ.

„Na, schön. Aber du musst etwas essen, also tu das bitte auch." Ein wenig ratlos stand ich in der Tür zum Wohnzimmer. Ich hatte erwartet, er würde wie gestern auf dem Sofa liegen und mich als Nächstes fortschicken. Doch stattdessen saß er am Esstisch – der die Bezeichnung Arbeitstisch viel eher verdiente – und war auf die Pläne vor sich konzentriert. Zeichnete man als Architekt heutzutage überhaupt noch per Hand? Das geschah mit Sicherheit alles am Computer. Einen solchen konnte ich unter den Papierbergen allerdings nicht ausmachen.

„Woran arbeitest du?", fragte ich. Mich interessierte das wirklich, aber es war gleichzeitig auch eine gute Gelegenheit, um miteinander ins Gespräch zu kommen. Eventuell ergab sich dann ja eine Möglichkeit, um auf seine Stimmungsschwankungen zu sprechen zu kommen.

„Deine Mutter hat dich rübergeschickt, oder? Das war bestimmt ihre Idee mit der Suppe."

Mist. Mama hatte mir extra gesagt, ich solle ihm das nicht sagen, aber wenn er so gezielt danach fragte, dann konnte ich ihn schlecht anlügen. Also *können* schon, aber es war mir nicht recht. Irgendwann kam das sowieso raus, mal abgesehen davon hatte er den Nagel ja quasi direkt auf den Kopf getroffen. Nun zu leugnen, dass da ein Nagel war, kam mir ziemlich dämlich vor.

„Ja, es war ihre Idee. Aber zu meiner Verteidigung, ich habe sie selber gekocht und rübergebracht." Als er nicht sofort etwas erwiderte, fügte ich noch hinzu. „Mama denkt aber immer als Erste an so etwas."

Desweiteren hatte ich hinzufügen wollen, dass ich später selbstverständlich auch auf die Idee gekommen wäre und sowieso vorgehabt hätte, nach ihm zu sehen – dass das gelogen war, musste er ja nicht wissen – aber er war schneller.

„Ja, so ist Sibille halt." Er stieß ein so freudloses Lachen aus, dass ich kurz davor stand, ihn zu fragen, wer er war und was er mit dem echten Chris gemacht hatte. Das wäre jetzt zwar die passende Gelegenheit, um nachzubohren, aber dieser traurige Ausdruck auf seinem Gesicht hatte mich in eine regelrechte Starre versetzt.

Nachdem ich mich wieder gefasst hatte, beugte ich mich zu ihm herunter, bis dicht vor sein Gesicht. Seine Augen weiteten sich vor Überraschung, als er mich erblickte. Er drehte seinen Kopf ein Stück, sodass sich unsere Nasen nun fast berührten. Normalerweise wäre mir eine derartige Nähe unangenehm gewesen, zumal ich ihn gerade mal seit ein paar Tagen kannte. Aber ich hatte das Gefühl, dass er mir ansonsten ausweichen würde, wenn ich ihn nach dem Grund fragte. Und auf diese Weise würde ich das sofort bemerken. Jedes Abwenden der Augen, jedes Zucken, mir würde nichts entgehen und er hatte auch kaum noch eine Möglichkeit, mir etwas vorzumachen.

„Ähm, Nadine?", setzte er an und lehnte sich ein Stück zurück, damit unsere Gesichter nicht mehr ganz so nah aneinanderklebten.

„Kannst du mir mal sagen, was mit dir los ist? Du benimmst dich total untypisch. Ist doch schön, wenn Mama an dich denkt und man sagt Danke, wenn man extra Suppe vorbeigebracht bekommt. Hat man dir das nicht beigebracht?" Ich zog die Augenbrauen zusammen. Heute, oder eigentlich ja schon gestern, schien ihn alles, was ich tat, irgendwie zu kränken oder er bekam es ständig in den falschen Hals. Keine Ahnung, wieso, aber das war frustrierend.

Jetzt gab ich mir schon extra Mühe und bekam solche Reaktionen. Vorher, wo es mir egal gewesen war, hatte er vollkommen anders reagiert. Und das lag nicht an mir, da war ich mir sicher.

„Danke?", sagte er schließlich zögernd und offenbar in der Hoffnung, dass ich danach mein Starren unterließ und ihm wieder Raum zum Atmen gab. Doch ein einfaches Danke konnte mich nicht zufriedenstellen. Und schon gar nicht, wenn es wie eine Frage klang.

„Zu spät, du hast dich schon viel zu sehr beschwert. Ich will jetzt wissen, wieso. Und keine faulen Ausreden. Wir kennen uns zwar noch nicht so gut oder besonders lange, aber du hast mit dem ganzen Kram angefangen und jetzt will ich wissen, was los ist. Machst du einen Rückzieher?"

Wenn ja, sollte er mir das hier und jetzt sagen, dann konnte ich mich auf andere Dinge konzentrieren und ihn nach Möglichkeit aus meinem Kopf streichen. Momentan nahm er da drin nämlich viel zu viel Platz ein.

„Einen Rückzieher?" Er schien kurz verwirrt, was ich damit meinte. „Ach, wegen der Weihnachtsgeschichte? Nein, das hat doch damit nichts zu tun. Jeder hat mal einen schlechten Tag."

„Und was hat für diesen schlechten Tag gesorgt?" Ich kniff die Augen zusammen. Eigentlich waren wir bei zwei schlechten Tagen.

„Ähm, Fuß verstaucht. Weißt du noch?" Er hob die Augenbrauen, als wäre das offensichtlich. Seine Augen sagten mir da allerdings etwas anderes. Aus dieser Nähe erkannte ich, dass die Iris um die Pupille herum gelblich war und danach eine Mischung aus Grün und Blau besaß. Sehr faszinierend, doch ich durfte mich nicht zu sehr davon ablenken lassen.

„Wenn es das wäre ...", sagte ich leise und beugte mich unbewusst ein Stück weiter vor. „Aber das ist es nicht ..."

Chris sah aus, als würde er die Luft anhalten und sich regelrecht in seinem Stuhl verkriechen.

Ich wollte meine Bedrängnistaktik gerade aufgeben, weil er die Lider senkte – wohl, um meinem bohrenden Blick ein Ende zu setzen –, doch da neigte er den Kopf. Und ehe ich reagieren konnte, lagen seine Lippen auf meinen. Ich blinzelte, weil ich das überhaupt nicht hatte kommen sehen. Das war auch nicht meine Absicht gewesen. Ich war immer noch auf dem Stand, dass wir gute Freunde werden könnten, aber ... mehr ... nicht.

Bevor ich in irgendeiner Weise reagieren konnte, löste er sich bereits wieder von mir und ich richtete mich hastig auf, stolperte sogar ein paar Schritte zurück. Ich blinzelte erneut einige Male schnell hintereinander, als würde das meinem Gehirn beim Neustart helfen. Für einen Moment fühlte ich mich, als wäre ich leicht erstarrt. Hatte er mich gerade wirklich geküsst? Ich konnte das irgendwie noch immer nicht begreifen. Wieso?

„Entschuldige, geh jetzt besser." Chris senkte den Kopf und drehte sich weg.

„Aber ..." Was sollte das denn jetzt bitteschön? Er konnte mich nach solch einer Aktion doch nicht so einfach hinauswerfen. Das ging nicht! Wir mussten darüber reden!

„Geh jetzt!", fuhr er mich an und ich zuckte erschrocken zusammen. Diese heftige Reaktion verstand ich nun überhaupt nicht. *Er* hatte doch *mich* geküsst und nicht andersherum. Wieso war *er* jetzt sauer auf *mich*? Was sollte das alles?

Ich ging ein paar Schritte zurück, um etwas mehr Abstand zu bekommen, zögerte jedoch. Vielleicht wäre es doch besser, wenn wir das Problem hier und jetzt klären würden. Andererseits sah er nicht danach aus, als würde er ein vernünftiges Gespräch führen können.

Mit gesenktem Kopf schaute er in eine vollkommen andere Richtung. Schließlich meldete sich der Trotz in mir. Er hatte mich geküsst, da musste ich mich nicht anschnauzen lassen oder um Almosen betteln. Ich würde jetzt einfach gehen, da er es ja ohnehin so wollte.

Also wandte ich mich ab und ging. Bis zur Tür. Da drehte ich mich noch einmal um. Doch er saß unverändert in dieser seltsamen Haltung da und schien sich mir überhaupt nicht mehr zuwenden zu wollen.

„Vergiss die Suppe nicht. Du solltest etwas essen", murmelte ich, ehe ich endgültig das Zimmer verließ. Dabei dachte ich nur, dass ich ja nicht seine Mutter war und er es wirklich nicht verdient hatte, dass ich auch noch zeigte, dass ich mich um ihn sorgte. Nicht, wenn man sich so absolut danebenbenahm. Aber warum? Bisher war er immer so fröhlich gewesen und von guter Laune geradezu besessen. Was hatte ihn plötzlich so verbittert werden lassen?

Wobei, gestern war sein Verhalten ähnlich gewesen. Das Bild, wie er mich bereits am Auto abwies, drängte sich in meine Gedanken. Später hatte er mit geschlossenen Augen den Kopf auf die Sofalehne gelegt und wollte auch, dass ich endlich ging. Was war da nur los?

Als ich schließlich draußen stand, blickte ich noch einmal auf die geschlossene Haustür. Was verbarg sich wirklich dahinter? Im Grunde gab es nur eine weitere Person, die ich fragen konnte. Denn Chris schien mir die Antworten nicht geben zu wollen.

Meine Mutter.

Das war jetzt nicht unbedingt die beste Idee, immerhin müsste ich ihr von dem Kuss erzählen. Aber wenn ich die Sache nicht einfach abhaken konnte – und das konnte ich nicht –, musste ich herausfinden, was dahintersteckte.

Also stapfte ich los und warf dem Weihnachtsmann in seinem Schlitten beim Vorbeigehen noch einen bösen Blick zu. Ich war mir sicher, dass das im Grunde eigentlich ganz 1allein seine Schuld war.

Vergangene Weihnachten

Mit einem tiefen, fetten Seufzer schloss ich unsere Haustür hinter mir und konnte nicht anders, als mich kurz dagegen zu lehnen. Ich war vollkommen erschöpft und das nicht körperlich, weil der Topf so schwer gewesen war oder ähnliches. Am liebsten hätte ich mir entnervt die Schläfen gerieben, aber ich wusste, dass das nichts brachte. Ich schloss die Augen, da ich merkte, wie mein Augenlid zu zucken begann. Das tat es immer, sobald ich unter Stress geriet. Normalerweise gehörte dieser Tick für mich genauso zur Vorweihnachtszeit wie für andere Lebkuchen und Lichterketten.

Ich konnte nicht behaupten, es vermisst zu haben. Ganz im Gegenteil, hatte ich mich gefreut, dass es ohne meine Arbeit zu dieser Zeit endlich mal Ruhe gab. Ein Satz mit X, das war wohl nix. Da ich genau wusste, dass mir in diesem Fall überhaupt nichts Linderung verschaffte, außer absolute Stressreduktion, ignorierte ich wie gewohnt das Warnzeichen meines Körpers. Entweder entschied ich mich dazu, das Thema Chris vollkommen aus meinem Leben zu streichen, oder ich wählte die Variante, meine Mutter diesbezüglich auszuquetschen. Bestimmt gelang mir das auch irgendwie, ohne näher auf die Sache mit dem Kuss eingehen zu müssen. Denn wenn sie davon erfuhr, wusste ich ganz genau, wie ihre Reaktion ausfallen würde. Wie ein kleines Schulmädchen würden ihre Augen zu funkeln beginnen und ähnlich einer viel zu neugierigen besten Freundin würde sie jedes Detail wissen wollen. Ich konnte ihr also unter gar keinen Umständen etwas von unserer körperlichen Annäherung erzählen, wenn ich plante, weiterhin ein vernünftiges Gespräch mit ihr führen zu wollen.

„Nadine. Nadine? Schatz, bist du zurück?" Und da erklang der Startschuss. Das war eindeutig das Zeichen für das Ende meiner Pause. Widerwillig stieß ich mich von der Tür ab, die so schön stabil und zuverlässig meinen Rücken stützte. Eigentlich war dieser Halt sehr angenehm und daher wollte ich ihn so bald nicht aufgeben, aber ich konnte ja schlecht ewig hier herumstehen.

Mama würde mit Sicherheit wissen wollen, was Chris wegen der Suppe gesagt hatte, und ich Dummbeutel hatte mir bis jetzt keine gute Antwort überlegt, sondern meine Zeit mit anderen dummen Gedankengängen verschwendet.

„Ja, bin wieder da!", rief ich dennoch in ihre Richtung, da ich keine Ahnung hatte, wie ich noch weiter hätte Zeit schinden sollen. Ich zog mir die Jacke aus und hängte sie an die Garderobe, danach wechselte ich die Schuhe.

„Hast du meine Lesebrille irgendwo gesehen?" Ich stutzte in halbgebückter Haltung. Im ersten Moment war ich vollkommen verwirrt, weil das nicht die Art von Frage war, welche ich erwartet hatte, dann lief mein Betrieb endlich weiter. Hastig zog ich den zweiten Schuh vom Fuß.

„Hast du auf deinem Kopf nachgesehen?", war die erste Frage, die ich stellte, während ich Richtung Wohnzimmer ging. Keine Ahnung wieso, aber dieses Bild der alten Leute, die ihre Lesebrille suchten, obwohl sie mitten auf ihren Köpfen thronten, hatte sich regelrecht in mein Gehirn eingebrannt.

Ich wusste, sobald ich älter wurde und eine Lesebrille bräuchte, wäre der erste Ort, an dem ich nachschauen würde, mein Kopf. Einfach wegen der Verlegenheit, jemals dabei erwischt zu werden, wie ich sie verzweifelt suchte und sie sich tatsächlich auf meinem Kopf befände. Anderseits sobald ich älter war, hätte ich bestimmt vergessen, dass ich mir das hier und jetzt geschworen hatte, und deshalb würde mit ziemlicher Sicherheit genau das passieren.

Mama sah sich währenddessen hilflos um und sie hatte keine Brille auf dem Kopf. „Da ist sie nicht. Ich wollte noch etwas lesen, aber es ist so anstrengend, das Buch die ganze Zeit einen halben Meter weit weg halten zu müssen, damit ich überhaupt erkenne, dass es sich um Buchstaben und nicht Zahlen oder irgendwelches Gekritzel handelt. Aber ich finde sie einfach nicht." Sie humpelte ein paar Schritte vor.

„Kann doch gar nicht sein. Ich meine, du bewegst dich am Tag vielleicht fünfzig Meter weit. Wo sollte sie da verloren gehen?" Ich bekam nur einen missbilligenden Blick als Antwort. Offenbar war sie der Meinung, dass sie durchaus sportlicher unterwegs war. Ich bezweifelte das weiterhin, behielt es ab sofort aber für mich.

„Wenn dir das häufiger passiert, dann müssen wir einen Sensor oder etwas ähnliches an ihr installieren."

„Einen Sensor?", fragte sie zerstreut, während sie weiterhin die Umgebung musterte.

„Ja, deine Brille kann man schließlich nicht wie ein Handy anrufen. Und dieses Gesuche finde ich auf Dauer ziemlich mühselig." Ich ging in die Küche und schaute mich dort sorgfältig um.

Da ich sie nirgends entdecken konnte, begann ich nacheinander die Schränke zu öffnen.

„Was machst du da?", wollte Mama wissen. Als ich mich zu ihr umdrehte, stand sie mit in die Seite gestemmten Händen da und musterte mich mit finsterer Miene.

„Also einen Kuchen backen ganz bestimmt nicht", antwortete ich und schloss die Schranktür etwas lauter als notwendig.

„Glaubst du wirklich, dass ich schon so vergesslich bin, dass ich meine Brille irgendwo in den Schrank lege? Willst du vielleicht auch noch im Kühlschrank nachschauen?" Pikiert schürzte sie die Lippen.

„Das ist gar keine so schlechte Idee." Ich unterdrückte ein Grinsen und öffnete tatsächlich die Kühlschranktür. „Nein, hier ist sie leider auch nicht." Ich zog den Kopf wieder heraus.

Meine Mutter schnaubte. „Hätte mich auch sehr gewundert."

Ich lachte lautlos in mich hinein, überlegte dann jedoch ernsthaft, wo sie noch sein könnte. Eigentlich hielt sich meine Mutter tagsüber nur im Wohnzimmer und in der Küche auf. Aber da musste sie bereits alles durchsucht haben und wenn sie nicht in irgendwelchen Schränken oder auf dem Boden lag …

Ich sondierte die Fliesen und danach den Teppich im Wohnzimmer, konnte jedoch nichts entdecken und ein lautes Knirschen hätten wir beide wohl bemerkt, wenn wir Ausversehen auf die Brille getreten wären. Sissi war schon lange aus dem Alter raus, dass sie Sachen klaute und woanders hintrug. Ich erinnerte mich noch gut daran, als wir alle regelmäßig irgendetwas suchten. Dann blieb nur noch ...

Ich ging zurück in den Flur. Meine Mutter sagte nichts dazu, dabei hatte ich eigentlich mit einem Spruch oder Ausruf gerechnet. Als ich kurz darauf wieder zurückkam, musterte sie mich nur überrascht.

„Wo hast du die denn hergezaubert? Oder ist sie neu?"

Ich kicherte. „Das ist deine Ersatzbrille aus dem Nachtschrank."

Mamas Augen wurden bei diesen Worten zunächst etwas verklärt, dann groß, dann klein und schließlich kniff sie sie skeptisch zusammen.

„Ich habe aber keine Ersatzbrille", sagte sie.

„Ertappt", gab ich zurück und grinste breit. „Sie lag auf dem Zeitschriftenstapel neben dem Klo. Liest du die wirklich?"

„Manchmal", erwiderte Mama und ignorierte dabei meinen Blick, als wäre nichts weiter dabei. Ich schüttelte bloß den Kopf und reichte ihr die Brille.

„Da hätte ich aber wirklich selber draufkommen können. Na, egal. Dafür habe ich ja dich. Dann kann ich jetzt endlich weiterlesen." Meine Mutter nahm mir die Brille ab und setzte sie sich auf die Nase. Anschließend musterte sie mich über die Ränder der Gläser hinweg eindringlich. „Dich bedrückt doch irgendetwas, oder? Jetzt, wo ich wieder klarsehen kann, bleibt einem das nicht verborgen. Was war mit Chris?"

Mein zufriedenes Lächeln fiel augenblicklich in sich zusammen. Das hatte ich bei meiner intensiven Suche kurzzeitig vollkommen vergessen. Ihr hingegen entging scheinbar gar nichts. Lediglich entfiel ihr manchmal der Ablageort ihrer Brille, was durchaus zu verzeihen war. Ich verlegte auch häufiger Dinge. Was ich, nachdem ich mich ja ein klein wenig lustig gemacht hatte, jetzt definitiv nicht mehr zugeben würde. Nein, bei mir herrschte stets absolute Ordnung und jedes Teil hatte seinen festen Platz. In der Theorie stimmte das sogar. In der Praxis war es ganz gut, dass ich mein Handy jederzeit mit dem Haustelefon anrufen konnte.

Als ich nicht gleich antwortete, drehte meine Mutter sich um und humpelte zur Couch hinüber. Dort setzte sie sich und klopfte auffordernd auf den Platz neben sich. Ich seufzte leise, gab mir schließlich einen Ruck und nahm brav neben ihr Platz.

„Und?", hakte sie noch einmal nach, während sie nach ihrem Buch griff. Wollte sie jetzt die Psychologiestunde so nebenbei machen oder was sollte das?

Ich kaute missmutig auf der Innenseite meiner Wange, ehe ich mich dazu durchringen konnte, die Worte laut auszusprechen.

„Ich verstehe ihn einfach nicht", gab ich ehrlich zu. „Erst ist er so mega freundlich, total aufdringlich und wirkt, als würde er zu viele Stimmungsaufheller schlucken …" Meine Mutter kicherte bei diesen Worten und schlug ihr Buch auf.

„Und dann?", fragte sie nach, weil ich nicht von allein fortfuhr.

„Seit gestern ist er wie ausgewechselt, als ob er seine Medikamente abgesetzt hätte. Er ist verschlossen, schlecht gelaunt und stößt mich ständig von sich, als hätten sich seine Magnete umgepolt." Ich verschränkte die Arme und drückte mich gegen die Lehne des Sofas. „Ich verstehe ihn einfach nicht", wiederholte ich nochmals.

Meine Mutter schwieg. Ich sah zu ihr herüber, dann schreckte ich hoch, als hätte ich einen Elektroschock versetzt bekommen. „Er nimmt doch nicht wirklich Medikamente gegen depressive Schübe, oder so? Das hättest du mir gesagt, nicht wahr? Nicht, dass ich mich hier über ihn …"

„Keine Sorge, er ist vollkommen gesund", erwiderte meine Mutter ruhig und fuhr mit dem Finger über die aufgeschlagene Seite.

„Und woran liegt es dann?", wollte ich energisch wissen. Sie kannte den Grund, dessen war ich mir sicher. Andernfalls säße sie nicht mit dieser Ruhe und dem vorgetäuschten Desinteresse neben mir. Sie tat noch für einige Sekunden so, als würde sie sich voll und ganz auf ihr Buch konzentrieren, dann schloss sie die Augen und setzte die Brille ab, ehe sie sich mir zuwandte.

„Ich fände es ehrlich gesagt besser, wenn er dir die Geschichte selber erzählen würde", meinte sie schließlich.

„Ja, fände ich auch. Leider hat er ziemlich deutlich gemacht, dass er das nicht will. Und ich komme mir vor wie der letzte Idiot, der plötzlich von strahlendem Sonnenschein in einen strömenden Regen geraten ist und keine Ahnung hat, wo er jetzt einen Schirm herbekommen soll." Ergab das mit dem Schirm Sinn? Nein, wohl eher nicht. Aber ich wollte einen und meine Mutter konnte ihn mir höchst wahrscheinlich reichen. Daher sah ich sie auffordernd an.

Sie seufzte und ließ die Hand mit der Brille auf ihr aufgeschlagenes Buch sinken.

„Es ist etwas sehr Persönliches, daher würde ich dir empfehlen, dass du es für dich behältst, bis er es von sich aus erzählt. Ich vertraue dir sein Geheimnis nur an, damit du ihn besser verstehst. Aber es würde den vollkommen falschen Effekt haben, sollte er herausfinden, dass ich dir davon erzählt habe. Verstanden? Es war für ihn ein großer Schritt, sich mir anzuvertrauen und er würde sicher nicht wollen, dass ich es dir einfach so sage. Also sei mit diesem Wissen vorsichtig."

Ich schluckte und bekam ehrlich gesagt langsam ein bisschen Angst. Wollte ich es jetzt immer noch wissen? Oder wäre es nicht besser, das Thema Chris komplett zu streichen, da ich ja ohnehin in absehbarer Zeit wieder abreiste? Andererseits konnte es keine so richtig schlimme Sache sein, andernfalls hätte meine Mutter mich gewarnt oder nicht gewollt, dass wir uns allzu nahe kamen. Doch ganz im Gegenteil hatte sie dies die ganze Zeit unterstützt. Wenn man es also so betrachtete, dann …

„Also schön", willigte sie ein, als ich nickte. „Aber denk an meine Worte."

Mama legte ihre Hände gefaltet auf das Buch und hob den Blick. Irgendwie kam mir das alles seltsam vor. Dennoch lauschte ich gespannt und aufmerksam ihren Worten.

„Chris hat seine Eltern schon sehr früh verloren. Er ist bei Pflegeeltern aufgewachsen, die leider nicht viel mit ihm anfangen konnten. Er hat stets sein Bestes getan, damit sich alle in seiner Umgebung wohlfühlen und niemand ihn als Last ansieht. Weihnachten ist für ihn so wichtig, weil es die einzige Zeit im Jahr gewesen ist, wo der Rest seiner neuen Familie nett zu ihm war. Sowohl die Erwachsenen als auch seine *Geschwister*. Er hat diese paar Tage im Jahr wirklich genossen und immer wieder darauf hingearbeitet." Mama schwieg kurz. Ich hingegen runzelte die Stirn. Das klang bisher nicht allzu dramatisch – bis auf die toten Eltern natürlich –, also wagte ich es, eine Frage zu stellen.

„Aber hat es ihn denn gar nicht gestört, dass das alles nicht echt war? Ich meine, wenn sie ihn die restlichen Tage im Jahr ignoriert oder schlecht behandelt haben …?"

„Nein." Meine Mutter schüttelte den Kopf. „Er hat sich die ganze Zeit bloß gewünscht, dass es immer so sein soll, wie jedes Jahr zu Weihnachten. Dass sie wirklich eine Familie sind. Und das bekam er geschenkt. Er hat es nicht als Heuchelei oder unecht angesehen, sondern als Geschenk zu Weihnachten. Kinder sind da recht einfach gestrickt. Im Gegensatz zu dir damals mit deinem frühpubertärem Teenieverstand."

„Danke auch, Mama." Dennoch sah ich ihn nun mit anderen Augen. Jetzt verstand ich endlich, wieso Weihnachten so wichtig für ihn ist und wieso er wollte, dass an diesen Tagen alle um ihn herum glücklich sind. Weil es für eine lange Zeit auch für ihn die einzigen Tage im Jahr waren, an denen er wirklich glücklich sein konnte.

Gut, damit hätten wir geklärt, woher die übertriebene Sonnenscheinseite kam. Aber was war mit dem Regensturm, der plötzlich herrschte?

„Und was ist jetzt der Grund dafür, dass er von einem Tag auf den anderen so abweisend ist? Hab ich irgendetwas gesagt oder getan?"

„Höchstwahrscheinlich."

Ich musste daraufhin erst einmal schlucken. Ehrlich gesagt, war das eher eine rhetorische Frage gewesen, auf die ich kein Ja erwartet hatte. Wieso sollte unbedingt ich daran schuld sein? Konnte das nicht auch einen anderen Grund haben?

„Ich will nicht behaupten, dass du das mit Absicht getan hast, aber ich denke, irgendetwas muss ihn daran erinnert haben, dass er am

Ende stets allein dasteht. Bei diesem Teil seiner Vergangenheit bin ich mir nicht ganz sicher, da er auch mit mir nie wirklich darüber geredet hat, aber es muss sich etwas in der Richtung zugetragen haben ...“

In welcher?, hätte ich am liebsten lautstark gefragt – und sie des Effekts wegen zusätzlich noch geschüttelt –, da sie einfach schwieg. Doch ich beherrschte mich, da ich ihre Gedanken nicht unterbrechen wollte, denn Mama sah wirklich sehr nachdenklich aus. Wahrscheinlich versuchte sie in diesem Moment die kleinen Bruchstücke von dem, was Chris ihr bisher anvertraut hatte, zu einem Gesamtbild zusammenzusetzen. Oder wenigstens soweit, dass das Ganze für mich einen Sinn ergab. Zumindest hoffte ich, dass sie darum bemüht war.

„Ich kenne die genauen Umstände nicht und bisher nur seine Sicht, aber es scheint so, als hätte er ein Verhältnis mit seiner Stiefschwester gehabt, oder ist es in dem Fall nicht eher Adoptivschwester? Egal. Ich vermute, aufgrund seiner Andeutungen, dass das Ganze von ihr ausging. Allerdings war es für sie mehr eine Art Zeitvertreib oder Experiment. Chris war damals ein junger Mann und sehnte sich nach wie vor nach Nähe. Ich will nicht beurteilen, ob er sie auf diese Weise herbeisehnte oder mit der Wärme einer Familie verwechselte, vielleicht auch gleichsetzte, jedenfalls ...“ Sie schwieg wieder für einen kurzen Moment, ich konnte mir allerdings ungefähr denken, was jetzt kommen würde.

„Sobald es herauskam, ließ sie ihn fallen und nicht nur das, sie hat ihm auch noch die gesamte Schuld zugeschoben. Chris muss das derart überrascht und schockiert sowie verletzt haben, dass er nicht einmal versuchte es abzustreiten. Sie haben ihn danach vor die Tür gesetzt. Da er bereits sechszehn war, ist er in so eine Art WG umgesiedelt worden und hat von da an alleine für sich gesorgt. Ich muss sagen, als ich ihn kennenlernte, hätte ich nie vermutet, welch eine düstere Geschichte sich hinter seinem Lächeln verbirgt“, meinte Mama nachdenklich.

Oder hinter seiner Liebe zu Weihnachten, ergänzte ich im Stillen. Wobei es mich mehr überraschte, dass er sich diese bewahren konnte als sein heiteres Wesen. Was er vorher womöglich gar nicht besessen hatte und ihm lediglich über all das hinweghelfen sollte.

„Man kann den Menschen eben stets nur vor den Kopf gucken und nicht hinein. Wobei ich mir nicht sicher bin, ob wir Chris wirklich besser verstehen würden, wenn wir hineingucken könnten. Solche Dinge prägen einen und machen sich nicht immer auf den ersten Blick bemerkbar. Selbst wenn man versucht, die verworrenen Fäden zu entknoten, führen sie einen nicht immer sofort irgendwohin. Ich sehe ja, was unsere Familiengeschichte mit dir angestellt hat. Ich bin mir ziemlich sicher, dass du etliche Macken weniger hättest ohne das ganze Theater damals. Und wahrscheinlich auch einige Falten weniger." Sie fuhr prüfend mit dem Finger über meine Stirn und an meinem Augenwinkel entlang. Ich schob ihre Hand weg und musterte sie entnervt, doch sie lachte bloß und zog ihre Finger zurück. Dass ich ihr in diesem Punkt allerdings uneingeschränkt recht geben musste, wusste sie wohl, auch ohne dass ich es zugab.

„Na, jedenfalls …" Sie musterte mich noch einen Moment, ehe sie ihre Brille wieder aufsetzte und ihr Buch erneut zur Hand nahm. „Ich denke, er wird seine Gründe haben. Und ich denke ebenfalls, dass du dir nicht allzu viele Gedanken machen solltest. Ja, mit Sicherheit war etwas der Auslöser, aber du konntest es nicht wissen und hast es nicht mit Absicht getan. Also gib ihm Zeit, sich wieder zu fangen. Ich bin mir sicher, dass er darüber hinwegkommt und da du nach wie vor nicht vor Begeisterung für Weihnachten sprühst, wird er demnächst sicherlich erneut hier vor der Tür stehen." Sie zwinkerte mir zu und hob dann das Buch vor ihre Augen. Sie schien mit ihrer Sitzung fertig zu sein.

Ich saß da und merkte erst nach einiger Zeit, dass ich das tatsächlich mit offenem Mund tat. Sobald mir das bewusst wurde, schloss ich ihn. Zu mehr war ich zunächst jedoch nicht imstande. Mama ignorierte mich vollends und las einfach ihre Geschichte. Ich hingegen war mir sicher, dass ich noch etliches an Zeit in Anspruch nehmen musste, um die ihre zu verdauen.

Ich meine, irgendwie war das jetzt ja keine so krasse Lebensgeschichte, dass er missbraucht oder misshandelt worden war oder ähnliches, aber trotzdem traf es mich ziemlich hart, dass man ihm diese Vergangenheit zunächst einmal gar nicht ansah. Da gab es andere, die aus einer viel harmonischeren Familie stammten, und wesentlich schlechter geraten waren.

Mich durfte man dabei durchaus auch angucken. Ja, ich war ein Scheidungskind und es gab sicher etliche, die das wesentlich besser wegsteckten, als ich es getan hatte. Und im Gegensatz zu ihm machte ich nicht das Beste daraus, sondern eher das Schlechteste.

Ähnlich dem Goldmariechen und Pechmariechen oder so. Wie auch immer, an uns sah man wohl ziemlich gut, dass es immer daran lag, was man selber aus dem machte, was das Leben einem schenkte, Zitronen oder Limonade. Chris schien sich offensichtlich dafür entschieden zu haben, dass sein Glas immer halbvoll war, wohingegen ich meines in den meisten Fällen sogar noch extra austrank, damit es auch wirklich leer war. Ich verzog das Gesicht bei dem Gedanken und erhob mich schließlich.

„Was hast du vor?", fragte meine Mutter neugierig. Ach, sie interessierte sich also doch noch für mich?

„Keine Ahnung. Etwas aufräumen? Mich mit Weihnachten befassen? Diese Story verdauen? Ich habe schlicht keine Ahnung." Ich warf die Hände in die Luft und drehte mich weg. „Ich gehe spazieren. Kopf frei kriegen und so", murmelte ich schließlich.

„Zieh dich vernünftig an, wer weiß, wie lange du unterwegs bist und nimm dein Handy mit!", rief sie mir hinterher.

„Ja, ja." Mütter! Die konnten scheinbar einfach nicht anders, dachte ich, musste bei dem Gedanken jedoch schmunzeln. Allerdings wurde ich gleich wieder ernst, während ich mir meine Jacke und Schuhe ein weiteres Mal an diesem Tag anzog. Sissi schlich kurz um meine Beine und ich hätte mich beinahe zu Tode erschreckt.

„Hi, Süße. Das ist liebgemeint, aber ich glaube, ich muss wirklich mal raus, um den Kopf freizubekommen, und du bist leider kein Hund." Entschuldigend kraulte ich sie hinter den Ohren und unterm Kinn. Sie begann sofort zu schnurren und schien mir zu verzeihen, als ich ihr über den hochgestreckten Buckel fuhr, denn sie ging kurz darauf zurück ins Wohnzimmer.

Ich blickte ihr hinterher, dann trat ich durch die Tür nach draußen. An der Straße blieb ich unentschlossen stehen, warf einen kurzen Blick hinüber zu Chris' Haus und entschied schließlich, nach links abzubiegen.

Ich vergrub die Hände in den Taschen und wünschte mir für einen Moment, es wäre kälter. Das Gefühl, sich in der Jacke zu verkriechen, die Schultern schützend gegen die Kälte hochzuziehen und das leicht beißende Gefühl auf der Haut, so wie der Atem vor dem Gesicht in Form kleiner Wolken. Irgendwie hätte ich mir das gerade für meinen kleinen Spaziergang gewünscht. Die Kälte hätte meinen Kopf bestimmt freigefegt. Tja, aber dafür wohnte ich wohl auf dem falschen Längengrad. Oder müsste ich den Breitengrad ändern? Keine Ahnung, war ja auch egal. Ich sah mich (ohne zu frösteln) um. Um ehrlich zu sein, hatte ich nicht den blassesten Schimmer, wohin ich gehen sollte, aber das Ziel war in diesem Fall ohnehin zweitrangig.

Also schlenderte ich, ohne großartig auf den Weg zu achten, durch die Straßen und begutachtete die Häuser und Gärten, die ich noch aus meiner Kindheit kannte. Einige sahen fast genauso aus wie früher und andere hatten sich komplett verändert. Es gab sogar zwei neue Häuser.

Irgendwann blieb ich mitten auf der Straße stehen. Ich lenkte mich ab, um über die eigentlich wichtige Sache nicht nachdenken zu müssen. Das funktionierte zwar ganz gut, würde mir letztendlich aber nicht weiterhelfen. Also Schluss damit!

Wenn ich ehrlich war, ging es bei der ganzen Sache weniger um Chris' Vergangenheit als vielmehr um den Kuss. Wenn er sich wirklich wieder „einkriegte" und plante, da weiterzumachen, wo wir aufgehört hatten … Nein, nein. Nicht bei dem Kuss sondern mit diesem Weihnachtsfestding. Wie sollte ich dann damit umgehen?

Ich nahm nicht an, dass er mir als Nächstes seine Liebe gestand. Der Kuss schien weder geplant noch sonderlich bedeutungsvoll. Er ähnelte eher so etwas wie einem Unfall. Ich nahm sogar an, dass er einfach so tun würde, als wäre nichts gewesen, und momentan wäre mir das auch am liebsten. Immerhin sah ich ihn nur als nette Bekanntschaft, so etwas wie ein Bruder ... ein ... Stiefbruder erschien mir in dem Zusammenhang nun alles andere als passend, aber ...

Ach, ich hätte mir am liebsten die Haare gerauft. Das kam auf offener Straße aber wahrscheinlich nicht so gut. Also drehte ich mich bloß entschlossen um und bestritt energischen Schrittes den Rückweg. Sich den Kopf zu zerbrechen über Dinge, die sein könnten, brachte einen nie besonders weit. Ich würde das alles einfach auf mich zukommen lassen und gut. Schließlich saß ich hier noch für eine Weile fest und Chris mit seinen sonderbaren Einfällen war immerhin eine nette Abwechslung. Ich hätte nichts dagegen, wenn es so weiterlief, und alles, was danach kam, würden wir dann ja sehen.

Man, da hatte der Spaziergang ja mal richtig was gebracht. Was für eine Erkenntnis!

Dafür hätte ich echt nicht vor die Tür zu gehen brauchen. Ich schnaubte und stapfte mit hochgezogenen Schultern nach Hause. Wieso war mir jetzt irgendwie doch kalt?

Backe, backe Kuchen, der Chris, der hat gerufen

Als ich das nächste Mal zu Chris' Haus hinübersah, stellte ich erstaunt fest, dass unter der Dachrinne und rundherum um seine Haustür Lichterketten leuchteten. Waren die schon die ganze Zeit da gewesen und ich hatte sie bloß nicht bemerkt? Oder war das ein Zeichen dafür, dass es ihm besser ging und er sein Leben schon wieder auf einer wackeligen Leiter riskieren konnte?

Ich wusste es nicht, musste jedoch zugeben, dass es mich irgendwie nervös machte, anzunehmen, dass er wieder fit und womöglich alles wieder gut war. Also, was ich damit meinte, dass er wieder er selbst war und eventuell in nächster Zeit einen neuen Anlauf in Sachen weihnachtlicher Überzeugungsarbeit leisten würde. Insgeheim hoffte ich sehr darauf. Da brauchte ich mir nichts vorzumachen. Wenn dem nicht so wäre, hätte ich beim Anblick der Lichterketten nicht dieses nervöse Kribbeln im Bauch. Denn normalerweise ließ mich derartige Weihnachtsdekoration ziemlich kalt. Ja, es sah durchaus schön aus, wenn es so früh dunkel wurde und die Lichter die Nacht erhellten. Allerdings übertrieben es viele mit der leuchtenden Weihnachtsdeko und so nahm ich es meistens bloß als kitschig wahr. Einer schönen, schlichten Lichterkette in den Bäumen, Büschen oder am Haus konnte allerdings selbst ich etwas abgewinnen. Ein ganzer Weihnachtsschlitten leuchtend auf dem Dach und den Garten überfüllt mit allerhand anderen Leuchtwesen war hingegen für mich der absolute Graus und stets ein Grund schnell Reißaus zu nehmen.

In diesem Fall hielten die Lichter mich allerdings für einen Moment gefangen. Bis ich mich losriss. Zurück zum Thema. Was sollte ich mit dieser neuen Information also anfangen? Nach seinem „Rausschmiss" war es an ihm, zu mir zu kommen. Ich würde mich freiwillig bestimmt nicht noch mal bei ihm zeigen. Auch wenn ich bei diesem Gedanken echtes Bedauern verspürte.

Ich war froh, dass meine Mutter mir die Sache wenigstens nicht noch schwerer machte und mich mit diesem Thema tatsächlich in Ruhe ließ. Ich hatte eigentlich erwartet, dass sie mich am laufenden Band ermunterte, zu ihm rüberzugehen, oder sich etwas anderes einfallen ließ. Stattdessen tat sie so, als hätte es dieses Gespräch über Chris' Vergangenheit nie gegeben und es wäre alles so wie immer. Ich hingegen hatte damit weitaus mehr Probleme und dabei war heute gerade mal der dritte Tag ohne Kontakt. Ich fühlte mich inzwischen ein klein wenig so wie ein verliebter Teenie, der es keinen Tag ohne seinen Schwarm aushielt. Und da wollte ich mit Sicherheit nicht landen. Ich war ja nicht bescheuert, freiwillig bekamen sie mich nicht dazu!

Also drehte ich mich entschlossen vom Fenster weg und widmete mich wieder dem Mittagessen.

Mama hatte es sich zur Aufgabe gemacht, mir in der kurzen Zeit, die ich bei ihr war, so viele neue Rezepte beizubringen, wie möglich. Damit ich, wenn ich wieder einsam und mutterseelenallein in meiner kleinen Wohnung hockte (ihre Worte), zumindest etwas abwechslungsreicher kochen konnte. Dass mir dazu wahrscheinlich die Zeit und Muße fehlen würden, behielt ich lieber für mich. Außerdem hatte ich gerade sowieso nichts Besseres vor. Morgen war Sonntag, der dritte Advent. Sollte ich da womöglich mal etwas unternehmen? Mama hatte alles abgeschmettert und gesagt, dass sie als Krüppel hier im Haus am sichersten wäre und mich ja ohnehin nur aufhielte. Deshalb waren die Ausflüge mit Chris wirklich schön gewesen. Okay, ich hatte das nicht so richtig gezeigt und mich wenig begeistert gegeben. Aber wenn ich jetzt so darüber nachdachte …

Entweder machte ich mir für die nächsten Tage Pläne oder ich nahm mir an meiner Mutter ein Beispiel und begann ebenfalls damit, das ein oder andere Buch zu lesen. Nur kochen, waschen, putzen und aufräumen war auf Dauer ja auch nichts. Und backen fiel bei mir ziemlich raus. Es reichte schon, dass ich nächste Woche das Weihnachtsessen machen musste. Keine Ahnung, wie das ausfallen würde. Die Euphorie meiner Mutter konnte ich diesbezüglich jedenfalls nicht teilen. Daher sah ich es als Übung an, vorher so viel wie möglich zu kochen. Das Weihnachtsessen war dann quasi der Endgegner.

Nachdenklich zündete ich die dritte Kerze auf dem Adventskranz an. Ich legte das Feuerzeug zur Seite und beobachtete die Kerzenflammen, wie sie von rechts nach links zuckten. Jetzt waren es wirklich nur noch acht Tage, dann war Weihnachten. Danach würde es dann etwas ruhiger werden. Wenn ich Papa gestern am Telefon richtig verstanden hatte, plante er, an Weihnachten vorbeikommen. Um nach dem Rechten zu sehen und uns schöne Weihnachten zu wünschen. Ich traute mich nicht, zu fragen, ob er gedachte alleine anzureisen. Ich wusste nicht, wie Mama es verkraftete, wenn er mit dem gesamten „Hofstaat" hier aufkreuzte. Ich nahm zwar an, dass sie mittlerweile gut über die Trennung und die Sache mit der neuen Familie hinwegsehen konnte, aber wenn es einem selber nicht gut ging, sah das Ganze immer noch mal etwas anders aus.

Aber was zerbrach ich mir im Vorfeld den Kopf? Wir wussten ja alle, dass Papa sich nichts sagen und auf seine neue Familie sowieso schon mal nichts kommen ließ, also würden wir einfach abwarten müssen, wie vorausschauend er war. Am Ende kam es so, wie es eben kam. Der Spruch ging anders, oder? Egal.

Mein Plan sah vor, mich zu Mama aufs Sofa zu setzen und etwas durchs Fernsehprogramm zu zappen. Immerhin war Adventssonntag, da sollte auch im normalen Programm der ein oder andere weihnachtliche Film laufen. Mir ging es ja jedes Mal tierisch auf den Keks, dass in der Vorweihnachtszeit kaum etwas Passendes lief. Dafür überschlugen sie sich über die Feiertage regelrecht mit Klassikern und Blockbustern, sodass man im Grunde immer auf drei Sendern gleichzeitig gucken musste, und dass obwohl man die Zeit eigentlich mit seiner Familie verbringen wollte. Schön, das mit der Familie war bei mir rausgefallen, aber der Mangel an Weihnachtsfilmen VOR Weihnachten hatte mich irgendwann derart genervt, dass ich mir den ein oder anderen Streaming-Dienst zugelegt hatte. Netflix besaß als kleinen Bonus einige sehr schöne eigenproduzierte Weihnachtsfilme. Auch wenn ich mit dem Fest sonst nicht so viel anfangen konnte, Filme zu dem Thema schauen? Das konnte ich gut.

Bevor ich jedoch dazu kam, mich gemütlich aufs Sofa zu setzen, klingelte es an der Tür. Ich runzelte irritiert die Stirn und ging hin, um zu öffnen. War das die Post?

Eigentlich hätte ich gleich draufkommen können, wer da vor der Tür stand. Denn wer sollte es sonst sein?

Es war Sonntag, Nadine! Post? Dein Ernst?

Außerdem hatte ich ja gerade eben noch über ihn nachgedacht. Wahrscheinlich hatte ich schlicht nicht daran geglaubt, dass er tatsächlich wieder aufkreuzen würde.

„Warte!" Als ich die Tür öffnete und überrascht feststellte, dass Chris davor stand, schien er bei meinem Gesichtsausdruck Angst zu bekommen, dass ich sie ihm direkt vor der Nase wieder zuschlug. Dabei hatte ich an etwas Derartiges nicht einmal im Entferntesten gedacht. Na, schön vielleicht ein bisschen. Aber so schnell war ich dann doch nicht. Meine Reaktionszeit hatte sich bei seinem Anblick unglaublich verlangsamt. Er hob jedoch vorsorglich die Hände zur Abwehr.

„Ich weiß, wahrscheinlich bist du von meinen merkwürdigen Unternehmungen schon ganz genervt, aber …" Ich blinzelte. Die Unternehmungen? Nein, nachdem ich gründlich darüber nachdenken konnte, nervten die mich ganz und gar nicht. Was hingegen leicht irritierend war, waren seine Stimmungsschwankungen. Da ich nun aber über den Auslöser dafür grob im Bilde war, konnte ich ihm das nicht mal mehr groß zum Vorwurf machen.

Was den Kuss betraf, den schien er bei diesem Thema gerade komplett außenvor zu lassen. Ich war kurz gewillt, ihn direkt darauf anzusprechen, da ich aber froh darüber war, dass er überhaupt hier auftauchte, ließ ich es bleiben. Außerdem wirkte er in diesem Augenblick geradezu hilflos, also setzte ich ein freundlicheres Gesicht auf.

„Wie geht es deinem Fuß?" Ich deutete darauf und bemerkte gleichzeitig den Korb, der über seinem Arm hing.

„Besser. Die paar Tage Ruhe und viel kühlen haben ihm gutgetan." Er lächelte zaghaft und sah es offenbar als gutes Zeichen an, dass ich ihn weder anschrie noch ihm die Tür vor der Nase zuschlug. Er ließ die erhobenen Hände vorsichtig sinken.

„Ich nehme an, dass du trotzdem nicht vorhast, mit mir Ski zu fahren oder ähnliches?" Ich hob einen Mundwinkel. Der Gedanke war irgendwie lustig. Vor allem, wenn ich ihn mir nur mit einem Ski fahrend vorstellte, weil er seinen anderen Fuß schonen musste.

„Nein. Ich will weder meinen Hals noch deinen gefährden. Und da wir hier auch nicht in näherer Zukunft mit so viel Schnee rechnen können, fällt Schlittenfahren auch weiterhin raus." Er grinste. Da war es wieder. Dieses ewig gutgelaunte Gesicht. Keine Ahnung, aber so langsam hatte ich das Gefühl, mich bereits an den Anblick gewöhnt zu haben. Und das so sehr, dass es mir die letzten Tage tatsächlich gefehlt hatte. *Ach, nee. Nadine, echt jetzt? Kann nicht dein Ernst sein, reiß dich mal wieder zusammen.* Diese verliebten Gedanken schlichen sich stetig weiter in meinen Kopf. Ich musste wirklich aufpassen. Dennoch war ich nicht abgeneigt, seinem Vorschlag zuzuhören. Ich war bereit, mich auf ihn und das hier einzulassen. Vielleicht erzählte er mir irgendwann freiwillig davon, was ihn so aus der Bahn geworfen hatte. Wenn nicht, würde ich es schon herausfinden.

„Was hattest du dann geplant?" Bei der Frage flog mein Blick neugierig zu dem Korb hinüber. Abwartend steckte ich die Hände in die Taschen meiner Jeans und lehnte mich gegen den Türrahmen. Dieses Mal war ich froh, dass es wieder etwas wärmer geworden war. So konnte ich es in dieser Position eine Weile in der offenen Tür aushalten.

„Ähm, ja. Also … Kekse backen." Er hielt sein Körbchen hoch und jetzt dämmerte es mir, was da drin sein musste. Da wären mir Wein, Käse und Weintrauben oder etwas anderes für ein Picknick allerdings lieber gewesen als Butter, Mehl und Zucker.

Das konnte doch jetzt unmöglich sein Ernst sein! Und dabei sollte ich in Weihnachtsstimmung kommen? Das war schon etwas, was ich auch ohne Weihnachten nie freiwillig allein tun würde. Kekse essen, ja, sehr gerne sogar. Aber backen? Nur unter Anleitung. Ich konnte mir wirklich nicht vorstellen, dass er sich damit einen Gefallen tat. Entsprechend fiel meine Reaktion aus.

„Kekse backen?" Ich musterte ihn mehr als skeptisch.

„Ja. Wir haben bis jetzt nur Dinge außerhalb des Hauses gemacht, aber der Zauber der Weihnacht wohnt ja auch bei einem daheim und im Kreis der Familie." Bei diesen Worten merkte ich, wie meine Stimmung deutlich düsterer wurde. Chris schien das ebenfalls nicht entgangen zu sein.

Im Kreis der Familie war ja mal das ganz falsche Thema. Und wenn Mama ihm wirklich so viel erzählt hatte, dann sollte er das eigentlich wissen. Na, womöglich war es ihm gerade wieder eingefallen. Bei ihm schien das zu den wenigen Dingen zu gehören, was er in der glücklichen Zeit mit seiner „Familie" gemacht hatte – wobei ich mir das auch nicht vorstellen konnte – aber ich war dafür nun mal gar nicht zu begeistern. Früher hatte Mama die Kekse auch immer allein gebacken. Ich hatte maximal Sterne ausgestochen.

„Also, ich meine … das allgemeine Beisammensein mit Menschen, die man mag und … also ich muss nicht unbedingt dazuzählen, aber ich dachte halt, dass …" Irgendwie fand ich es richtig süß, wie er jetzt regelrecht ins Schwimmen geriet und stotternd nach einer Erklärung suchte. Normalerweise erwartete man solch eine Szene doch eher andersherum, oder? Dass ich vor der Tür des sexy Nachbarn stand und mich total in meinen Erklärungen und Rechtfertigungen verzettelte. Während er mit diesem schelmischen Grinsen dabei zusah.

Chris tat mir richtiggehend leid. Zumal er schon von Anfang an nicht sonderlich viel Glück mit mir gehabt zu haben schien.

„Meine Güte, Nadine." Ich drehte mich um, als ich die Stimme meiner Mutter hörte. Sie war offensichtlich aufgestanden und stützte sich nun an dem Türrahmen zum Wohnzimmer ab. Bestimmt hatte sie auch noch einen Großteil unseres Gesprächs mitangehört. „Jetzt zier dich nicht so und lass ihn endlich rein. Wir hätten sowieso demnächst Kekse backen müssen. Dann kannst du das auch mit Chris zusammen machen." Ja, hatte sie offensichtlich wirklich. Ich knirschte ungehalten mit den Zähnen. Musste sich meine Mutter da jetzt einmischen? Ich erwartete, dass er sich bei dieser offensichtlichen Einladung sogleich an mir vorbeischieben würde, doch Chris rührte sich nicht von der Stelle und schien auf meine Einwilligung zu warten. Ich seufzte und gab schließlich nach. Wenn ich ohnehin Kekse zu backen hatte, dann konnte ich sie auch mit ihm machen. In dem Punkt hatte Mama recht.

„Also gut, da ich ja anscheinend gerade überstimmt wurde, dann also bitteschön." Mit einem großen Schritt nach hinten trat ich zur Seite und machte zusätzlich eine entsprechend ausladende Bewegung mit dem Arm, dazu senkte ich noch ein Stück den Oberkörper. *Ziel erreicht*, dachte ich, als er grinsend an mir vorbeilief. Da hatte er ja Glück, dass meine Mutter voll auf seiner Seite stand.

„Und was genau werden wir backen?", fragte ich ihn kurz darauf, als er die Zutaten aus seinem Körbchen auf der Arbeitsfläche verteilte. Ich konnte daraus natürlich keinerlei Rückschlüsse ziehen.

„Ich dachte da an Kokosmakronen, weil ich gehört habe, dass du Kokos sehr gerne magst, und an Vanillekipferl. Das sind immerhin sehr weihnachtliche Plätzchen." Und nicht unbedingt welche, die jeder selbstgebacken daheim herumliegen hatte. Wobei ich zugeben musste, dass ich die gekauften unglaublich gerne aß.

„Seid ihr sicher, dass ihr gleich mit so etwas Kompliziertem anfangen wollt? Ich meine …"

„Mensch, Mama. Du traust mir auch echt gar nichts zu, oder? Was glaubst du, wie ich den Rest des Jahres überlebe?" Herausfordernd sah ich sie an, hatte ehrlich gesagt jedoch nicht die geringste Ahnung, was da alles auf mich zukäme. Aber krumme Bananen mit Puderzucker drüber konnten doch nicht so schwer sein. Die würde ich schon hinbekommen. Sie brauchte mich vor ihm jetzt nicht auch noch schlechtmachen.

„Na, ich dachte, da du dir immer irgendwelche Mikrowellensachen oder so etwas von der Arbeit mit nach Hause nimmst …" Wenigstens hatte sie den Anstand mit jedem weiteren Wort leiser zu werden. Was vielleicht auch an meinem bitterbösen Blick lag, mit dem ich gerade versuchte, sie in Grund und Boden zu starren.

Boar, meine Mutter war ja so was von peinlich! Musste sie jetzt allen Ernstes mit so etwas ankommen? Und glaubte sie wirklich, dass ich mich ausschließlich mit Fertignahrung am Leben erhielt? Ja, ich gab zu, wenn es echt mal schnell gehen musste oder ich einfach nicht die Energie für etwas Komplizierteres aufbringen konnte, dann tat es auch mal das. Aber ansonsten brachte ich schon so etwas wie Nudeln oder Eintopf oder ähnliches zustande. Hatte ich das in den vergangenen Tagen nicht bewiesen? Dass ich, auch wenn sie stets meinte, ich könne nicht kochen, durchaus dazu in der Lage war?

Ich gab ja zu, dass ich nie einen goldenen Kochlöffel gewinnen würde und wahrlich keine Vorzeigeköchin darstellte, aber deswegen musste ich mir trotzdem nicht so etwas vor jemand anderem an den Kopf werfen lassen. An Taktgefühl mangelte es ihr heute wirklich. Wenn sie so weitermachte, würden wir nach Chris' Besuch mal ein ordentliches Wörtchen miteinander reden müssen!

„Dann fangen wir mal an. Sibille, du kannst auch gerne mit anpacken", wandte Chris sich an meine Mutter.

„Nee, danke, lass mal. Macht ihr jungen Leute das unter euch, ich werde sonst sowieso nur wegen meiner blöden und vor allem unnötigen Kommentare angegiftet." Bei ihrem Blick fehlte jetzt nur noch, dass sie mir frech die Zunge herausstreckte. Was war das denn bitte für eine Retourkutsche?

„Ist auch echt besser so, wir packen das schon", gab ich pikiert zurück.

„Also schön, dann fangen wir am besten mit dem Teig für die Vanillekipferl an, der muss nämlich zwei Stunden ruhen. Dazu brauchen wir zweihundertachtzig Gramm Mehl ..." Er sah mich erwartungsvoll an, doch ich starrte einfach nur zurück. „Na, los, Nadine. Abwiegen", wies er mich schließlich an, weil ich seine stumme Aufforderung schlicht nicht verstand.

Ich spielte also Chris' Azubi und bereitete nach seinen Anweisungen alles vor. Das konnte wirklich noch lustig werden. Beim Abwiegen hätte ich beinahe die Küche weiß „gepudert", weil mir das ganze Mehl auf einmal aus der Tüte in die Schüssel rutschte.

Nachdem das überstanden war, gaben wir die Zutaten nacheinander in einen Mehlvulkan und mischten dann alles gut durch. Chris überließ es mir, den Teig zu kneten, bis er eine einzige, leicht klebrige Masse war. Eier trennen war ja noch nie meins gewesen, aber Teig kneten, das machte Spaß. Etwas wehmütig sah ich ihm nach, nachdem er in Frischhaltefolie eingepackt in den Kühlschrank wanderte.

„So, das Eiweiß von den beiden Eigelben können wir nun sehr gut für die Kokosmakronen verwenden, brauchen allerdings noch zwei mehr." Ich unterdrückte ein Augenrollen, während Chris mich verschmitzt musterte.

„Also wieder Eiertrennen", seufzte ich. Er nickte bloß.

Als ich damit fertig war – und alle Schalenstücke herausgeangelt hatte –, machten wir uns an den Eischnee. Ich durfte das Rührgerät halten, welches ich Ausversehen auf die höchste Stufe stellte – mein Finger war abgerutscht! Beinahe wären wir mit lauter Spritzern gespickt worden, doch Chris hatte sofort den Stecker gezogen. Mein verdattertes Gesicht, als der Mixer den Geist aufgab, brachte ihn so zum Lachen, dass er vergaß, mit mir zu schimpfen.

Beim zweiten Anlauf klappte es dann. Ich rührte, während Chris den Zucker und die Kokosraspeln dazugab und danach irgendetwas anderes tat, unter anderem heizte er den Ofen vor. Ich hingegen war noch eine gefühlte halbe Ewigkeit mit Schlagen beschäftigt, bis er mich endlich stoppte. Danach übernahm er und ich schaute ihm neugierig zu.

„Ja, die Konsistenz sieht gut aus. Dann können wir uns jetzt ans Spritzen machen." Chris stellte die Schüssel zur Seite und wollte soeben die Spritztüte befüllen, doch ich stoppte ihn.

„Warte, ich muss erst probieren, ob wir auch wirklich alles richtiggemacht haben. Bei unserem Glück war der Zucker bestimmt Salz oder so." Er lachte schon wieder und ich freute mich, dieses strahlende Lachen wieder an ihm zu sehen. Ich hatte das echt vermisst. Erst jetzt fiel mir auf, dass wir heute von Anfang an ganz normal miteinander umgegangen waren, als ob es den Kuss gar nicht gegeben hätte, bis auf die verhaltene Begrüßung an der Haustür. Er verlor nach wie vor kein Wort darüber und in seinem Verhalten mir gegenüber war kein Unterschied wahrzunehmen. Kein verlegener Blick, wenn wir uns näherkamen, keine Röte in den Wangen, kein Blickabwenden ... Okay, das waren wohl eher Dinge, die ich in so einer Situation tun und wodurch ich mich verraten würde, aber auch sonst war alles wie vorher. Irgendwie hatte ich deswegen auch nicht mehr daran gedacht, also ... Bedeutete das nun, dass der Kuss für uns beide eigentlich keine weitere Rolle spielte? War es so etwas wie ein Ausrutscher, wie wenn zwei beste Freunde sich irgendwann küssten, um herauszufinden, ob da mehr war und dann feststellten, dass sie wirklich nur beste Freunde waren? Auch wenn immer behauptet wurde, dass Männer und Frauen nicht einfach nur miteinander befreundet sein konnten.

Das glaubte ich nicht.

Was uns betraf, kannten wir uns ja noch gar nicht so lange, um die Nähe zum anderen mit Liebe verwechseln zu können. Was also war es? Bei mir hatte ich ja (zu meinem Leidwesen) bereits Anzeichen gewisser Verliebtheit bemerkt. Was allerdings auch bloß eine Fehlinterpretation durch eben jenen Kuss gewesen sein könnte.

Wenn ich ehrlich war, wollte ich darüber gar nicht weiter nachdenken. Ich meinte, mich zu erinnern, entschieden zu haben, die Dinge einfach auf mich zukommen zu lassen. Also befolgte ich diesen Vorsatz besser auch. Ich wollte es schließlich nicht komplizierter machen als nötig.

Und so griff ich mir einen Löffel aus der Besteckschublade, kratzte etwas vom Makronenteig zusammen und probierte ihn vorsichtig. Warum ich das so betonte? Weil ich gleichzeitig Bilder im Kopf hatte, wie ich meinen Finger in den Teig steckte und ihn dann leicht lasziv ablutschte. Dabei vollkommen ignorierend, dass meine Mutter sich mit uns mehr oder weniger im selben Raum befand.

Das kam davon, wenn man anfing, sich Gedanken über derlei Dinge zu machen. Besser also, dass ich auf jegliche Verführungstaktiken verzichtete und lediglich den Geschmack der Kokosmasse näher unter die Lupe nahm und nicht seine Reaktion auf fragwürdige

Aktionen meinerseits. Eines konnte ich mir dann aber doch nicht verkneifen …

Ich verzog das Gesicht. „Nee, jetzt wirklich? Nach Salz schmeckt es nicht gerade, aber irgendetwas haben wir auf jeden Fall falsch gemacht."

„Kann nicht sein." Chris schnappte sich eilig meinen Löffel und probierte selbst. *Indirekter Kuss!*, schoss es mir kurz durch den Kopf, ehe ich mich wieder unter Kontrolle hatte.

Er schmatzte leicht und musterte mich dann ratlos. „Das schmeckt doch genau so, wie es sollte."

Ich streckte den Finger aus und deutete auf ihn. „Haha, reingelegt."

Chris' verdatterte Miene änderte sich, als er es endlich verstand. „Das war gemein. Ich hab echt einen Schrecken bekommen."

„Tja, ich bin halt gut in so etwas." Ich fächelte mir mit der Hand etwas Luft zu.

„Bis hierhin scheint also wider Erwarten alles glattgelaufen zu sein", gab ich schließlich mein Okay für die Mischung. „Schmeckt wirklich total lecker nach Kokos. Darf ich noch mal?"

Ich wollte nach meinem Löffel greifen und ihn ein weiteres Mal in die Schüssel stecken, doch Chris brachte beides blitzschnell aus meiner Reichweite.

„Kommt gar nicht infrage, nachher ist nichts mehr übrig, weil du alles aufgegessen hast."

„Sag ihr, das gibt Bauchschmerzen", kam der Kommentar aus dem Hintergrund. Siehste? Ich wusste doch, dass meine Mutter uns genau im Auge behielt. Flirten fiel also definitiv raus, wenn ich mir die nächsten Tage nicht dauernd etwas in der Richtung anhören wollte. Wobei unser kleines Spielchen bestimmt schon dafür reichte. Egal.

Als Nächstes sah ich Chris interessiert dabei zu, wie er süße kleine Kokoseisberge auf ein Blech spritzte.

„Fertig." Er richtete sich auf und musterte zufrieden sein Werk. „Ab in den Ofen." Ich nickte und ergriff das Blech. Kurz darauf öffnete ich die Backofentür und schob es vorsichtig hinein, dann schloss ich sie hastig wieder.

„Die müssen jetzt zwölf bis fünfzehn Minuten im Ofen bleiben und danach abkühlen, ehe wir ihnen Schokofüße verpassen. Pass bitte auf, dass sie nicht zu dunkel werden", wies er mich an, während er begann aufzuräumen. Na, wenn er freiwillig saubermachte, hatte ich kein Problem damit, die Verantwortung für die Makronen zu übernehmen.

Nach einer Weile meldete ich mich vorsichtig zu Wort. Vorher hatte ich allerdings noch einen prüfenden Blick auf die Uhr geworfen, um sicherzugehen.

„Ich gebe zwar zu, dass ich wirklich keine Expertin bin, aber sollten die nicht langsam zumindest ein wenig braun werden? Oder fester? Knuspriger? Keine Ahnung, aber die sehen nach wie vor total unverändert aus." Angestrengt spähte ich durch die Glastür des Ofens.

Das Letzte, was ich wollte, war, mich vor den beiden vollkommen zu blamieren. Aber ich konnte mir einfach nicht vorstellen, dass das hier so richtig war. Ja, die fertigen Kekse aus dem Laden waren auch nicht richtig braun, aber ganz leicht an den Spitzen schon. Ich konnte jedoch keinerlei Veränderungen feststellen, seitdem ich sie hineingeschoben habe.

„Lass mich mal sehen. Ich bin mir sicher, das wirkt nur so." Chris war neben mich getreten und spähte nun an meiner Stelle in den Ofen.

„Und? Hat sie einfach nur schlechte Augen und sollte sich mal meine Brille ausleihen?", kam es von hinten aus dem Wohnzimmer. Da war ja genau der Kommentar, weswegen ich so lange gezögert hatte, etwas zu sagen. *Danke, Mama!*

Chris jedoch runzelte die Stirn, was mir Hoffnung machte, dass bei mir nicht doch Hopfen und Malz verloren waren, und öffnete, ohne etwas zu sagen, die Ofentür.

„Sehr merkwürdig." Er tippte auf einen der Kekse, der sich ganz einfach eindrücken ließ, was für mich hieß, dass der Teig definitiv noch immer roh und weich war. Chris hielt die Hand hoch in den Ofen, dann einmal unter das Blech. „Der ist doch überhaupt nicht heiß", stellte er schließlich fest.

„Wie bitte?" Augenblicklich schob ich meine Hand neben seine. Doch er hatte recht. Der Ofen war gerade mal leicht warm. Dabei müsste man eigentlich das Gefühl haben, die Sonne der Sahara verbrutzelte einem die Haut.

„War er denn heiß, als du das Blech reingeschoben hast?", fragte er und wandte mir den Kopf zu. Dabei waren wir uns so nah, dass unsere Nasenspitzen sich beinahe berührten. Er rückte deswegen sofort mit dem Kopf ein Stück von mir weg und tat dann noch einen Schritt zur Seite. Ich bemühte mich, das Stirnrunzeln bezüglich seines Ausweichmanövers zu unterdrücken und tat so, als gehöre es dazu, dass ich über seine Frage nachdachte. Ich richtete den Blick zur Decke, hätte aber gern gewusst, warum er es war, der mir auswich. War der Kuss also doch nicht ganz so spurlos an ihm vorbeigegangen?

„Mhm, ich weiß es nicht genau. Aber warm war er bestimmt, das wäre mir ja sonst aufgefallen. Aber richtig heiß … wahrscheinlich nicht?" Ich sah ihn nun wieder an.

„Aha."

Aha? Was sollte das denn jetzt heißen? Was sollten wir bitteschön mit einem nicht heizenden Backofen anfangen?

„Lasst mich mal sehen." Mein Herz machte einen riesen Satz und der Rest meines Körpers folgte ihm in die luftigen Höhen. Musste Mama sich so anschleichen? Wie hatte sie das mit ihrem Klumpfuß überhaupt hinbekommen? Widerwillig rückte ich zur Seite. Was wollte sie da jetzt sehen, was wir nicht sahen?

„Mhm, die Einstellungen scheinen zu stimmen. Chris, mach' ihn einmal komplett aus und dann wieder an", wies Mama ihn an und er gehorchte sofort. Allerdings brachte uns das nach zweiminütiger Wartezeit auch nicht weiter, denn es änderte nichts.

„Und was machen wir jetzt? Es ist Sonntag, dazu noch Adventssonntag, da wird niemand arbeiten." Ich holte die Plätzchen aus dem Ofen und betrachtete sie traurig. „Wird Zeit, dass du dir einen neuen Ofen zulegst. Der ist einfach schon zu alt."

„Du könntest mir ja einen schenken", erwiderte Mama spitz und schürzte die Lippen. Alles klar, ich war ja schon still.

„Lass uns doch einfach mal Dr. Google fragen. Eventuell weiß er ja Rat." Chris hatte sein Handy gezückt und wenn ich ehrlich war, hätte ich schon längst selber auf die Idee kommen können. „Also hier steht Folgendes. Gründlich reinigen. Verschmutzungen können eine …"

„Ich hab den gestern erst geputzt und geschrubbt, das ist es nicht!", warf ich sofort ein und verschränkte bei seinem skeptischen Blick die Arme. Auffordernd musterte ich ihn, ob er irgendeinen blöden Spruch ablassen wollte. Doch er wandte sich nur wieder seinem Handy zu.

„Eventuell ist es dann ja das Nächste und du hast dabei die Türdichtungen beschädigt. Oder sie sind mit der Zeit porös geworden", fügte er hastig hinzu, als ihn beim Hochsehen mein Blick traf.

„Fein, dann schauen wir da eben nach", meinte ich nur. Aber das schien es auch nicht zu sein.

„Dann bliebe noch, die Lampe im Ofen zu überprüfen, ob sie zu viel Strom zieht. Einen Stromausfall hattet ihr nicht zufällig?" Chris musterte mich fragend, ich wandte mich an Mama.

„Nicht, dass ich wüsste, oder?" Sie schüttelte den Kopf, was ich an Chris weitergab.

„Also schön, alles andere sind irgendwelche Fachgeschichten, wie den Ofen auf Werkzustand zurücksetzen. Sicherungen und Anschlüsse werden ja stimmen. Ich schätze, bevor wir herumexperimentieren, ruft ihr morgen einen Fachmann, der hat mehr Ahnung."

Ich seufzte. Das also auch noch. Hatte ich mich allen Ernstes beschwert, mir wäre langweilig? Ich nahm das sofort wieder zurück.

„Dann war das also alles für die Katz", jammerte ich mit einem Blick auf die Kekse.

„Nun mal nicht so voreilig. Wir bringen die Bleche jetzt erst einmal zu mir rüber und backen sie in meinem Ofen fertig, dann wäre das erledigt. Das ist ja kein Problem und ob sie nun hier oder bei mir braun werden, dürfte ihnen doch egal sein."

Da hatte er bestimmt recht und ich war wirklich froh, dass wir diese Ausweichmöglichkeit hatten. Aber irgendwie passte das Ganze ja mal wieder.

„Na, wenigstens haben wir jetzt noch die Chance, dass sie im zweiten Versuch etwas werden, und außerdem war der Probelauf vor dem großen Weihnachtsessen eine gute Sache", mischte Mama sich ein, der meine betretene Miene mit Sicherheit nicht entgangen war. „Die arme Gans, die nicht braun geworden wäre, eine Katastrophe."

Mir grauste es ohnehin vor diesem Essen, funktionierender Ofen hin oder her.

„Außerdem passt es doch irgendwie zu unserem Lauf", mischte nun auch Chris sich ein und griff gleichzeitig nach den Blechen, „dass so rein gar nichts funktionieren will. Obwohl wenn ich hätte wetten sollen, hätte ich auf verbrannte Kekse getippt. Auf rohen Teig wäre ich ehrlich gesagt nie gekommen."

Wir mussten allesamt laut lachen, denn das wäre wohl keiner von uns.

Was wäre Weihnachten ohne Weihnachtsbaum? Richtig, immer noch Weihnachten

Genüsslich biss ich in einen der Vanillekipferl. Sie schmeckten einfach nur herrlich, nahe dran an himmlisch. Ich betrachtete den angebissenen Keks. Am Ende war es gar nicht so dramatisch gewesen, dass der Ofen gestreikt hatte. Ja, es war ein wenig aufwendig, deswegen alles zu Chris hinüberzutragen, aber auch kein Weltuntergang und der Geschmack des fertigen Gebäcks entschädigte wirklich für jedwede Mühen, die wir zuvor damit gehabt hatten.

Der Ofen ging inzwischen auch wieder. Mama hatte gleich am Montag einen Fachmann kommen lassen und ich musste ihr da rechtgeben. Gut, dass uns das nicht erst an Heiligabend aufgefallen war. Mit dem gesamten Weihnachtsfestessen zu Chris umziehen zu müssen, wäre wesentlich schwieriger geworden. Auch wenn ich annahm, dass ihn das genauso wenig gestört hätte wie mit den Keksen. Aber das war ja zum Glück nicht nötig. Hoffte ich zumindest inständig.

Banalerweise war es am Ende tatsächlich bloß das Licht gewesen. Neue Birne rein und das Problem war erledigt. Mama ging sogar soweit, dass sie meinte, wir müssten Chris dankbar für seine Backaktion sein. Ich ließ das mal so stehen, allerdings hatte ich nach wie vor den Eindruck, dass sie uns heimlich nur zu gern miteinander verkuppeln würde. Ich blieb fürs Erste dabei, jeden Wink in die Richtung geflissentlich zu ignorieren.

Ihr würde es mit Sicherheit gefallen, wenn ich bei ihm nebenan einzog. Allerdings wollte ich nicht wissen, was sie sagte, wenn wir uns dann eines Tages trennten, er aber weiterhin neben ihr wohnen würde. Nicht dass meine Mutter dadurch ein Problem mit seiner Nachbarschaft bekäme oder so, so war sie nicht gestrickt. Ich hingegen schon.

Meine Beziehungen hatten bisher nie den Jahrestag erlebt, außer vielleicht die eine damals in der Schule. Aber ansonsten war für mich eine Trennung etwas Endgültiges. Ich hatte keinen Kontakt mehr zu meinen Exfreunden gewünscht und heute wusste ich nicht einmal, was sie taten, wo sie arbeiteten oder wohnten. Das war mir aber auch lieber so. In diesem speziellen Fall könnte das allerdings schwierig werden.

Andererseits dachte ich da bereits wieder etwas zu weit. Es war ja nicht so, dass Chris und ich kurz davorstanden, ein Paar zu werden oder uns bereits gegenseitig irgendwelche Gefühle gestanden hätten. Warum gingen meine Gedanken seit diesem Kuss nur ständig in die Richtung? Das war doch wirklich nervig.

Hört gefälligst endlich auf damit, wies ich sie böse an und kaute grummelig auf dem Rest des Kekses herum. Bei dem herrlichen Geschmack hellte sich meine Miene allerdings relativ schnell wieder auf.

Ich saß auf dem Sofa und sah aus dem Fenster hinüber zum Nachbarhaus. Aus irgendeinem Grund trat genau in diesem Augenblick Chris nach draußen. Im ersten Moment wollte ich mich flach aufs Sofa schmeißen, damit er, falls er herübersah, nicht dachte, ich würde ihn heimlich beobachten. Das wäre ja ultrapeinlich.

Noch peinlicher wäre es jedoch gewesen, wenn ich bei der Versteckaktion vom Sofa fiel und Mama wegen des lauten Geräuschs wissen wollte, was los war. Also unterdrückte ich den Drang. Was mir leider nicht hundertprozentig gelang. Mein Kopf zuckte ein Stück hinab und wie sollte es anders sein? Ich verknackste mir dabei total den Hals. Ein fieser, heißer Schmerz schoss hindurch und ich stöhnte laut auf.

Gut dass ich keinen Keks mehr in der Hand hielt, der läge nämlich spätestens jetzt auf dem Boden und mit dem Puderzucker wäre das eine ganz schöne Sauerei geworden.

Ich rieb mir den schmerzenden Nacken und beobachtete dabei – rein zufällig natürlich – wie Chris zu uns abbog. Augenblicklich sprang ich auf und hastete zur Tür – Nackenschmerz hin oder her.

Ich konnte weder im Nachhinein sagen, warum ich das in dem Moment tat, noch war es mir genau in diesem Augenblick klar. Aber aus irgendwelchen Gründen spurtete ich zur Haustür, um sie zu öffnen. Und das so schwungvoll, dass meine Haare durch den Sog nach vorne gezogen wurden.

Chris blinzelte einige Male überrascht, als ich die Tür aufriss, noch ehe er geklingelt hatte. Er hielt die Hand dafür sogar noch erhoben.

„Einen schönen Nachmittag", wünschte ich ihm mit einem breiten Grinsen, das mit Sicherheit verriet, dass ich mich insgeheim über seine verblüffte Miene amüsierte. Nachdem er letztes Mal fürchten musste, dass ich ihm die Tür gleich wieder vor der Nase zuschlug (was unberechtigt gewesen war, aber gut), war es mit Sicherheit ein merkwürdiges Gefühl, dass sie dieses Mal im Voraus geöffnet wurde.

„Ähm, ja. Sag mal, hast du da hinter der Tür auf mich gewartet?", fragte er skeptisch und ließ die Hand schließlich unverrichteter Dinge sinken.

„Aber klar, seit heute Morgen. Gut, dass du endlich da bist, es wurde langsam echt ungemütlich hier im Flur." Ich grinste sogar noch breiter.

„Ich schwöre, ich werde mich demnächst etwas mehr beeilen." Er hob die rechte Hand und legte sie auf sein Herz.

„Also schön, und? Was hast du dir dieses Mal ausgedacht?" Ich musterte ihn abwartend. „Inzwischen bin ich ja wirklich mehr als gespannt darauf, dir dabei zuzusehen, wie auch diese Idee den Bach runtergeht. Ich verstehe gar nicht, dass du dermaßen an Weihnachten festhältst, wenn alles in die Richtung in einer absoluten Katastrophe endet." Ich musterte ihn eingehender und versuchte mir nicht anmerken zu lassen, dass ich ja schon etwas im Bilde darüber war, wieso genau er das tat. Aber vielleicht brachte ihn der Spruch ja dazu, mir freiwillig ein wenig davon zu erzählen. Tat er leider nicht. Stattdessen wagte er es allen Ernstes, sich über mich lustig zu machen.

„Na ja, ich denke, dass bisher all meine Versuche schiefgegangen sind, liegt wohl eher an dir. Aber das bekommen wir schon hin, keine Sorge." Jetzt wusste ich zumindest, dass er nicht aufgeben würde.

„Und dir ist nicht mal in den Sinn gekommen, dass das ein Zeichen sein könnte, dass, egal was du auch versuchst, es dir nicht gelingen wird, mir Weihnachten schmackhaft zu machen? Vielleicht scheitern deshalb all deine Versuche. Du könntest natürlich auch recht haben und es liegt an mir. Es ist wahrscheinlich vollkommen sinnlos, was du da betreibst." Irgendwie waren die Worte raus, ehe ich sie aufhalten konnte. Was redete ich da eigentlich? Den Floh wollte ich ihm doch nun wirklich nicht ins Ohr setzen. Ich war doch froh, dass er nach dem Ganzen nicht einfach das Handtuch warf. Warum redete ich nun also so daher?

„Das denke ich nicht. Erst, wenn ich wirklich alles versucht habe, und du danach immer noch an deiner Meinung festhältst, erst dann werde ich aufgeben. Vorher hab ich noch nicht alles in meiner Macht stehende getan und kann nicht wissen, ob nicht doch irgendetwas funktioniert hätte."

„Gut", meinte ich bloß, weil seine Ansprache mich leicht aus dem Konzept brachte. Nun war es an ihm, mich breit anzugrinsen, weil er mich hatte überraschen und überrumpeln können.

„Also gut. Welche neue Idee ist dir also gekommen, um mich vom Zauber der Weihnacht zu überzeugen? O Herr der unerschöpflichen Weihnachtsstimmungsverbreitungsversuche?" Ich verschränkte unbewusst die Arme. Als mir klar wurde, dass ich damit (mal wieder) eine abwehrende Haltung eingenommen hatte, war es schon zu spät und ich beließ es dabei. Sie nun hastig sinken zu lassen, wäre viel zu peinlich gewesen und hätte einen nervösen, unsicheren Eindruck gemacht und den wollte ich ganz sicher nicht vermitteln.

„Eine Sache, der wir uns noch gar nicht gewidmet haben, die aber bei keinem guten Weihnachtsfest fehlen darf."

Ich hob die Augenbrauen und schaute ihn erwartungsvoll an. Und was sollte das bitteschön sein? Weihnachtslieder singen?

„Na, ein Weihnachtsbaum natürlich." Das betonte er so seltsam, als wenn ich da selber hätte draufkommen müssen.

„Bitte was?" Nun ließ ich doch die Arme sinken, aber mehr aus Fassungslosigkeit denn aus dem Willen die Mauern einzureißen.

„Ein Weihnachtsbaum", wiederholte er.

„Das hab ich schon verstanden, aber wir brauchen keinen", patzte ich ihn womöglich ein wenig zu doll an. Allerdings hatte ich dieses Gespräch erst vor zwei Tagen mit meiner Mutter geführt und wollte das mit ihm jetzt definitiv nicht wiederholen. Wenn ich ihn mir jedoch so ansah, schien mir gar nichts anderes übrigzubleiben.

„Mama kann mit ihrem Bein ohnehin nichts damit anfangen und ich will keinen", fügte ich hastig ergänzend hinzu, dennoch musterte Chris mich bei diesen Worten entsetzt. Ich war mir ziemlich sicher, dass ihn nicht die Sache mit meiner Mutter dermaßen schockierte. Beinahe hätte ich beschämt zur Seite geschaut. Ich hatte die letzten Jahre stets auf einen Weihnachtsbaum verzichtet und höchstens einen Adventskranz auf dem Esstisch aufgestellt. Ich hatte einfach keine Lust auf den Dreck und den Ärger, wenn ich auch sehr gut ohne klarkam. An Weihnachten lagen ohnehin keine Geschenke drunter. Wozu also der ganze Aufriss? Dazu kam, dass man den Baum wenige Tage später bereits wieder entsorgte und dafür war er jahrelang gewachsen, der arme Kerl. Da wollte ich definitiv nicht mitmachen. Ich musste an Olaf denken, wie der lustige Schneemann in *Olaf taut auf* nach Weihnachtstraditionen sucht und die Leute ihm vom Tannenbaumschmücken berichteten. *Ihr fällt einen Baum und dann schmückt ihr seinen Leichnam mit Kerzen?* Jupp, so ungefähr konnte man es sehen, nur dass er wider Erwarten von der Idee total begeistert gewesen war. Wie sollte es auch anders sein? Irgendwie erinnerte Olafs immer fröhliche Grundstimmung und Begeisterungsfähigkeit mich in diesem Augenblick an Chris. Vielleicht sollte ich ihn insgeheim meinen kleinen Olaf nennen?

„Deine Mutter wünscht sich aber mit Sicherheit einen." Na, er hatte ja schon ziemlich genau raus, wie er bei mir vorgehen musste. Also über die Schiene fuhren wir jetzt, was? Ich konnte ein leises Brodeln in meinem Bauch spüren. Für derartige emotionale Erpressungsversuche war ich ja nun gar nicht zu haben. Noch mehr ärgerte mich jedoch die Tatsache, dass er damit absolut Recht hatte, und ich erwartete eigentlich, dass jeden Augenblick Mamas Stimme aus dem Hintergrund erklang, dass genau das der Fall war. Noch blieb es still. Allerdings war das sicherlich nur die Ruhe vor dem Sturm.

„Das mag ja sein, aber …", setzte ich an, noch bevor ich mir überhaupt Gedanken darüber gemacht hatte, was dagegenspräche. Ebenso wenig war von mir bedacht worden, dass ich ihm soeben genau die Info gegeben hatte, die er brauchte, um mich endgültig zu überzeugen. Nämlich meine Mutter. Wenn sie einen Baum wünschte, würde sie definitiv einen bekommen. Vorzugsweise mit meiner Hilfe, zur Not aber auch ohne mich.

„Komm schon, ich helfe dir auch. Ich brauche ja selber einen. Mein Kumpel leiht uns seinen Anhänger, damit können wir wunderbar auch zwei transportieren. Jetzt sei kein Spielverderber. Ich helfe dir bei allem, versprochen." Erwartungsvoll musterte er mich und ich trat unruhig von einem Fuß auf den anderen. Es war doch wirklich unglaublich, aber ich konnte schon sehen, wie ich mich auch dieses Mal wieder von ihm breitschlagen ließ. Wie machte er das bloß?

„Meine Güte, dann meinetwegen. Aber wehe ich muss den nachher alleine schmücken oder durch die Gegend schleppen."

„Keine Sorge, deinen persönlichen Hiwi hast du an deiner Seite." Chris salutierte artig. „Dann los."

„Wie? Jetzt sofort?" Ich riss erschrocken die Augen auf.

„Aber klar doch, sonst riskiere ich ja, dass du es dir womöglich anders überlegst oder dich in deinem Zimmer verschanzt." Die Idee klang tatsächlich verlockend, andererseits wäre das äußerst kindisch und nicht meinem Alter entsprechend. Ich zog es dennoch für einige Sekunden ernsthaft in Betracht. Aber am Ende wäre es genauso kindisch, wenn ich mich hier und jetzt weigerte, wo ich doch quasi schon fest zugesagt hatte.

„Also schön, ist ja gut. Ich zieh mir rasch was an", gab ich mich schließlich endgültig geschlagen.

Kurz darauf saß ich neben Chris in seinem Wagen und hörte hinter uns das Klappern des Anhängers.

„Wäre es nicht passender gewesen, ihn zu Fuß mit einem Schlitten abzuholen?", sinnierte ich laut, um etwas gegen die Stille zu tun, die uns einhüllte und zumindest mich zu erdrücken drohte.

„Natürlich, aber wolltest du unter den Schlitten Räder bauen? Ohne Schnee hätte man uns ziemlich schräg angesehen und womöglich auch noch die Polizei gerufen, weil wir mit den Kufen den Gehweg zerschrammen."

„Ja. Schnee werden wir wohl nicht bekommen."

„Nein, wenn nicht irgendein Wunder geschieht, sinkt die Wahrscheinlichkeit mit jedem Jahr mehr als dass sie steigt."

Und noch etwas sank, nämlich die Stimmung im Wagen. Mir wollte allerdings nichts einfallen, womit ich sie wieder heben könnte. Andererseits war das ja auch nicht meine Aufgabe. Chris wollte doch mich von Weihnachten überzeugen und mir das wohlige Gefühl des Festes näherbringen. Wieso musste ich dann für gute Laune sorgen?

Genau.

Keine Ahnung, ob Chris die merkwürdige Stimmung zwischen uns ebenfalls aufgefallen war, jedenfalls entschied er sich schließlich dazu, die Stille mit Musik zu füllen und machte das Radio an. Der Nachrichtensprecher verkündete uns soeben noch die Aussichten für die nächsten Tage. Und da war, wie von uns bereits vermutet, nicht einmal die Rede von Frost, geschweige denn von Schnee.

„Wir müssen also wirklich auf ein Wunder hoffen", meinte ich und vergaß dabei ganz, dass ich ja eigentlich kein großer Fan von Schnee war. Na ja, zumindest nicht während meiner Arbeitszeit. Jetzt hatte ich jedoch frei, also … Ach, war doch auch egal.

Chris schwieg aus irgendwelchen Gründen immer noch und ich war mir nicht sicher, ob ich nicht schon wieder etwas falsch gemacht hatte, als mit einem Mal der absolute Weihnachtsklassiker *Last Christmas* von Wham! aus dem Lautsprecher erklang.

Ich erkannte ihn, wie wohl auch jeder andere, bereits an den ersten Tönen. Spätestens bei den ersten Zeilen wusste man ja, worum es sich handelte.

„Echt jetzt?", entfuhr es mir ungläubig. Wie konnte es sein, dass ausgerechnet das das erste Lied war? Gut, es wurde in der Weihnachtszeit im Radio rauf und runter gespielt und manchmal gab es sogar Verrückte, die das bereits im Oktober laufen hatten, aber …

„Sag bloß, du gehörst auch zu der Kategorie, die dieses Lied überhaupt nicht leiden können?" Er betrachtete mich mit hochgezogenen Augenbrauen, ohne jedoch den Blick ganz von der Straße zu nehmen.

„Nicht leiden können? Na ja …" Ich musste über diese Sache tatsächlich einige Zeit nachdenken. „Nein, das nicht. Aber irgendwie ist es DAS Weihnachtslied und eben auch außerhalb von Weihnachten überall zu hören. Ich kann es nur nicht leiden, wenn ich es mir mehr als einmal pro Tag und das über Wochen hinweg anhören muss. Ansonsten ist es ein sehr schönes Lied. Und na ja, es hat ja auch eine nette Botschaft?" Ich hob die Schultern und betrachtete ihn hilflos.

„Ich mag es. Aber ja, du hast wahrscheinlich recht, wenn man es allzu oft hört, dann hängt es einem irgendwann zu den Ohren raus. Ist halt wie mit allen anderen Dingen auch." Er griff zum Radio und wollte zweifellos den Sender wechseln, ich hielt ihn jedoch davon ab, indem ich seine Hand ergriff. Seine Wärme schlich sich langsam meinen Arm hoch und ich musste mich regelrecht dazu zwingen, seine Hand wieder loszulassen. Alles klar, die Symptome wurden schlimmer! Ich musste echt aufpassen.

„Schon gut, lass es an, ich hab das Lied dieses Jahr noch nicht gehört." Das stimmte sogar. Oder zumindest konnte ich mich nicht daran erinnern. Da ich ja die meiste Vorweihnachtszeit bei meiner Mutter verbracht hatte und da tagsüber kein Radio lief und ich bei den kurzen Fahrstrecken mit dem Auto auch keines anhatte, war das wohl tatsächlich das erste Mal diesen Winter.

„Oh, welch eine Ehre, dass ich diesen Moment mit dir teilen darf." Er fasste sich ergriffen an sein Herz und ich gab mich vollends geschlagen, sobald als Nächstes Mariah Carey begann „All I want for Christmas is you" zu singen. Ich wusste natürlich nicht, ob das zutraf, aber man könnte es durchaus als Zeichen betrachten. Das Lied hatte ich allerdings dieses Jahr schon gehört und damals war meine Haltung ihm gegenüber noch eine ganz andere gewesen. War das tatsächlich erst eine Woche her?

Keine Ahnung, wie er das anstellte, aber ich begann sogar mitzusingen, weil es viel peinlicher war, still im Auto zu sitzen und mir „unterstellen" zu lassen, dass ich nur einzig und allein Chris zu Weihnachten wollte und brauchte. So konnte ich es wenigstens etwas ins Lächerliche ziehen, indem ich mir ein imaginäres Mikro vors Gesicht hielt und mich im Takt der Musik in meinem Sitz von rechts nach links warf. Chris stimmte mit ein und ich war froh, dass ich nicht die Einzige war, die die Töne hier und da ordentlich versemmelte, besonders in den höheren Lagen. Jetzt hatte er mich doch noch dazu gebracht, Weihnachtslieder zu singen. Wie machte er das nur immer?

Als Chris das Auto stoppte, waren wir beide ziemlich außer Atem. Vor Lachen natürlich! Nichts Falsches denken!

Als ich ausstieg, musste ich die Schultern leider nicht vor Kälte hochziehen, wie es viel passender gewesen wäre. Ganz im Gegenteil, ich fühlte mich eher zu warm angezogen. Und es knirschte auch kein Schnee unter meinen Füßen, trotzdem konnte ich zumindest entfernt die Weihnachtsstimmung spüren, als ich auf das Meer aus Tannenbäumen schaute. Wie sie wohl aussähen, wenn sie alle eine Lichterkette trügen und bei Nacht leuchteten?

Chris riss mich abrupt aus meiner vollkommen untypischen Tagesträumerei, als er den Kofferraum zuschlug und keine zwei Sekunden später mit einer Axt bewaffnet neben mich trat.

„So, wir sind da. Welchen hättest du gern?"

Er ließ den Holzgriff in seine offene Hand klatschen. Was wohl bedeuten sollte, er war bereit. Es war nicht übertrieben, wenn ich sagte, dass ich mit offenem Mund dastand. Wie ein Roboter drehte ich mich zu Chris herum, der eindeutig ein Lachen unterdrücken musste.

„Pff, was denn?" Er verschluckte sich beinahe daran.

„Axt?" Ich streckte den Arm aus, aber das war alles, was ich herausbrachte.

„Klar, hab ich eine. Aber man kann auch hingehen, und die fällen dir deinen Wunschbaum. Allerdings finde ich es viel lustiger, wenn man es selber macht."

Er strahlte übers ganze Gesicht und ich konnte nur den Kopf schütteln.

„Eine Axt", murmelte ich leise vor mich hin. „Warum keine harmlose Säge? Warum eine Axt? Ich sehe mich schon unterm Baum liegen." Immer noch murmelnd lief ich widerwillig ums Auto herum, um mich der Aufgabe zu stellen. Er würde sich von dem Unterfangen ja ohnehin nicht abbringen lassen.

„So ungeschickt bin ich gar nicht", rief Chris übers Autodach zu mir herüber. Offensichtlich hatte er mich gehört.

„Nein, aber ich. Außerdem weißt du doch, dass unsere gemeinsamen Ausflüge irgendwie immer im Chaos enden. Wie kann man mit dem Wissen eine Axt einpacken? Bin ich froh, wenn wir nachher mit allen Gliedmaßen nach Hause fahren." Ich sah da wirklich schwarz. Hoffentlich schlug er sich die Axt nicht ins Bein; oder in meines.

„Jetzt mach mir doch keine Angst. Wenn wir so an die Sache rangehen, dann muss ja etwas schiefgehen." Chris schloss eilig zu mir auf und ich war froh, dass er die Axt in der anderen Hand hielt.

„Ich denke nicht, dass unsere Grundeinstellung unser schlechtes Karma abhalten kann", meinte ich schwarzmalerisch.

„Da hilft wohl nur Daumendrücken und es versuchen." Entschlossenen Schrittes übernahm Chris die Führung. Wahrscheinlich war er der Meinung, dass ich uns ansonsten auf direktem Wege ins Unglück führte. Aber hey, ich konnte doch nichts dafür, dass seine Pläne bisher immer einen Haken gehabt hatten oder direkt ins Wasser gefallen waren.

Ich würde definitiv mehr als nur einen kleinen Sicherheitsabstand zu ihm halten, sobald er anfing den armen Baum zu fällen. Ich sah mich andernfalls nämlich schon im Krankenhaus liegen. Und das wären dann mit Abstand die schlimmsten Weihnachten aller Zeiten. Somit hätte er lediglich erreicht, dass ich diesen Tag noch mehr hasste.

Also hoffte ich für ihn (und für mich), dass es dazu nicht kommen würde.

Okay, ich sah es ein. Er hatte nicht ganz Unrecht, meine Grundeinstellung war wirklich nicht gerade die Beste. Aber dafür hatte ich ja ihn. Er war sozusagen mein Gegenpol, sodass wir wenigstens auf eine neutrale Ausgangslage von null kamen. Zumindest, wenn ich mich nicht noch mehr in diese Sache hineinsteigerte.

Plattfußindianer. Gab es die auch als Weihnachtsmann verkleidet?

„Wie sieht es denn nun aus? Möchtest du einen Großen, einen Kleinen? Soll er buschig sein oder eher schlank?" Chris begann, sich mit der Axt im Anschlag fachmännisch umzusehen.

„Ich hab, ehrlich gesagt, keine Ahnung. Allzu groß eher nicht, soll ja auch ins Wohnzimmer passen. Da er irgendwo in die Ecke muss, auch nicht zu buschig. Von mir aus kann auch eine Seite nicht so hübsch aussehen …" Ich ließ den Satz langsam auslaufen, weil ich erst jetzt bemerkte, dass Chris nicht der Einzige hier war, der eine Axt beziehungsweise eine Säge in der Hand hatte. Wobei es der recht beleibte Herr mit der Motorsäge, welcher gerade nur wenige Meter von mir entfernt auf den Weg abbog, schaffte, mich richtig zu schockieren. Eilig schloss ich zu Chris auf und hoffte, dass er sein neues Werkzeug auch in einer Gefahrenlage einzusetzen wusste und nicht nur gegen wehrlose Bäume schwingen würde.

„Hast du schon einen gefunden, der dir gefällt?", wollte er wissen, als ich derart seine Nähe suchte. Ich schüttelte lediglich den Kopf und musterte aufmerksam die Umgebung. Allerdings nicht auf der Suche nach dem perfekten Weihnachtsbaum, sondern wegen eventueller Serienkiller mit Axt, Beil oder Motorsäge. Ich hatte ja angenommen, dass Chris meine größte Gefahr war, etwas abzubekommen, aber womöglich hatte ich einen vollkommen falschen Blick auf die Sache gehabt. Das Ding in seiner Hand diente mit Sicherheit der Selbstverteidigung.

Mein Handy klingelte. Vor Schreck hätte ich beinahe einen Satz in die Luft gemacht. Ich blieb stehen und sah mich noch einmal verstohlen um, ehe ich es aus meiner Manteltasche kramte. Ich warf einen Blick aufs Display und war sofort alarmiert. Vergessen waren die Menschen, die mit Äxten und Motorsägen im Anschlag um uns herumschlichen.

„Mama? Alles in Ordnung bei dir?" Im selben Moment fiel mir ein, dass ich ihr gar nicht gesagt hatte, dass ich von Chris entführt worden war. Der hatte es dermaßen eilig gehabt, mich ins Auto zu verfrachten, dass ich keinerlei Gelegenheit dazu bekommen hatte. Andererseits war ich ja alt genug, ihr nicht jedes Mal Bescheid geben zu müssen, wenn ich das Haus verließ.

„Ja, alles gut. Und bei dir?"

„Alles paletti." Ich wollte ihr gerade erzählen, dass Chris mich auf eine Mordmission mitgenommen hatte, da kam sie mir zuvor.

„Das ist schön. Ich wollte dir nur eben Bescheid geben, dass Hilde mich abholen gekommen ist. Sie nimmt mich mit und wir machen uns mit den Mädels einen gemütlichen Nachmittag mit Kaffeetrinken und Kuchenessen. Und keine Sorge, Hilde bringt mich später auch wieder sicher nach Hause. Ich nehme mein Handy mit, bin vorsichtig, habe meine Krücken dabei und werde keinen Blödsinn anstellen. Du brauchst dir also keine Gedanken zu machen."

„Ähm, ja. Okay?" Im ersten Moment war ich etwas überrascht, weil sie all meinen Einwänden bereits zuvorkam, die ich gar nicht hatte anbringen wollen. Ich freute mich, wenn sie etwas unternahm.

„Ich hab ja schließlich die letzten Tage wie ein Invalide daheim herumgegammelt. Wird Zeit, dass ich mal wieder unter Leute komme, sonst setze ich noch Staub an und du musst die Spinnenweben beseitigen." Ich musste bei ihren Worten grinsen.

„Aber das würde ich doch gerne tun", erwiderte ich. Chris lief inzwischen weiter durch den Gang und ich setzte mich langsam wieder in Bewegung, um ihn in dem Tannenmeer nicht aus den Augen zu verlieren. Das Letzte, was ich wollte, war, eine halbe Stunde bibbernd neben seinem Wagen zu warten, bis er endlich mit einer Tanne im Schlepptau auftauchte. Und noch weniger wollte ich unter all diesen Mordwerkzeugen ungeschützt allein gelassen werden. Nicht einmal die Tatsache, dass die meisten Kinder im Gepäck hatten, konnte mich beruhigen. Warum hatte er für mich eigentlich keine Axt mitgenommen? Damit hätte ich mich wesentlich sicherer gefühlt. Wobei ich insgeheim die Motorsäge bevorzugte. Die machte zusätzlich noch ordentlich Krach.

„Dann wünsche ich euch viel Spaß und ruf an …“

„Wenn was ist, mache ich. Tschüß, mein Schatz.“ Sie gab ein Kussgeräusch von sich und legte auf. Schmunzelnd schüttelte ich den Kopf und steckte mein Handy zurück in die Tasche.

„Alles in Ordnung?“, wiederholte Chris meine Frage, die ich kurz zuvor meiner Mutter gestellt hatte. Damit hätte er mich beinahe zu Tode erschreckt. Ich hatte nicht mitbekommen, dass er vom Hauptgang zu einem Baum abgebogen war und ich fast an ihm vorbeigelaufen wäre. Ich hatte mich lediglich gewundert, wohin er verschwunden war.

„Ja, Mama hat sich mit Freundinnen verabredet und wurde gerade abgeholt“, antwortete ich, nachdem ich den Schreck überwunden hatte. „Die ist bestimmt bis abends spät unterwegs. Wenn die Damen erst einmal anfangen zu quatschen, dann gibt es kein Halten mehr.“

Ich kannte einige noch von früher. Ein paar Mütter waren aus der Krabbelgruppe, andere aus dem Kindergarten und Hilde war Mamas „Nachbarin“, die zwei Straßen weiter wohnte.

„Na, dann haben wir wenigstens genügend Zeit, um den Baum hübsch herzurichten und sie damit zu überraschen.“ Ich verzog bei seinen Worten das Gesicht. Richtig, das war ja der Grund, weswegen wir hier waren.

„Also schön, und welchen Baum gedenkst du, eine Krone kürzer zu machen?“

Ab mit ihrem Kopf!, erklang der Ruf der Herzkönigin in meinen Gedanken.

Ich musste kurz lächeln, dann konzentrierte ich mich wieder auf unsere Mission. Ich sah mich ratlos um. Mir war es ja eigentlich egal, im Gegensatz zu ihm.

Chris legte seinen rechten Arm um meine Schulter und zeigte mit dem linken, die Axt in der Hand, auf den Baum vor uns.

„Und? Wie findest du ihn?" Doch alles, woran ich denken konnte, war die Umarmung zu erwidern und meinen Arm von hinten um seinen Rücken zu legen.

„Ich ...", war daher alles, was mir über die Lippen kam. Gerade, als ich mir ein Herz fasste und seine Umarmung tatsächlich erwidern wollte – selbst wenn nur im Scherz – trat er vor und entzog sich mir.

Ich stand da und wusste nicht genau, wie mir geschah. Was hatte ich da eben noch tun wollen? Und wieso?

Während er um den Baum herumging, musterte ich ihn kritisch. Meinen Blick bezog er auf den Baum und erklärte mir ausführlich, wieso er ihn ausgewählt hatte, doch ich hörte mit weniger als einem halben Ohr zu.

Wenn ich es nicht besser wüsste, dann würde ich glatt meinen, ich wollte etwas von Chris. Noch war ich aber nicht bereit, dem Ganzen große Gefühle beizumessen. Ich schob es erst einmal in die Kategorie Neugierde. Näherkommen und erkunden, was da war oder eben nicht. Schauen wir mal, was am Ende dabei herauskam.

„I-ich gehe dann mal einen Experten suchen", stammelte ich und lief einfach los.

„Nadine. Nadine! Wir brauchen niemanden, ich hab doch alles!" Als ich mich wieder zu ihm herumdrehte, hielt er die Axt hoch in die Luft. Am liebsten hätte ich mir mit der Hand heftig gegen meine Stirn geklatscht. Ging es mir echt noch gut? Wie sehr hatte er mich bitteschön aus dem Konzept gebracht?

Wie peinlich!

„Du fasst oben auf Höhe der Krone an den Stamm und hältst ihn gerade, während ich ihn unten abschlage, verstanden?", wies Chris mich an. Ich nickte artig und ergriff den armen Baum. Er entfernte währenddessen ein paar der unteren Äste, damit er besser an den Stamm kam.

Der erste Axthieb erschütterte den Baum und ich hätte ihm beinahe beruhigend übers Tannengrün gestrichen, erkannte jedoch gerade noch rechtzeitig, dass das total danebengewesen wäre.

Und so hielt ich eisern jedoch schweigend und halbwegs erstarrt durch, bis Chris mich anwies den Baum ein Stück zu kippen. Er war inzwischen einmal um ihn herumgelaufen und hatte mich dabei natürlich auch auf die andere Seite gescheucht.

„Baum fällt", schrie er schließlich und sah mich erwartungsvoll an. Ich betrachtete für einige Sekunden gespannt den Baum.

„Ach so, entschuldige", machte es endlich *klick* und ich ließ ihn los. Er stand noch für einen Moment aufrecht, dann neigte er sich langsam zur Seite und kippte weg.

„Fein. Dann gehen wir ihn mal eintüten, bezahlen, aufladen und suchen danach etwas Passendes für dich." Chris rieb sich voller Vorfreude die Hände. Ich hingegen war im ersten Moment einfach nur überrascht, dass alles so reibungslos verlaufen war.

„Du nimmst die Spitze, die ist nicht so schwer", orderte er und ich fügte mich. Obwohl ich es gemein fand, dass er mir den schwereren Teil nicht zutraute.

Meine überraschte Haltung, dass wir bis hierhin beide noch alle Finger und Zehen besaßen und den Boden nicht mit roter Farbe einfärbten, legte sich sogleich, als ich beim Abtransport beinahe auf die Nase flog.

„Mist, verdammter", fluchte ich wenig zurückhaltend. Chris' fragenden Blick ignorierte ich. Ich fand es zu peinlich, ihm sagen zu müssen, dass ich über den Baumstumpf gestolpert war, wo ich doch ganz genau gewusst hatte, dass der sich da befand.

Ohne weitere Zwischenfälle schleppten wir den Baum zum Eingang. Dort wurde er in ein enges Netz gewickelt, Chris bezahlte und schwups befand er sich auf dem Anhänger.

„So, ich habe meinen perfekten Weihnachtsbaum gefunden. Die Hälfte hätten wir. Also bist du nun dran, welchen Baum wirst du zu dem deinen erwählen?" Beinahe schon feierlich überreichte er mir die Axt. Toll, zu dem Zweck hatte ich nun keine haben wollen.

Wahrscheinlich machte ich es wie der Prinz bei Aschenbrödel, ich schloss einfach die Augen, lief los und blieb irgendwo stehen. Solange *klein Tannennadelchen* mich beim Tanzen dann nicht plattdrückte oder kurzerhand hochhob, war doch alles gut.

„Denk dran, du machst das hier immerhin auch für deine Mutter. Sie müsste sonst dieses Jahr auf einen Baum verzichten, dabei bedeutet es ihr immer so viel. Sie hat einmal zu mir gesagt: Weihnachten ohne Weihnachtsbaum ist kein richtiges-"

„Schon gut", unterbrach ich ihn heftig, ehe ich mir noch mehr davon anhören musste. „Hör gefälligst auf, an mein schlechtes Gewissen zu appellieren. Ich bin hier, oder nicht? Such du doch einfach den Baum aus und alle sind zufrieden." Ich hielt ihm die Axt hin. Wenn ich ehrlich war, fühlte ich mich mit ihr in der Hand nicht wirklich sicherer.

„Das wäre ich aber nicht. Du sollst den Baum aussuchen. Ich kann ihn von mir aus für dich fällen, aber mehr …" Er nahm die Axt wieder an sich, warf mir allerdings einen bedeutungsvollen Blick zu.

„Also schön, dann auf zu Runde zwei." Ich drehte mich mit genervtem Gesichtsausdruck und einer Teenie-wenig-Bock-Ausstrahlung mit hochgezogenen Schultern zu den Bäumen um. Als er neben mich trat, war ich mir sicher, dass ihm mein Grinsen nicht entgangen war.

„Auf in den Kampf", rief er und stieß die Axt hoch in die Luft. Ich unterdrückte ein Lachen und schüttelte den Kopf. Da war er wieder, der immer fröhliche, kleine Junge.

Jetzt hing es an mir, den passenden Baum zu finden. Ich kannte ihn mittlerweile gut genug, um zu wissen, dass er mir einen wahllosen Fingerzeig nicht abnehmen würde. Also gut. Ich wollte nichts überdimensional Großes, was an der Decke kitzelte, nichts zu Kleines, worüber man stolpern konnte. Nichts allzu Kahles, also zu viel Platz zwischen den Astetagen, und nichts zu Buschiges.

„Dafür, dass du anfangs gar keinen Baum wolltest, bist du jetzt aber ziemlich anspruchsvoll", beschwerte Chris sich schnaufend, weil ich ihn immer weiter durch die Reihen trieb.

„Du wolltest ja unbedingt, dass ich mir selber einen aussuche und wenn schon, denn schon. Dann will ich auch was Vernünftiges." Er brummelte nur, aber ich achtete sowieso nicht mehr auf ihn, weil mir in diesem Moment eine Tanne ins Auge sprang, die im ersten Moment absolut perfekt aussah.

Mit kritischem Blick umrundete ich den Baum, trat zwei Schritte zurück, betrachtete ihn ein letztes Mal von allen Seiten und fällte dann meine Entscheidung.

„Das ist er", verkündete ich lautstark. Und zwar so laut, dass der Mann zwei Reihen neben uns mit einer Säge in der Hand verwundert zu mir herübersah. Ich schaute schnell weg, wahrscheinlich hielt er mich jetzt für eine dieser Weihnachtsbesessenen, aber egal. Ich wusste es schließlich besser.

„Hast du ihn also endlich gefunden, super." Chris stellte sich neben mich, stützte die Hände auf die Knie, wobei die Axt ziemlich schief in der Luft hing, und schnaufte übertrieben.

„Du übertreibst", beschwerte ich mich auch sogleich und gab ihm einen leichten Schubs. Eilig richtete er sich auf, um das Gleichgewicht zu behalten.

„Gar nicht. Ich hätte nur nie gedacht, dass das mit dir so anstrengend werden würde."

„Dabei weißt du doch schon, dass ich nicht ganz einfach bin." Ich setzte ein kokettes Lächeln auf.

„Ja, war mir bewusst, muss mir nur entfallen sein. Hier. Du schlägst." Auffordernd hielt er mir die Axt hin.

„Nein."

„Doch."

„Nein." Ich schob sie erneut aus meiner Reichweite und sagte das Nein dieses Mal so entschieden, dass ich mich an die Szene aus *Kevin allein Zuhaus* erinnerte, wo seine Mutter die angesabberte Klarinette ablehnte.

Gut, ganz so ekelig war das hier nicht, aber das könnte es werden, wenn ich erst einmal das Ding ansetzte und zuschlug.

„Ich hab noch nie mit einer Axt gearbeitet, das würde in jedem Fall voll nach hinten losgehen", wehrte ich nochmals ab.

Chris betrachtete daraufhin das Werkzeug in seiner Hand. „Mhm, ich vorher auch nicht." Er zuckte mit den Schultern. „Da hatten wir wohl Glück." Mit diesen Worten wandte er sich dem Baum zu. Ich starrte ihn bloß mit offenem Mund an, da drehte er sich unerwartet wieder zu mir herum.

„Na ja, das stimmt nicht ganz. Als ich klein war, haben wir Jungs mal aus Spaß mit der Axt Holz zerschlagen. Natürlich unter Aufsicht. Ich denke allerdings nicht, dass dieses Wissen heute noch da ist." Er grinste breit. Dabei war ich mir nicht sicher, ob das ermutigend gemeint sein sollte oder ob er sich über mich lustig machte. Am wahrscheinlichsten war wohl, dass er sich über meine fassungslose Miene amüsierte, die hatte ich nämlich noch immer nicht unter Kontrolle bekommen können.

„Beruhig dich wieder und halt einfach den Baum. Es wird niemand einen Daumen oder Zeh verlieren, versprochen."

Ich schluckte und hätte mich wohler bei der Aktion gefühlt, wenn er mir vorher nicht gesagt hätte, dass er eigentlich noch Baumfällerlehrling war.

„Gut festhalten", ermahnte Chris mich. Ich war mir jedoch sicher, dass ich um einiges bewanderter im Festhalten war als er im Axthacken. Ich verbiss mir nur mit Mühe den Kommentar und hielt fest. Sicherheitshalber brachte ich meine Füße außer Reichweite oder zumindest so weit es ging weg von ihm. Das hatte zur Folge, dass ich mich auf die Zehenspitzen stellen musste und ein wenig Probleme beim Halten bekam. Dementsprechend bebte der Baum unter dem ersten Schlag eine ganze Ecke mehr als beim ersten Mal. Ich wackelte dadurch ebenfalls ordentlich, biss jedoch die Zähne zusammen. Das war mir alles lieber als eine abrutschende Axt und ein Loch im Bein.

Chris machte sich eifrig ans Werk und allmählich merkte ich, wie der Baum sich von mir wegneigte.

„Das müsste es gewesen sein", verkündete Chris schließlich, kämpfte sich unter dem Baum hervor und erhob sich.

Weil ich kaum noch Kraft hatte, mich in meiner jetzigen Position zu halten, ließ ich den Baum daraufhin los, um mich wieder vernünftig hinzustellen. Die Tanne kippte so schnell um, dass ich gar nicht dazu kam „Achtung, Baum fällt!" zu schreien, da lag sie auch schon. Und das leider mitten auf Chris' Fuß, dem Schmerzensschrei und der verkniffenen Miene nach zu urteilen.

„Es tut mir so leid", sagte ich hastig und stürzte vor.

„Es hat niemand gesagt, dass du den Baum einfach so loslassen kannst", jammerte er und stolperte einige Schritte zurück, als ich den Baum anhob. Dabei verlor er das Gleichgewicht und landete auf seinen vier Buchstaben. Die Axt hatte er während des Sturzes zum Glück hochgehalten und es war nichts passiert. Er legte sie neben sich auf den Boden und besah sich im Sitzen seine Füße, indem er einen nach dem anderen in die Hand nahm und zum Gesicht heranzog.

Das sorgte dafür, dass sich mein Lacher, den ich bei seinem Sturz auf den Allerwertesten noch relativ gut hatte zurückhalten können, nun doch Bahn brach.

Ich wandte mich rasch ab und hielt mir die Hand vor den Mund, damit er nichts bemerkte.

„Meine armen Füße", jammerte er.

Nachdem ich mich halbwegs im Griff hatte, wandte ich mich ihm wieder zu. Er saß nach wie vor auf dem Boden und hielt sich den rechten Fuß.

„Es tut mir wirklich leid", sagte ich und kniete mich hin, obwohl ich eigentlich nichts dafürkonnte. „Ist es der ohnehin schon verletzte Fuß?"

Chris sah für einen kurzen Augenblick überrascht aus, dann blickte er schnell wieder wehleidig drein. „Ja, genau. Obwohl er sowieso auf beide gefallen ist."

Ich ließ mir nach Möglichkeit nichts anmerken, aber seine Reaktion von eben kam mir etwas komisch vor.

„Soll ich mal pusten?", fragte ich und beugte mich vor.

„Pusten bringt nichts, aber huckepacktragen bis zum Auto, das wäre super. Ich kann so ja unmöglich laufen." Er hielt beide Füße hoch.

„Sehr witzig", kommentierte ich und richtete mich wieder auf. Als wenn ich ihn hätte tragen können.

„Dann werde ich jetzt erst einmal die Tanne wegbringen und komme danach das arme, hilflose Chris-Kind holen, ja?" Ich bückte mich zum Baum und machte mich gerade daran, ihn hinten am Stamm anzuheben, um ihn dann hinter mir herzuziehen.

„In dem Fall will ich aber sehen, wie du dir den über die Schulter wirfst." Mit einem breiten Grinsen saß er da. „Über den Boden schleifen gilt nicht, dann ist der halbe Baum hin."

„Wenn ich ihn aufstelle, sieht man ohnehin nur die eine Seite", antwortete ich mit einem zuckersüßen Lächeln.

„Ich seh' schon, wenn ich nicht aufpasse, sabotierst du ganz bewusst unsere gemeinsamen Weihnachtsfestaktionen." Er seufzte, schüttelte den Kopf und erhob sich mit einem vernehmlichen Ächzen. Ich stand abwartend da, denn ich war mir sicher, dass das alles nur Show war.

„Also los. Du die Spitze, ich den Stamm", kommandierte er und bückte sich zum Baum hinunter.

Wir stiefelten los.

„Fehlt dir wirklich nichts?", fragte ich trotzdem noch mal nach. Ich wollte nicht, dass seine Stimmung wieder so kippte wie beim letzten Mal, als er sich verletzt hatte.

„Alles in Ordnung. Der Baum ist ja durch seine Zweige gut gepolstert. Es war lediglich etwas stachelig."

„Also alles nur gespielt."

„Klar, was dachtest du denn?" Er zwinkerte mir über die Schulter verschmitzt zu. Ich könnte jetzt beleidigt sein, letztendlich war ich jedoch einfach nur froh, wenn er seine gute Laune beibehielt.

„Ich dachte, dass so ein Plattfußindianer zu Weihnachten doch auch mal etwas Nettes wäre." Darauf bekam ich lediglich ein Brummen von vorne. Nach meinem Geschmack viel zu schnell waren wir mit allem fertig und legten meinen Baum neben seinem auf dem Anhänger ab. Irgendwie hatte ich zum Ende hin doch Gefallen an der ganzen Sache gefunden.

„Das hätten wir." Chris tat so, als müsse er sich den Schweiß von der Stirn wischen. Wobei bei den Temperaturen kam man wirklich leicht ins Schwitzen. Zwölf oder fünfzehn Grad waren keine Seltenheit. Ich war froh, dass es zumindest für die nächsten Tage in den einstelligen Bereich gehen sollte. So machte Weihnachten ja noch weniger Spaß und das gerade jetzt, wo ich mich eventuell langsam damit hätte anfreunden können.

Vielleicht. Eventuell. Schauen wir mal.

Ich würde nichts versprechen!

„Jetzt dürfen wir die beiden nachher nur nicht verwechseln." Kritisch musterte ich die zwei Bäume.

„Keine Sorge, meiner ist größer", erwiderte Chris leichthin und winkte ab.

„Typisch Mann, immer darauf bedacht, dass das eigene Stück am größten ist", murmelte ich leise, aber natürlich hatte er das gehört. Das war ja auch meine volle Absicht gewesen, denn seien wir mal ehrlich, welcher Spruch zog denn, wenn er ungehört blieb? Das machte doch nur halb so viel Spaß, wenn die entsprechende Reaktion ausblieb.

„Du bist doch nur eifersüchtig. Hättest dir ja auch einen Größeren aussuchen können", konterte er geschickt, stemmte die Hände in die Seiten und musterte mich herausfordernd. Der Fehdehandschuh war geworfen.

„Jetzt führst du dich auf wie eine eifersüchtige Freundin."

„Eifersüchtig bist ja wohl eher du." Chris streckte die Brust raus, warf sein (nicht sonderlich langes) Haar zurück und machte so eine Geste mit dem Zeigefinger, die jedem Bitch-Girlfriend alle Ehre gemacht hätte.

Ich musste kapitulieren, er hatte mit ellenlangem Abstand gewonnen, denn mir stand bei dieser Performance einfach mal der Mund offen.

„Warum habe ich gerade nur kein Handy zur Hand? Dein Gesicht ist zum Schreien", durchbrach er schließlich meine Paralyse, indem er lautstark zu lachen anfing.

„Du hättest ein Handy gebraucht? Weißt du eigentlich, wie gern ich das gerade gefilmt hätte?" Ich betrachtete ihn mit aufgerissenen Augen. „Mach das noch mal!"

„Das kann ich nicht so auf Kommando", erwiderte er und tat beschämt. Das allerdings so übertrieben, dass er wie ein kleines Mädchen wirkte, dass sich genierte, seinem Papa ihr neues Kleid vorzuführen. Die kleinen Fingerchen in den Saum gekrallt und auf der Stelle von der einen zur anderen Seite drehend. Oder etwas in der

Art. Mein Hirn hing immer noch, da kamen nicht so gute Vergleiche rüber.

„Wie viel von dem Zeug befindet sich in deinem Repertoire?" Ich hob eine Augenbraue.

„Keine Ahnung, aber ich bin recht gut in so etwas." Er schob die Hände vorne in die Hosentaschen und lehnte sich während des Schulterzuckens weit nach hinten.

„Na, warte. Jetzt bist du dran." Ich kramte mein Handy hervor und öffnete die Kamera.

„NEIN!", kreischte Chris und warf die Arme über seinen Kopf. Leider war ich zu langsam, als dass ich die Szene noch auf Video bekommen hätte. Als mein Handy endlich aufnahm, schlich er sich gebückt an mich heran und schnappte es mir direkt aus der Hand, weil ich mich nicht darauf vorbereitet hatte.

„Gib es zurück", forderte ich und sprang an ihm hoch, da er es am ausgestreckten Arm in die Lüfte hielt. Ich hatte keine Chance. Mit meinem nächsten Sprung, den ich bewusst etwas kraftvoller gestaltete, überschätzte ich mich leicht und anstatt hoch an seine Hand zu springen, sprang ich ihm quasi direkt in die Arme.

„Ups." Das war wirklich keine Absicht gewesen, aber wenn ich jetzt sowieso schon mal auf Kuschelkurs gegangen war, konnte ich das ja ausnutzen. Ich setzte ein unschuldiges Gesicht auf und sah zu ihm hoch. Da er nicht viel größer war als ich, waren unsere Gesichter sich sehr nah. Dass sie nicht ganz aneinanderklebten, war einzig dem Umstand zu verdanken, dass ich leicht in die Knie gegangen an ihm lehnte.

Er blickte zu mir hinab und eigentlich wäre das jetzt die perfekte Gelegenheit, um unseren zweiten Kuss zu vollführen. Eventuell würde er dieses Mal im Nachhinein ja nicht vollkommen abblocken und ich konnte herausfinden, was das hier zwischen uns war oder werden könnte.

Doch er überraschte mich.

Mal wieder.

„Entschuldige, das war albern." Er reicht mir mein Handy und ging auf Abstand. Es machte fast den Eindruck, als würde er vor mir fliehen. *Er* vor *mir*! Und das, nachdem er mich zuerst geküsst hatte. Was ging denn bitteschön hier ab? War das alles nur ein Versehen, ein Ausrutscher, ein dummer „Unfall" gewesen oder was?

All das hätte ich ihn am liebsten in dem Moment gefragt, aber irgendwie kamen die Worte nicht über meine Lippen.

Chris räusperte sich verlegen. „Es ist schon spät, wenn wir die Bäume noch reintragen wollen, sollten wir uns beeilen."

Es war noch nicht einmal dunkel, was sollte das also? Ich erwiderte jedoch nichts, sondern betrachtete ihn lediglich eingehend. Wahrscheinlich um der intensiven Musterung zu entgehen, lief er mit abgewandtem Gesicht um den Anhänger herum Richtung Fahrertür. Er stieg ein, ohne sich noch einmal nach mir umzusehen.

Ich starrte auf mein Handy.

Zwanzig Minuten nach vier. Total spät.

Da mir nichts anderes übrigblieb, setzte ich mich schließlich ins Auto und schnallte mich an.

Ich warf ihm noch einen prüfenden Blick zu, doch er startete lediglich den Wagen und war voll auf die Straße konzentriert.

Da stimmte doch irgendetwas nicht.

Ein Chris-baum

Chris parkte vor seiner Garage. „Ich hoffe, das ist in Ordnung. Ich helfe dir auch rübertragen."

„Ja, kein Problem." Ich hatte doch gar nichts gesagt und immerhin hatte er mir schon mehr als genug geholfen.

„Ich bleibe auch gerne noch, um beim Schmücken zu helfen." Ich war mir in dem Moment nicht sicher, ob ich ihn noch länger um mich haben wollte. Außerdem wusste ich auch gar nicht, wieso er mir das überhaupt anbot.

Ich meine, wir hatten die gesamte Rückfahrt geschwiegen, wollte er das beim Baumschmücken dann so fortsetzen? Dazu verspürte ich keinen allzu großen Drang und solange er nicht masochistisch veranlagt war, sollte er das auch nicht.

Aber womöglich war ja genau das der Knackpunkt. Er quälte sich einfach gern selber oder doch eher andere? Schließlich hatte ich mir den gesamten Rückweg über den Kopf zerbrochen und stand mehr als einmal kurz davor, die Sache anzusprechen. Allerdings war ich mir sicher, dass das Ganze in einem riesigen Streit enden würde und damit wäre das, was wir hatten oder eben auch nicht, mit Sicherheit zerstört worden. Und das wollte ich nicht.

Ich musste mir leider eingestehen, dass ich diesen Kerl richtiggehend liebgewonnen hatte. Er brachte mich zum Lachen, mit ihm konnte man Spaß haben, eine nette Zeit verbringen und seine gute Laune war ansteckend. Gleichzeitig waren da zwar auch die dunklen Seiten, aber von denen hatte ich ja selber mehr als genug.

Am Ende entschied ich, dass ich ihn nicht verlieren wollte, und verschob die Fragerei deswegen auf einen anderen Tag. So gern ich diese Sache zwischen uns auch geklärt hätte, ich wollte dieses „Ding" zwischen uns nicht zerstören.

Doch hatte ich aus der Stimmung heraus nun Lust, mit ihm zusammen den Baum zu schmücken?

„Lass mal, Mama will sicherlich dabei sein und mithelfen."

Ich war bereits halb ausgestiegen, als er meinte: „Mit ihrem Fuß? Da kann sie doch ohnehin nichts weiter tun."

Mist! Hatte ich das gerade wirklich vergessen? Irgendwie schon. Und dabei wäre es so eine schöne Ausrede gewesen, dass Mama unbedingt beim Schmücken helfen wollen würde. Naja, das konnte ja vielleicht immer noch als Alibi gelten.

Meine Antwort bereits auf den Lippen erhob ich mich und drehte mich zu ihm um. Chris war ebenfalls ausgestiegen und hatte einen Arm auf dem Autodach abgelegt.

„Meinst du nicht, dass es sie viel mehr freuen würde, wenn wir sie mit einem fertig geschmückten Baum überraschen?"

Doppelmist! Wieso hatte der Kerl nur immer so gute Argumente?

Weil es albern war, das abzustreiten und ich noch weniger Lust hatte, dass alles allein zu machen, stimmte ich schließlich widerwillig zu.

So kam es, dass wir die Bäume gemeinsam abluden und vor unseren Haustüren lagerten. Ich ging den Baumständer suchen und fand ihn zum Glück im Keller, wo er schon zu meiner Kindheit gestanden hatte. Ebenso wie die Kisten mit dem Baumschmuck. Der Ständer kam nach draußen zu Chris, der sich bereits an seinem eigenen Baum zu schaffen machte und danach auch meinen bearbeiten würde, damit er in den Ständer passte. In der Zwischenzeit trug ich die Kugeln und was Mama sonst noch einstauben ließ nach oben.

Danach ging es an den Weihnachtsbaum. Es war gar nicht so leicht, den richtig zu navigieren und keine Bilder von den Wänden zu wischen. Chris fiel beinahe über den Wohnzimmertisch und ich suchte die ganze Zeit die Katze, damit ich es nicht Mama gleichtat und über sie stürzte. Es war also eine insgesamt sehr chaotische Aktion, weswegen ich mehr als froh war, sobald der Baum sicher stand und wir das Netz aufschneiden konnten. Danach musste zum Glück gar nicht mehr viel gedreht werden.

„Das wäre dann der einfache Teil gewesen." Chris strich sich die kurzen Haare aus dem Gesicht.

„Einfach? Dann will ich den Schwierigen nicht sehen", schnaufte ich.

„Keine Sorge, er ist nur etwas komplizierter. Weihnachtsbaum-schmücken bedeutet Feingefühl", wollte er mir erklären. Dachte der echt, ich hätte das noch nie gemacht, oder was? „Hast du alles?"

„Ich hab alles hochgetragen, was ich finden konnte." Mit einer weiten Armbewegung deutete ich auf die Kartons.

„Ist bei der Lichterkette ein Verlängerungskabel dabei?", fragte er, nachdem er alles fachmännisch begutachtet hatte.

„Ein Verlängerungskabel? Keine Ahnung, ob oder wo Mama so etwas hat." Ratlos sah ich mich um. Hier war jedenfalls keines.

„Dann hole ich rasch eines von meinen. Wir können sie später ja einfach austauschen."

„Okay." Und schon flitzte er davon. Es war mir beinahe unange-nehm, wie sehr er sich bemühte. Dabei konnte ich nicht anders, als langsam den Eindruck zu bekommen, dass er das auch ein klein we-nig um meinetwillen tat. Tat er doch bestimmt, oder nicht?

Ich stand leicht verloren im Raum und legte schließlich die Lich-terkette im Karton auf das Sofa. Konnte ich damit auch schon ohne Chris' Hilfe anfangen?

Ich steckte gerade die zweite Lichtkerze an den Baum, als er schon wieder hereinkam.

„Oh, Nadine, warte. Am besten fangen wir damit oben an und ar-beiten uns dann nach unten."

Missmutig starrte ich auf die Kerzen, dann zuckte ich die Schul-tern und baute die beiden wieder ab. War ja nicht so, dass es viel Arbeit gewesen wäre.

„Habt ihr einen CD-Spieler?" Chris sah sich ratlos um, nachdem er das Kabel auf den Boden gelegt hatte. Ich hätte ihn beinahe belä-chelt, weil heutzutage doch alles auf Sticks oder dem Handy abgespielt wurde, andererseits hatte ich die Weihnachtslieder selber auch noch auf CD, daher verkniff ich mir den Kommentar.

Ich legte den Karton zurück aufs Sofa. „Ähm, ja. Also Mama hat diese riesige Anlage hier stehen und die kann meines Wissens nach auch CDs abspielen."

Ich stellte mich davor und fand zumindest nach kurzem Suchen schon mal den Anschaltknopf. Es war ein dreigeschössiges Monstrum und jedes Geschoss schien sich mit einer Thematik zu befassen. Die mittlere kümmerte sich um CDs. Ich streckte die Hand aus, damit Chris mir die CD gab, während ich noch schaute, wo ich sie reinschieben musste.

Nach einigem Hin und Her schaffte ich es schließlich und das erste Lied startete leise. Es waren sanfte Klänge und ich brauchte etwas, bis ich „Stille Nacht" erkannte.

Mit Chris' Hilfe war die Lichterkette schnell am Baum. Probehalber schalteten wir sie einmal an. Es wurden noch zwei oder drei Kerzen ein Stück verrückt, dann war alles zu unserer Zufriedenheit.

Gerade als wir uns an den Baumschmuck machten, wiederholte die CD immer wieder *Jingle Bells*. Allerdings ein paar Mal häufiger, als es im Lied vorgesehen war.

„Oh, nein", stöhnte ich, weil mir sofort klar war, was das bedeutete. Die CD hing.

„Mach sie aus", sagte Chris beinahe panisch und ich hastete zur Anlage. Der Stoppknopf war schnell gefunden.

„Soll ich noch mal …?"

„Lass es. Bei unserem Glück ist die CD hin", winkte Chris ab. Ich konnte deutlich die düstere Miene sehen. „Schade, mit der richtigen Musik ist es gleich viel stimmungsvoller, aber es geht natürlich auch ohne." Ich war mir sicher, dass Mama irgendwo eine Handvoll Weihnachts-CDs versteckt hielt, aber um ehrlich zu sein, war mir das mit der Hintergrundmusik gar nicht so wichtig. Oder zumindest nicht so wichtig, dass ich großartig Lust verspürte, mich danach auf die Suche zu begeben.

Und wie Chris schon sagte, bei unserem Glück wären die am Ende auch alle hin. Bliebe noch das Handy und das Internet, aber wir wollten ja mal nicht übertreiben. Außerdem störten die Werbeanzeigen bei Youtube.

Und so machten wir uns recht schweigend ans Werk, redeten eigentlich nur wegen der Dekoration oder der Lichterkette. Dafür konnte sich das Ergebnis wirklich sehen lassen. Sobald wir fertig waren, trat ich probehalber einen Schritt zurück.

„Ich finde, das haben wir echt gut hinbekommen", meinte Chris anerkennend. Wir hatten uns auf eine Kombination aus Rot und Silber geeinigt. Rote Kugeln mit silbernen Schneeflocken, Streifen und anderen Musterungen hingen nun am Baum verteilt. Dazu silberne Rentiere und lange Zapfen. Kleine matte und silberglitzernde Kugel mischten sich unter dunkelrote.

Alles war stimmig und gleichmäßig verteilt am Baum angebracht. Unten die ganz großen Kugeln und oben die kleineren. Ich wollte nicht zugeben, wie zufrieden ich gerade war. Und noch weniger, dass es richtig Spaß gemacht hatte.

„Schön, dann haben wir jetzt ja einen Chris-baum."

„Du meinst, ChrisTbaum", verbesserte Chris mich sogleich.

„Nein, ich meinte das schon so. Ist ja immerhin irgendwie dein Baum. Hast du deinen eigentlich schon fertig?" Ich wandte mich ihm zu.

„Du bist lustig, wann soll ich das denn gemacht haben?" Er schmunzelte und im selben Moment fiel mir mein Fehler auf. Ich musste mich arg zusammenreißen, um mir nicht die Hand vor die Stirn zu klatschen.

„Das hätte ich jetzt im Anschluss gemacht."

Ich überlegte eine Sekunde. Dann noch eine. Ließ den Blick vom Baum zu ihm schweifen. Schließlich lenkte ich ein, zumal er dermaßen erwartungsvoll vor mir stand.

„Also schön, da das hier ja halbwegs vernünftig verlief – bis auf die CD –, kann ich es wohl wagen, dir bei deinem zu helfen. Als Dankeschön quasi."

„Wunderbar!" Sogleich begannen seine Augen zu leuchten, er schien sich echt von Herzen darüber zu freuen. Wie einfach es war, ihn glücklich zu machen. Bei mir tat man sich da richtig schwer.

146

Also gingen wir im Anschluss gemeinsam hinüber. Da die Wolkendecke so dicht war, konnte ich die Sonne nicht untergehen sehen, aber das dämmrige Licht ließ darauf schließen, dass es schon bald stockdunkel sein würde. Ein Blick auf die Uhr bestätigte mir das. Es war kurz vor fünf und damit quasi schon Abend. Die Lichterketten in Chris' Garten und an seinem Haus leuchteten bereits. Na ja, ich verpasste ja nichts und würde mich sonst wohl eh nur aufs Sofa fläzen, da Mama nicht da war.

Chris schloss hastig auf und ließ die Haustür offenstehen, danach ergriffen wir den Tannenbaum und trugen ihn ins Wohnzimmer.

„Einfach gegen die Tür lehnen oder auf dem Boden ablegen." Ich tat, wie mir geheißen und ging danach hastig die Tür schließen. Als ich zurückkam, stand Chris nicht mehr neben dem Baum, sondern kniete auf dem Boden.

„Warte kurz, ich will nur eben den Ofen anheizen. Für die Stimmung", erklärte er mir und ich ärgerte mich darüber, dass mein Herz bei seinen Worten und dem verschmitzten Lächeln, welches er mir zuwarf, einen kleinen Hüpfer machte. Das sollte es gefälligst lassen, dieses Getue würde alles nur unnötig kompliziert machen.

Ich drehte mich weg, während er das Holz im Ofen aufstapelte. Dabei fiel mir ein, dass ich seit seinem Kuss nicht mehr hier gewesen war. Und zack kam der nächste Hüpfer. Konnte man das irgendwie abstellen? Ich biss mir auf die Unterlippe. Eventuell war das hier ja der perfekte Anlass, um endlich mal über diese Sache zu sprechen. Wenn dabei herauskam, dass er in Wahrheit gar nichts von mir wollte, würden sich bestimmt auch diese nervigen Symptome von Verliebtheit wieder geben.

Ich hörte ein Knistern und Knacken und wandte mich ihm von Neuem zu. „Das sieht doch schon gut aus und augenblicklich ist es wärmer."

„Als wenn das bei den warmen Temperaturen draußen nottäte", scherzte ich.

„Ach, komm. Ich habe den Wetterbericht gesehen, es soll in den nächsten Tagen etwas kälter werden." Chris erhob sich und klopfte sich über die Hose.

„Wir sind dennoch noch etliche Grade entfernt von kalt. Aber egal. Wollen wir dann?" Damit wandte ich mich dem Tannenbaum zu. „Wo ist der Ständer? Und der Baumschmuck?"

„Die Kugeln habe ich neben dem Esstisch aufgestapelt. Der Ständer …" Er prustete hinter mir und erst, als ich mich umdrehte, konnte ich sehen, dass er sich scheinbar schon die ganze Zeit ein Lachen verkniff. „Noch in Arbeit", antwortete er schließlich, deutete mit beiden Händen auf seinen Schritt und schmiss sich im nächsten Moment weg vor Lachen.

Nach einer Anlaufzeit von etwa drei Sekunden musste ich selber lachen, obwohl das alles andere als witzig gewesen war. Waren wir jetzt schon so weit, schmutzige Witze zu machen?

„Jetzt mal im Ernst", rief ich schließlich gespielt entrüstet und sah mit ernstem Blick in seine Richtung.

„Schon gut, alles klar. Ich reiße mich zusammen", erwiderte Chris. Dennoch entwichen ihm auf dem Weg zum CHRISTBAUMständer noch zwei oder drei kleine und ein großer Pruster.

Noch bevor wir mit allem fertig waren, war es draußen dunkel, weswegen Chris die Deckenbeleuchtung einschaltete. Vorher hatte der Ofen ein gemütliches Licht ins Zimmer geworfen. Aber auf Dauer reichte das leider nicht aus. Vor allem nicht, wenn man mit so fummeligen Dingen beschäftigt war, wie dem Kugeln aufhängen. Oder dem Entknoten von Lichterketten. Wirklich bei solch einem „Experten" Weihnachten betreffend, erwartete man doch eigentlich ein ausgeklügeltes System, das einen vor Neid erblassen ließ, oder? Stattdessen hatten wir mit Sicherheit eine geschlagene halbe Stunde mit der Lichterkette zugebracht. Die kleinen Birnchen waren überall ineinander verhakt und es schien weder Anfang noch Ende zu geben. Da lobte ich mir doch unsere Lichtkerzen, die mit einem Klipp jedes Mal wieder ordentlich in ihrem Karton verstaut wurden

Letztendlich hatten wir es jedoch geschafft und die Kugeln aufzuhängen war im Anschluss eine richtige Wohltat gewesen.

Chris hatte eine eher untypische Farbkombination gewählt, und zwar Dunkelblau und Silber. Ich hätte erwartet, dass er die klassische Schiene mit Rot und Gold fuhr.

„Du guckst schon die ganze Zeit so kritisch", sagte er und linste am Baum vorbei zu mir herüber, während wir beide eine Kugel an die dicht benadelten Zweige fummelten.

„Was, ich? Nein." Ich tat vollkommen überrascht und wandte mich Kopfschüttelnd ab.

„Doch." Chris folgte mir und kniete sich neben mich vor die Kisten mit den Kugeln.

„Das bildest du dir ein." Ich hatte keine Ahnung, wie er auf meinen Kommentar zu seiner Farbwahl reagieren würde, und es stand mir auch gar nicht zu, Kritik zu üben. Wie wir beide wussten, mochte ich Weihnachten nicht einmal besonders und im Übrigen war das nicht mein Baum.

„Naaadiiine." Er zog meinen Namen leicht in die Länge und beugte sich vor, wodurch er mir verdammt nahe kam. Aha, also nicht mehr auf Abstand bleiben?

„Chriiis", tat ich es ihm gleich und beugte mich ebenfalls vor, sodass wir uns noch näher kamen. Ich hatte darauf gesetzt, dass er mir erneut ausweichen würde und so war ich von der plötzlichen Nähe ziemlich überrascht, obwohl ich es gewesen war, die dafür gesorgt hatte.

„Verrätst du es mir jetzt? Was bedrückt dich?" Er wandte sich nicht ab und als sich bei mir ein leichtes Kribbeln im Bauch meldete, weil ich die Wärme seines Atems auf meinem Gesicht spüren konnte, wurde es an der Zeit, dass ich den Kontakt abbrach.

Ich richtete mich auf und pustete nach oben, als wolle ich eine Strähne aus dem Gesicht beseitigen. Da war nur keine. „Es ist echt keine große Sache. Ich hab mich halt nur über die Farbe deiner Kugeln gewundert. Weiter ist nichts."

Ich hatte ihn bei den Worten nicht angesehen. Tat es dann aber, weil von ihm keine Reaktion erfolgte.

„Die Farbe der Kugeln?", wiederholte er ungläubig.

„Ja. Das Blau", fügte ich erklärend hinzu. „Es ist halt nicht unbedingt die Farbe, die man mit Weihnachten in Zusammenhang bringt, und na ja, ich hatte eine andere Deko erwartet. Das ist alles." Da es mir langsam peinlich wurde, wie ungläubig er mich ansah, wandte ich mich mit einer weiteren Kugel in den Händen von ihm ab und stattdessen dem Baum zu.

Durfte man sich keine Gedanken darüber machen oder was? Hinter mir hörte ich ein unterdrücktes Lachen.

„Entschuldige bitte, aber ich hätte nie erwartet, dass du dir darüber Gedanken machen würdest." Er trat lachend und mit einem Kopfschütteln neben mich.

„Deswegen hab ich ja auch nichts gesagt, weil es mich eigentlich nichts angeht." Ich konzentrierte mich voll und ganz auf meine Kugel, weswegen mich die plötzliche Nähe zwischen uns total unvorbereitet traf.

„Aber ich finde es toll, dass du dir darüber Gedanken machst." Chris griff mit der rechten Hand hinter meinem Rücken an den Baum, um eine Kugel zu richten, ehe er fortfuhr seine am Ast zu befestigen. Direkt neben mir.

„Und?" Sobald meine Kugel sicher hing, drehte ich mich auffordernd zu ihm um. Ich spürte, wie mein Herz gegen meine Rippen schlug. Wann hatte sich mein Herzschlag bitteschön beschleunigt?

„Und *was*?", fragte er nach, nachdem auch er fertig war.

„Na ja, was ist der Grund dafür?"

„Ach so, ja, das …"

Ich machte mich auf eine interessante Geschichte gefasst. Irgendetwas musste ja dafür gesorgt haben, dass er die Farbe Blau mit Weihnachten verband.

„Ich mag eben die Abwechslung", antwortete er achselzuckend und wandte sich ab.

„Bitte, was?" Jetzt verstand ich gar nichts mehr.

„Ich habe jedes Jahr eine andere Farbe und dieses Mal ist eben blau dran", erklärte er und schenkte mir ein halbes Lächeln, so als wäre er nicht sicher, was ich zu dieser Antwort sagen würde.

Das wusste ich ehrlich gesagt auch nicht. Ich meine, ich hatte irgendetwas Spektakuläreres erwartet. Aber das?

„Und welche Farbe wird es nächstes Jahr?", fragte ich, nachdem ich mich leicht stockend in Bewegung gesetzt hatte. Chris stand längst wieder am Baum.

„Ich dachte an … lila?"

Ich drehte mich so hastig zu ihm herum, dass ich mir den Hals verrenkte. Schon wieder!

„Au. Meinst du das ernst?" Ich rieb mir den Nacken und er grinste mich so breit an, dass ich mir sicher war, dass er mich veräppelte. Allerdings antwortete er nicht, was wiederum auch bedeuten könnte, dass er es ernst meinte. Immerhin hielt ich gerade eine blaue Kugel in Händen, ihm konnte ich also alles zutrauen.

„Na, solange es nicht rosa oder pink ist", meinte ich schließlich und machte mich wieder an die Arbeit.

„Darüber hatte ich ehrlich gesagt auch schon nachgedacht, aber ich fürchte, dann bräuchte ich einen weißen Tannenbaum." Er kicherte und dieses Mal war ich mir sicher, dass er das nicht ernst meinte.

Hoffentlich!

Das Funkeln in deinen Augen sieht man zum Glück auch im Dunkeln

„Dann wollen wir mal schauen, ob der Baum auch leuchtet." Ich hatte bereits die Hände erhoben, um jederzeit in begeistertes Klatschen ausbrechen zu können. Chris führte den Stecker der Lichterkette in das Verlängerungskabel und im nächsten Moment standen wir … im Dunkeln.

„Was zum …", begann ich zu fluchen und ließ die Arme sinken. Dann stampfte ich – ja, tat ich wirklich – mit dem Fuß auf. „Das ist doch jetzt nicht dein Ernst!"

Von Chris kam erst einmal gar nichts, höchstwahrscheinlich war er genauso erschrocken wie ich, dann leuchtete sein Gesicht. Nein, Korrektur – imaginäres Augenrollen – sein Gesicht leuchtete natürlich nicht. Aber er hatte sein Handy hervorgekramt und das beleuchtete es nun von unten, ehe er die Taschenlampe aktivierte.

„Ich würde mal sagen, ein astreiner Stromausfall. Ich muss nachher unbedingt schauen, ob mein Backofen noch funktioniert." Ich prustete bei seinen Worten los, obwohl mir eigentlich gar nicht nach Lachen zumute war. Aber dass er in der Situation auch ausgerechnet daran dachte. „Was denn? Das stand auch auf der Liste, wieso er defekt sein könnte, und ich will nicht an Weihnachten vor lauwarmem Essen sitzen."

Ich kicherte immer noch, während er sich erhob und losging. Chris schaffte es im Handumdrehen, dass die ganze Situation gar nicht mehr so schlimm wirkte. Und dass, wo wir uns so langsam tatsächlich mal Gedanken machen sollten, ob wir nicht doch verflucht waren. So viel, wie bei uns zweien inzwischen schiefgegangen war …

„Ich werde mal schnell die Sicherung wieder reinmachen. Danach müssen wir unbedingt gucken, was für den Kurzschluss gesorgt hat. Entweder ist das Verlängerungskabel hin oder die Lichterkette. Letzteres wäre echt scheiße."

„Aber sooo typisch für uns", erwiderte ich und er musste mit einstimmen.

„Ja, jetzt können wir noch lachen. Wenn die echt im Arsch ist, vergeht uns das Lachen ganz schnell wieder. Das würde bedeuten, dass die wieder runtermuss." Ja, bei dem Gedanken blieb mir der nächste Lacher tatsächlich im Halse stecken. Warum hatten wir auch nicht wie drüben bei mir vor dem Schmücken überprüft, ob die Lichterkette funktionierte? Wahrscheinlich weil wir beide heilfroh gewesen waren, als das Gefummel endlich ein Ende gehabt hatte. Das hatten wir nun davon. „Dann bete, dass es das Kabel ist."

„Mache ich." Und mit diesen Worten stapfte er los, während ich im Dunkeln allein zurückblieb. Na ja, richtig dunkel war es nicht, der Ofen strahlte noch ein bisschen Licht ab. Allerdings auch nicht mehr viel, da das Holz bereits gut runtergebrannt war, sodass nur noch die Glut hinter der Glasscheibe rot glühte. Ich entschied, etwas Holz nachzulegen – optimistischerweise nahm ich an, dabei nicht das ganze Haus niederzubrennen. Was vorerst auch nicht der Fall war.

Weil es danach nichts weiter zu tun gab, kehrte ich zu meiner Ausgangsposition zurück. Ich entschied mich dafür, einfach hier stehen zu bleiben und zu warten. Kurz checkte ich auf meinem Handy die Uhrzeit. Wow, schon nach sechs! Und sah nach, ob ich auch keine Nachrichten von Mama verpasst hatte. Könnte ja sein, dass sie zurück war und sich fragte, wo ich steckte. Wobei, sobald sie den Baum entdeckte, würde sie mich hundertprozentig sofort anrufen. Da das noch nicht geschehen war, gab es auch keine Nachricht. Als Letztes warf ich einen kurzen Blick aufs Wetter, bevor ich mein Handy wieder wegsteckte.

Irgendwann begann ich ungeduldig mit dem Fuß zu wippen. Mhm, Chris brauchte aber echt lange. War der Sicherungskasten ganz im Keller? War sein Haus überhaupt unterkellert? Unseres schon, aber ich wusste nicht, ob es unseren Nachbarn da genauso ging.

Ich begann irgendwann einfach leise zu zählen. Bei 80 war immer noch kein Licht an, dafür hörte ich Schritte.

„Alles in Ordnung?", fragte ich, als Chris endlich in der Tür erschien. Wieso funktioniert das Licht nicht?

„Nein, die Stromleitung ist durchgebrannt. Außerdem ist das automatische Schloss verriegelt und bei allen Fenstern die Sicherung eingerastet. Wir kommen hier also nicht mehr raus." Das sagte er mit einem solchen Ernst in der Stimme, dass mein Gehirn sich wirklich für einige Augenblicke mit dem Gehörten auseinandersetzte, ehe es *klick* machte und ich verstand, dass er sich einen Scherz erlaubte.

„Nicht witzig", schimpfte ich schließlich und hätte am liebsten ein Kissen oder etwas ähnliches nach ihm geworfen.

„Ach, ich finde die Vorstellung gar nicht mal so schlecht." Er zwinkerte, während ich nur genervt die Augen verdrehte.

„Was ist denn nun das Problem? Wieso ist es noch dunkel?", forderte ich zu wissen.

„Ich dachte einfach, so ist es romantischer und wir gönnen uns nach dem anstrengenden Baumschmücken eine kurze Entspannungspause." Er hielt zwei Gläser und eine Flasche Wein hoch. Das Feuer im Ofen warf flackerndes Licht auf den Boden und so ganz Unrecht hatte er nicht. Ich nahm ihm nach einigem Zögern das Weinglas aus der Hand.

„Das ist jetzt aber kein Blut und du wirst irgendwelche gruseligen Rituale an mir durchführen, oder? Am Ende stimmt das mit der Tür und den Fenstern sogar." Kritisch musterte ich die dunkelrote Flüssigkeit, welche er mir soeben eingoss. Mit musterndem Blick schwenkte ich sie ein wenig hin und her, als könne ich dadurch einen Unterschied erkennen. Vorsorglich schnupperte ich daran. „Riecht jedenfalls nach Rotwein."

„Ist es auch." Chris setzte sein Glas an die Lippen und nahm einen Schluck. Wie, um mir zu zeigen, dass es vollkommen unbedenklich war. „Und ein sehr guter noch dazu."

Ich ließ mich nicht lumpen und kostete ebenfalls. Da musste ich ihm recht geben, eine sehr angenehm fruchtige Note kitzelte meine Zunge.

„Und?", wollte er erwartungsvoll wissen.

„Ja, wirklich sehr gut", gab ich schließlich zu.

„Wusste ich's doch." Er nahm noch einen Schluck.

„Dennoch wäre ich sehr dafür, dass du die Sicherung wieder reinmachst. Wir können danach ja meinetwegen das Licht ausmachen. Wobei ich denke, wir sollten vielleicht erst einmal die Sache mit dem Baum in Ordnung bringen." Ich drehte mich zu dem fertig geschmückten Weihnachtsbaum herum.

„Keine Sorge, das Verlängerungskabel ist hin. Ich hab einfach nur das Falsche erwischt. Das Problem ist schnell behoben."

Ich hob bei seinen Worten skeptisch eine Augenbraue. „Das war doch Absicht."

Er schmunzelte. „Mhm, vielleicht?"

Ich schüttelte lediglich den Kopf, dann nahm ich ihm sein Glas weg. „Los. Sicherung rein und neues Verlängerungskabel holen", wies ich ihn an.

Er musterte mich für einen Moment, wohl um abzuschätzen, ob die Aktion damit gelaufen war oder nicht. Keine Ahnung, was er in meinem Gesicht las, jedenfalls drehte er sich kommentarlos um und ging. Wenige Sekunden darauf leuchtete das Deckenlicht endlich auf. Ich blinzelte, weil es mich blendete, und drückte hastig den Lichtschalter aus. Das schummrige Flackern des Ofens war wesentlich angenehmer.

Chris kam tatsächlich mit einem neuen Verlängerungskabel zurück. Er sagte nichts zu meiner Beleuchtung, wechselte lediglich das Kabel aus und dann erstrahlte auch der Weihnachtsbaum. Ich erwartete eigentlich, dass er sich als Nächstes fragend vor mich stellte oder sein Weinglas zurückforderte. Stattdessen ging er zum Ofen und legte ein weiteres Holzstück nach, sodass die Flammen einmal kräftig aufloderten. Danach erst kam er zu mir. Doch wieder überraschte er mich, indem er mir lediglich wortlos die Gläser abnahm, diese dann auf dem niedrigen Fernsehtisch drapierte und sich mit etwas

Abstand vor den Ofen setzte. Auffordernd klopfte er neben sich. „Kommst du?"

Ich verdrehte die Augen. Das war ja mal eine absolut unromantische Art und Weise, jemanden einzuladen. Und was sollte das überhaupt bringen? Andererseits war das hier endlich die Gelegenheit mehr über ihn zu erfahren und zwar direkt von ihm.

„Also gut, ich lasse mich auf das Experiment ein." Ich nahm neben Chris auf dem Boden Platz und blickte ins Feuer. Der Anblick der züngelnden Flammen hatte eine beruhigende Wirkung, zusätzlich lullte mich die angenehme Wärme ein, die fast schon schwer im Raum hing. Eventuell spielte der Alkohol auch eine kleine Rolle, aber ich wollte es mal dem Zauber überlassen, hier Wirkung auf mich auszuüben.

„Dann erzähl doch mal, wie sieht dein perfektes Weihnachten aus?", fragte ich schließlich ins Blaue hinein, nachdem ich mir mein Weinglas zurückerobert und bereits einige Schlucke genommen hatte.

„Weiß", antwortete Chris, ohne zu zögern. Ich musste lachen.

„Weiß, wie im Himmel? Oder in der Leere? Oder meinst du das Weiß, wo Harry gelandet ist, nachdem Voldemort ihn umgebracht hat? Wünschst du dir an Weihnachten ein Gespräch mit Dumbledore?" Es machte Spaß, ihn aufzuziehen. Vor allem, weil er so viel mehr Kind war als ich. Irgendwie beneidete ich ihn darum.

„Du weißt genau, was ich meine." Chris drückte mir seinen Ellenbogen in die Seite und ich musste rasch mein Weinglas hochhalten, damit es bei dem Kontakt nicht überschwappte. Ansonsten hätte es rote Weihnachten gegeben.

„Für dich dann halt ausführlicher. Mein perfektes Weihnachtsfest würde in jedem Fall jede Menge Schnee beinhalten, nicht so viel, dass es jemanden am Fahren behindert. Wobei zu der Zeit freuen sich eigentlich alle über Schnee. Egal, ob sie ihn sonst nicht leiden können, weiße Weihnachten kann jeden begeistern, glaube ich."

„Na, da werde ich bei Gelegenheit mal eine Umfrage machen", murmelte ich an meinem Glas, ehe ich einen Schluck nahm. Obwohl ich zugeben musste, dass ich tatsächlich auch dazu gehören würde.

„Was?"

„Nichts", wiegelte ich Chris' Frage hastig ab und tat so, als hätte ich nichts gesagt. „Weiter?"

„Die Atmosphäre. Der Schnee trägt schon viel dazu bei, aber es muss richtig heimelig und warm drinnen sein. Gemütlich und einfach entspannt, zum Wohlfühlen. Für die richtige Stimmung sorgen leise Weihnachtslieder. Kerzenschein finde ich auch immer toll und dieses gedämpfte Licht, das sie erzeugen. Das hat man nur in der Winterzeit. Das Essen ist großzügig und üppig. Niemand achtet auf seine Figur, jeder isst viel zu viel, weil es einfach so gut schmeckt. Danach gibt es noch Nachtisch und später noch Kuchen oder Torte. Gespräche entstehen und jeder ist gelöst, heiter und fröhlich. Das Ganze findet natürlich im Kreis der Familie statt. Es ist ein friedliches Beisammensein, man spürt die innere Wärme, die jeden erfüllt, und sieht das Strahlen in den Augen. Wenn Liebe greifbar sein könnte, dann an diesem einen Abend im Jahr, wenn sie in der Luft schwebt und sie zum Klingen bringt ..."

Er holte Luft, seufzte dann leise und legte eine kurze Pause ein. Ich ertappte mich währenddessen dabei, wie ich dasaß, ins Feuer starte und genau das, was Chris so bildlich und ausführlich beschrieb, vor mir sah.

Die Bilder einer glücklichen Familie schoben sich vor die Flammen. Ich hörte Lachen und Kinderstimmen. Erwachsene, die sich mit ihnen zusammen freuten, sie hochhoben und die kichernden Kinder danach liebevoll in die Arme schlossen. Es war ein Familienglück, wie ich es mir für mich auch wünschte. Vielleicht würde ich es eines Tages mit einer selbst gegründeten Familie erleben dürfen. Mit meiner hatte es ja leider nicht so richtig funktioniert. Und ich hoffte, dass der dadurch entstandene Schande nicht dauerhaft war.

Genau dieser triste Gedanke, zog mich schließlich zurück ins Hier und Jetzt. Es war wie Aufwachen aus einem wunderschönen Traum, nur wesentlich schmerzhafter. Träume vergaß man meist sehr schnell wieder und zurück blieb nur das Gefühl. Doch diesen Wunschtraum konnte ich noch deutlich sehen, spürte jedoch nur den Schmerz darüber, das alles nicht haben zu können.

„Nadine?" Chris hatte sich vorgebeugt und war bloß noch zwei Handbreit von meinem Gesicht entfernt. „Alles in Ordnung mit dir? Du siehst so traurig aus."

„Was? Ähm, ja. Ich …" Hastig rutschte ich ein Stück zurück, während er mir immer noch forschend in die Augen sah. Seine zuckten dabei ein Stück von rechts nach links, als ob er etwas in mir lesen würde. Das war mir ein kleines bisschen unangenehm, dazu noch diese plötzliche Nähe.

Ich räusperte mich, um meine Stimme wiederzufinden. „Dass du als Mann die Dinge derart gut beschreiben kannst, hat mich ehrlich überrascht. Normalerweise habt ihr es doch eher nicht so mit Romantik."

„Wenn du das so verallgemeinern willst, dann bin ich die Ausnahme. Es gibt eben auch Männer, die einfühlsam und romantisch und wortgewandt sind." Da war es wieder, dieses chris-typische Grinsen, das ich mittlerweile nur allzu gut kannte. Mein Ablenkungsmanöver hatte also funktioniert. Mit dieser Seite überraschte er mich jedes Mal. Und gerade eben hatte er es tatsächlich geschafft, mich zu verzaubern.

„Und nicht schwul sind", ergänzte er noch und brachte mich dazu, in mein Weinglas zu prusten, aus dem ich in dem Moment nachdenklich einen Schluck hatte nehmen wollen. Ehrlich gesagt, war auch mir der Gedanke durch den Kopf gegangen, dass dieser Typ Mann häufig romantische Gefühle für andere Männer hegte.

„Schön, dass wir den Punkt damit auch geklärt hätten. Das erspart mir die peinliche Frage danach", gluckste ich, ehe ich es noch mal mit dem Trinken versuchte.

„Ich wusste doch, dass du dir darüber irgendwann Gedanken machen würdest." Er zwinkerte und ich wusste nicht, ob er das wirklich ernst meinte oder noch am Scherzen war.

„Na ja, ehrlich gesagt, hatte ich darüber noch nicht so richtig nachgedacht. Nicht in die Richtung jedenfalls." Ich richtete den Blick zur Decke und dachte noch einmal intensiv darüber nach. „Nein, den Schwulenstempel hatte ich dir definitiv bisher nicht aufgedrückt." Wobei das womöglich erklärte, wieso er mich geküsst hatte und danach nichts weiter passiert war. Eventuell befand er sich ja noch in der Findungsphase. Ach, Schwachsinn. Was dachte ich mir da schon wieder zusammen? Ich konzentrierte mich auf das Gespräch und lenkte kurz von dem Grundthema ab. „Für leicht durchgedreht halte ich dich wegen des Weihnachtswahnsinns allerdings immer noch."

Als ich ihm aus dem Augenwinkel einen Blick zuwarf, konnte ich das freche Grinsen auf seinem Gesicht sehen. Er war wirklich unverbesserlich.

„So ist das also. Na, dann kann ich jetzt auch ganz offensichtlich mit dir flirten", damit übersprang er meine letzte Bemerkung einfach.

„Flirten?" Ich verschüttete beinahe meinen restlichen Wein. Eben waren wir noch dabei gewesen, dass er schwul sein könnte, und jetzt wollte er mich ganz offiziell angraben? Und das, nachdem er tagelang die Geschichte mit dem Kuss totgeschwiegen hatte? Ich wollte gerade dazu ansetzen, das endlich zur Sprache zu bringen, da kam er mir zuvor.

„Dann erzähl mal, wie sieht dein perfektes Weihnachtsfest aus? Also wenn du dir eines vorstellst oder herbeiwünschen könntest, wie sähe das aus?" Der plötzliche Themenwechsel überraschte mich erst einmal. Jetzt war er von der Flirtgeschichte einfach zurück zu unserem Ausgangsgespräch gesprungen. Wie kamen wir denn dazu? Hätte er nicht zunächst die Geschichte mit dem Flirten näher erläutern müssen? Jetzt wäre es schon wieder unpassend gewesen, die Sache mit dem Kuss anzusprechen. Allerdings wollte ich das gern klären, zumal er nun offensichtlich daran dachte, mir Avancen zu machen – sollte das kein Scherz gewesen sein.

Doch er sah mich derart erwartungsvoll und mit funkelnden Augen an, dass ich mir sicher war, hierbei handelte es sich nicht um ein schnödes Ablenkungsmanöver. Es interessierte ihn wirklich brennend. Ich konnte jetzt nicht einfach sagen, dass es das für mich nicht gab. Wieder einmal war ich erstaunt, welche Wirkung Chris auf mich hatte. Bei jedem anderen wäre ich um eine Antwort herumgeschifft, ausgewichen oder hätte halt gesagt, dass es so etwas für mich nicht gäbe. Doch da er es war, der die Frage stellte, dachte ich ernsthaft darüber nach und überlegte, was es für mich bräuchte, damit ich ein Weihnachten als perfekt ansah.

„Also gehen wir doch mal die Punkte durch, die du genannt hast. Schnee wäre keine Pflicht, schätze ich, aber natürlich macht er Weihnachten um einiges weihnachtlicher." Ich dachte angestrengt nach. „Wenn man drinnen beisammensitzt, dann sieht man den Schnee am Abend draußen sowieso nicht mehr."

„Da hast du wiederum recht. Und wenn es jedes Weihnachten weiß wäre und ohnehin dazugehört, würde man wahrscheinlich auch nicht mehr so drauf hoffen und beten. Vielleicht ist es ja ganz gut, dass wir hier so selten weiße Weihnachten haben. Wobei … gegen alle drei Jahre hätte ich echt nichts einzuwenden. Andererseits ist alles besser als zehn oder fünfzehn Jahre oder wie lange es noch mal her ist, dass es hier mal weiß war am Heiligen Abend. Das mit dem alle drei Jahre Schnee bezieht sich ja schon fast auf den ganzen Winter." Chris verzog das Gesicht und ich musste lachen. Er schien Schnee wirklich sehr zu mögen. Wenn, dann wollte ich ihn nur die paar Tage haben, die ich frei hatte. Auf dem Weg zur Arbeit und wieder zurück war er bloß hinderlich.

„Das gemütliche Beisammensitzen, die fröhliche Stimmung, gutes Essen. Mhm, was braucht es überhaupt, um glücklich zu sein? Geld allein macht nicht glücklich, das ist allgemein bekannt, aber was genau bedeutet Glück denn für uns?"

Chris schmunzelte. „Ich wusste ja gar nicht, dass wir nun derart philosophisch werden würden." Er schwieg für einen Moment und schien dabei angestrengt nachzudenken. „Glück bedeutet für jeden etwas anderes. Geschmäcker sind wohl auch da genauso verschieden, wie bei Bildern, Liedern oder einem Buch. Nicht jeder mag das Gleiche und nicht jeder empfindet immer gleich. Was für den einen Glück bedeutet, ist für den anderen womöglich schnöder Alltag. Wie mit dem Schnee zu Weihnachten. Wer ihn jedes Jahr hat, weiß ihn nicht zu schätzen und wünschte sich vielleicht mal ein Weihnachten ohne Schneeschaufeln. Und wer so gut wie nie weiße Weihnachten hat, den macht es unglaublich glücklich, das eintritt. Glück ist genauso schwer zu definieren und vorauszusagen wie die Liebe", schloss er und nahm anschließend sein Glas vom Tisch, um daraus zu trinken.

Ich hatte beinahe den Eindruck, diese ausführliche Rede wäre ihm im Nachhinein etwas peinlich. Dabei hatte er vollkommen recht.

„Mich macht es glücklich, wenn niemand streitet, keiner sich zu etwas gezwungen fühlt, alle das Glück teilen und jeder zufrieden ist. Es braucht nur eine Person im Raum, die schlechte Laune hat und schon ist die ganze Stimmung hin." Ich verzog das Gesicht.

„Ja, da hast du wohl recht." Chris schwenkte nachdenklich den Wein in seinem Glas und ich sah ihm dabei zu. Ich wüsste wirklich gern, was in seinem Kopf vorging. Was dachte er, was fühlte er, wo sollte das hier hinführen?

Wie waren seine Absichten? Wollte er mich lediglich vom Zauber der Weihnacht überzeugen? In dem Fall war er tatsächlich auf dem besten Wege. Oder wollte er mehr? Worauf sollte ich mich einstellen?

Doch ich schwieg und behielt meine Fragen wieder einmal für mich. Der richtige Zeitpunkt würde schon noch kommen. Und wenn nicht … war das dann wirklich so schlimm?

Ja, und zwar weil ich furchtbar neugierig war.

Aber ihn direkt danach zu fragen, empfand ich als taktlos und ehrlich gesagt wusste ich auch nach wie vor nicht, wie ich das anstellen sollte. Zeit genug, um mir etwas einfallen zu lassen, hatte ich zwar, aber es funktionierte irgendwie nicht.

Dann versuchen wir es doch einmal anders.

„Weißt du, ich hatte nicht immer etwas gegen Weihnachten", begann ich zu erzählen. Wenn ich etwas von meiner Vergangenheit preisgab, tat er das ja womöglich auch, und ich erfuhr dadurch mehr über ihn. Wenn man etwas haben wollte, musste man erst einmal etwas geben, oder ging das Sprichwort anders? Ach, egal.

„Und ich dachte, du wärst als Weihnachtshasserin geboren worden", erwiderte Chris.

„Hey, das war gemein", beschwerte ich mich und boxte ihn in die Seite. Wir lachten kurz gemeinsam, ehe ich wieder ernst wurde.

„Ich mochte Weihnachten am Anfang wie jedes andere Kind, habe Wunschzettel geschrieben, an den Weihnachtsmann geglaubt und auf das Glöckchen vom Christkind gewartet, damit ich ins Wohnzimmer zu den Geschenken durfte."

„Warte mal", unterbrach Chris mich. „Weihnachtsmann *und* Christkind? Ist das nicht irgendwie doppeltgemoppelt? Wer hat bei dir denn jetzt die Geschenke gebracht?"

„Ist doch egal. Bei mir gab es eben beides."

„Kein Wunder, dass dein Glaube so schnell verflogen ist. Er war zu unspezifisch."

Ich verdrehte bei seinen Worten die Augen. „Ja, klar. Daran wird's gelegen haben. Ganz bestimmt nicht daran, dass Papa sich von Mama getrennt, eine neue Frau geheiratet hat und mit deren Kindern heile Welt spielen wollte. Ich wollte mit ihnen nichts zu tun haben und sie mit mir nicht. Der Einzige, der das nicht einsehen oder gar akzeptieren wollte, war Papa. Wahrscheinlich dachte er, wenn er uns alle dazu bekommt, dass wir uns mögen, dann ist die ganze Sache gar nicht mehr so schlimm. War es dadurch aber nur umso mehr." Ich spürte, wie meine Laune bei den Erinnerungen dramatisch sank. Ich hatte sogar das Gefühl, dass der Raum sich um einige Grad abkühlte.

„Es lag also an dem heile Welt spielen, dass du Weihnachten nicht leiden kannst?" Chris sah mich an und ich erinnerte mich, dass genau das ja der Punkt war, weswegen er Weihnachten so mochte.

„Ja", antwortete ich schließlich zögerlich. Nicht sicher, ob das die richtige Antwort war.

„Ja?"

„Nein", schwenkte ich doch noch um.

„Nein?"

„Ach, ich weiß auch nicht", meinte ich schließlich frustriert. „Es war wahrscheinlich eher der Punkt, dass ich seine neue Familie nicht mögen wollte. Wieso auch? Ich hatte das Gefühl, sie hätten mir meinen Vater weggenommen und ein Stück weit stimmte das ja auch. Es mag etwas ungerecht klingen, da sie ja auch nicht wirklich etwas dafürkonnten, aber ich war auf ganzer Linie der Verlierer und dazu noch gezwungen mir anzusehen, wie glücklich sie im Gegensatz zu mir waren. Ich meine, muss man mir das extra noch unter die Nase reiben?" Ich erwartete im ersten Moment, dass er sich auf meine Seite schlug. Als ich allerdings noch mal über die Sache nachdachte, vermutete ich stattdessen, dass er mir erzählen würde, wie es ihm bei seiner Familie ergangen war und wie er das Alles empfunden hatte. Doch ich lag mit beidem falsch.

„Und wie lange hast du das ausgehalten?" Überrumpelt von der Frage, wandte ich den Blick ab.

„Nur ein paar Jahre. Irgendwann hat wohl selbst Papa eingesehen, dass er das Ganze doch nicht erzwingen kann. Was nicht heißt, dass er es bis zu dem Punkt nicht mit allen Mitteln versucht hatte. Ich wünschte wirklich, er hätte es einfach gelassen", seufzte ich und starrte in die kleiner gewordenen Flammen.

Wir schwiegen.

Ich wartete, doch von Chris kam nach wie vor nichts. Entweder wollte er mir wirklich nichts über seine Kindheit erzählen oder er empfand es womöglich als unhöflich, jetzt von seinem, ganz im Gegensatz zu meinem, fröhlichen Weihnachten zu erzählen.

Katzen eignen sich nicht als Baumschmuck

Wir tranken schweigend den Wein aus, während jeder von uns seinen eigenen Gedanken nachhing. Es war zum Schluss irgendwie eine leicht angespannte und seltsame Atmosphäre gewesen, weswegen es mich ehrlich überraschte, dass Chris darauf bestand, mich noch nach Hause zu bringen. Zumal es ja gleich nebenan war, also kein weiter Weg. Es war zwar dunkel, aber diese Gegend zählte nun wirklich nicht zu den gefährlichen. Die alte Dame von gegenüber würde mich sicherlich nicht mit einem Einbrecher verwechseln und mit ihrer Gehhilfe verprügeln. Aber ich verbiss mir all diese Argumente und ließ ihn gewähren.

Ich hatte irgendwie das Gefühl, dass ihn etwas bedrückte – schon wieder. Dabei war er die vergangenen Tage ganz er selbst gewesen. Und auch nach der Autofahrt hatte er die Kurve bekommen. Oder war das hier womöglich der echte Chris und der andere nur gespielt? Jetzt, wo ich über seine Vergangenheit einigermaßen im Bilde war, konnte ich mir das durchaus vorstellen. Die Maske des ewig fröhlich, freundlichen Chris, welche lediglich den Schmerz und die Verletzlichkeit dahinter verbergen sollte.

Ich wünschte wirklich, er würde mit mir darüber reden. Andererseits konnte ich das verlangen? Wir kannten uns noch nicht sehr lange und ich war ihm (anfangs) nicht unbedingt freundlich oder offen begegnet. Es würde wahrscheinlich noch einige Gläser Wein mehr benötigen, damit er mir seine düstersten Geheimnisse anvertraute. Apropos, gar keine schlechte Idee. Evemtuell sollte ich es wirklich mal auf dem Weg versuchen. Ihn richtig betrunken machen und dann aushorchen. Vielleicht mit Eierpunsch?

„Deine Mutter scheint noch nicht zurück zu sein?" Damit riss mich Chris aus meinen Gedanken und ich musste einige Male blinzeln, ehe ich wieder im Hier und Jetzt ankam.

Woher wusste er, dass Mama noch unterwegs war?

„Es brennt kein Licht", fügte er erklärend hinzu.

„Ja, sie hat auch keinen begeisterten Anruf getätigt", schob ich nach, damit er nicht dachte, ich hätte mir keine Gedanken diesbezüglich gemacht

„Dann können wir ja alles abdunkeln und warten. Wenn sie kommt, machen wir das Licht an und schreien laut ÜBERRASCHUNG!" Chris warf die Arme in die Luft.

„Damit sie vor Schreck nach hinten umfällt und sich womöglich noch etwas bricht?" Ich drehte den Haustürschlüssel im Schloss und trat ein. „Lieber nicht."

Er erwiderte nichts und als ich mich zu ihm umdrehte, stand er mit einem leicht verunsichert wirkenden Ausdruck im Gesicht vor mir. Erst jetzt wurde mir klar, dass er das auch gesagt haben könnte, um mit rein zu dürfen.

Unschlüssig nestelte ich an meinem Schlüsselbund herum. Sollte ich ihn noch mit reinbitten? Es war ja immerhin Chris zu verdanken, dass Mama ihren Weihnachtsbaum bekam. Allerdings war da seit Kurzem diese merkwürdige Stimmung zwischen uns. Ich wusste nicht, ob ich die noch länger ertrug. Wenn ich nur wüsste, dass Mama in den nächsten fünf bis zehn Minuten hier aufkreuzte. Die würde ich auch mit peinlichem Schweigen überstehen. Eine halbe Stunde hingegen würde bei mir jedes bisschen an aufgekeimter Weihnachtsstimmung killen. Und das wollten wir mit Sicherheit beide nicht.

Ich konnte regelrecht dabei zusehen, wie Chris damit begann ganz langsam den Welpenblick aufzusetzen. Ehe er damit fertig war, überwand ich mich schließlich.

„Wie wäre es, wenn wir Mama beim Licht des Weihnachtsbaumes überraschen? Dabei erschreckt sie sich hoffentlich nicht halb zu Tode. Am besten lassen wir das laute Schreien auch weg." Ich wandte mich um und streifte hastig meine Schuhe ab.

„Ganz wie die Dame es wünscht", hörte ich Chris in meinem Rücken sagen. Es hätte mich nicht gewundert, wenn er dabei gerade einen Diener vollführte. Davon konnte ich mich jedoch nur überzeugen, wenn ich mich umdrehte. Und so blieb es ein Bild in meinem Kopf.

Mit einem Grinsen bog ich ins Wohnzimmer ab. Dort blieb mein Blick an dem wunderschön geschmückten Baum hängen.

In dem eine weißgetigerte Katze saß.

Deren grüne Augen mich anfunkelten.

„Was zum …", setzte ich an und machte einen Schritt vor. Das war definitiv nicht als Drohgebärde gemeint gewesen, Sissi schien das aber so verstanden zu haben und rettete sich mit einem gewaltigen Satz aus dem Baum aufs Sofa.

„NEIN!" Vor Schreck konnte ich mich nicht bewegen, streckte bloß eine Hand aus, als könne ich damit all die Kugeln auffangen, welche als Nächstes auf dem Boden zerspringen würden.

„Nadine? Was ist passiert?" Alarmiert stürmte Chris hinter mir ins Wohnzimmer und blieb dann dicht neben mir stehen.

„Ach, du …" Ihm verschlug es bei dem Anblick allem Anschein nach die Sprache.

Fassungslos stand ich noch immer mitten im Raum. Kerzengerade. Ganz im Gegensatz zum Weihnachtsbaum. Der stand nämlich total schief. Wobei ich wohl froh sein konnte, dass er überhaupt noch „stand". Die Spitze lehnte an der Wand neben dem Sofa, welche der einzige Grund dafür war, dass nicht alles zerschellt auf dem Boden lag.

Mitten vor dem Baum wie die Unschuld vom Lande saß Sissi. Sie putzte sich geflissentlich die Vorderpfote und sah nicht einmal hoch, als ich einen Schritt auf sie zumachte. Als würde sie demonstrieren wollen, dass sie rein gar nichts damit zu tun hatte, ich bräuchte sie daher gar nicht so anzusehen. Dass sie eben noch "vor Schreck" einen Satz aus dem Baum gemacht hatte, war vergessen.

Das war definitiv schon vorher so gewesen.

Ja, wer's glaubte! Ich hatte sie sogar auf frischer Tat ertappt! Da brauchte sie mir hier jetzt nichts vorzuspielen.

Chris schien in der Zwischenzeit aus seiner Sprachlosigkeit erwacht zu sein. „Wir haben vergessen, Wasser einzufüllen", murmelte er.

„Was?" Wasser? Worein? In die Katze? Ich musterte ihn verständnislos, wobei es mich einiges an Überwindung kostete, meine Augen von dem Anblick vor mir zu lösen. Es war, als würden sie magisch davon angezogen.

„Wasser. Der Baumständer wird mit Wasser befüllt, damit die Tanne nicht austrocknet und er macht ihn natürlich auch schwerer." Chris deutete darauf. Besagter Baumständer befand sich auf einer Kante lehnend schräg in der Luft stehend.

„Toll", erwiderte ich nur. Und woher hätte ich das bitteschön wissen sollen? Wobei … jetzt, wo er es sagte, erinnerte ich mich dunkel an etwas. Kein Wunder, dass er dem Angriff der Killerkatze nicht standgehalten hatte. Die war inzwischen mit dem Alibiputzen fertig und schlich sich still und leise davon. Ich blickte ihr mit wütend funkelnden Augen hinterher. Sie sollte bloß nicht denken, dass mir ihr Abgang nicht auffiel.

„Sag mal", ich wandte mich von Sissi ab und Chris zu, als er mich ansprach, „bist du irgendwie verflucht, dass bei dir an Weihnachten alles schiefgeht?" Mit vollkommen ernster Miene betrachtete er mich, als könne er das Mal des Fluches womöglich irgendwo an meinem Körper finden, wie es aufleuchtete und sich dadurch verriet oder besser gesagt offenbarte.

„Jetzt fang nicht mit so etwas an. Ich habe gesagt, dass ich Weihnachten nicht leiden kann, das heißt aber noch lange nicht, dass bei mir zu dieser Jahreszeit alles schiefläuft. Also schieb das gefälligst nicht auf mich. Eigentlich ist das erst so, seit ich dich getroffen habe." Nun war es an mir, ihn eines prüfenden Blickes zu unterziehen. „Bist du sicher, dass nicht eher du es bist, der von uns beiden hier verflucht ist?"

Ich hatte das mit einem neckischen Unterton gesagt. Immerhin glaubte er ja wohl nicht ernsthaft daran, dass ich verflucht war, genauso wenig wie ich das von ihm dachte. Und trotzdem war da plötzlich diese dunkle Wolke, die sich über seine heitere Miene schob.

Ich war mir sicher, etwas Falsches gesagt zu haben, und dachte hastig nach, doch so auf die Schnelle wollte mir selbst mit meinem neuerworbenem Hintergrundwissen nicht einfallen, auf was er das hätte beziehen können. Ehe er wieder in diese traurig-triste Schlechtwetter-Laune abgleiten konnte, trat ich hastig an den Baum heran. Ich musste übers Sofa klettern, um die Spitze erreichen zu können.

„Wir sollten ihn schnell wieder aufstellen, ehe die Krone einen dauerhaften Knick bekommt." Die war durch die Anlehnung an der Wand ziemlich schief geworden.

„Gut, auf drei." Chris hatte sich unten beim Stamm des Baumes positioniert, während ich ihn oben Richtung Krone packte.

„Ein, zwei, dreeeii." Mit etwas zu viel Schwung schubste ich ihn wieder in eine aufrechte Position. Er wackelte einige Sekunden, ehe er fest stand.

„Puh, das war ja gar nicht so schlimm. Es scheint auch alles drangeblieben zu sein." Chris kämpfte sich unter der Tanne hervor, wodurch die Kugeln an den unteren Ästen noch einmal stark ins Schwanken gerieten und irgendwie unangenehme Geräusche beim Kratzen an den Tannennadeln verursachten.

„Da bin ich echt froh." Ich kletterte vom Sofa und wollte auf Chris zugehen, als …

„Vorsichtig!", rief er und im selben Moment bemerkte auch ich die Kugel, welche gut getarnt auf dem Teppich lag und ich kurz davorstand draufzutreten.

Für einen Augenblick nahm ich alles wie in Zeitlupe wahr. Chris beugte sich vor, um die Kugel zu retten, ich versuchte währenddessen meinen Schritt abzufangen, sodass ich sie nicht traf. Dabei verlor ich unweigerlich das Gleichgewicht und stürzte nach vorne. Chris war bereits halb zu Boden gesunken, als ich haltsuchend gegen seine Schultern drückte und ihn dabei nach hinten umwarf. Mit einem vernehmlichen Knall landeten wir übereinander auf dem Teppichboden.

Sobald alles wieder in normaler Geschwindigkeit ablief, fand ich mich halb kniend, halb liegend auf ihm wieder, mit den Händen an seinen Schultern drückte ich ihn zu Boden. Nachdem er die Augen öffnete, blinzelte er ziemlich überrascht zu mir hoch.

Das war ja mal oberpeinlich! Ich wusste überhaupt nicht, wie ich nun reagieren sollte. Die Situation irgendwie überspielen? Oder die Chance nutzen? O man, ich fürchtete, dass mein Hirn gerade in den Standbymodus gewechselt war, denn es kam keinerlei Rückmeldung.

Auf der Suche nach einer geeigneten Reaktion fand ich schließlich eine Übereinstimmung.

Ich drückte nochmals auf seine Schultern und sagte mit einem frechen Grinsen: „Festgenagelt."

Ich konnte genau zählen, dass Chris zwei Mal blinzelte, ehe er verstand. Das rechnete ich ihm schon mal hoch an. Er erwiderte mein Grinsen.

„Und? Soll ich dich jetzt zu einer zweiten Runde auffordern?"

„Damit du wieder festgenagelt wirst?", meinte ich spitzbübisch. Immerhin ging die Geschichte ja so.

„Ich dachte da eher an die erwachsene Version", antwortete er und ich war für einen Moment wie gefangen von diesem einseitigen Heben des Mundwinkels.

„Erwachsene?", wiederholte ich daher bloß ausdruckslos, ehe ich überhaupt darüber nachdenken konnte. Doch dann schob sich das Bild von Simba und Nala in meine Gedanken, wie sie unter ihm lag und ihn …

Meine Gedanken brachen ab, da Chris mich plötzlich herumrollte, sodass er über mir zum Liegen kam. Im ersten Moment blinzelte ich wohl ähnlich fassungslos zu ihm hoch, wie er keine zwei Minuten zuvor zu mir.

„Und jetzt?", fragte ich schließlich neckisch, als ich entschied, das Spiel weiterzuspielen. Er war immer noch am Zug, immerhin hatte er uns nun mit voller Absicht in diese Lage gebracht. Jetzt musste er das auch durchziehen.

„Wenn ich mich an die Szene richtig erinnere, ist das nun dein Part." Touché!

Na, das hatte er ja schön hingedreht. Allerdings musterten seine blaugrünen Augen mich so intensiv, dass ich gar nicht anders konnte. Also hob ich die linke Hand und legte sie vorsichtig in seinen Nacken. Während ich ihn mit leichtem Druck zu mir herunterzog, hob ich gleichzeitig den Oberkörper und streckte mich ihm entgegen.

Uns trennten noch ein paar Zentimeter, da …

„Oh, Entschuldigung!", rief plötzlich jemand aus Richtung Tür. Die Stimme erkannte ich natürlich sofort. Meine Mutter. Echt jetzt?

Als ich schräg nach rechts hinten zu ihr herübersah, trug sie ein breites Grinsen auf dem Gesicht, während sie sich abwandte.

„Weitermachen!", flötete sie und verschwand auf ihren Krücken humpelnd den Flur hinunter.

Sie war ja lustig, als wenn man da jetzt so einfach weitermachen könnte! Der Augenblick war hinüber. Das schien Chris leider genauso zu sehen.

Mit einem entschuldigenden Lächeln erhob er sich von mir.

„Das verschieben wir vielleicht besser auf morgen."

Auf eine Antwort wartete er vergeblich, ich brachte einfach nichts heraus. Ich hatte mich von der Situation total mitreißen lassen und jetzt könnte man glatt meinen, dass es mir im Nachhinein peinlich war. War es irgendwie auch. Zumindest fühlte es sich so an.

Wir erhoben uns daher recht verlegen. Ich klopfte mir die Sachen ab, obwohl da kein Schmutz drauf sein dürfte. Weder ich noch er schafften es richtig, dem anderen in die Augen zu sehen. Gott, das war jetzt wirklich richtig peinlich. Dabei war ja überhaupt nichts passiert!

Ich entschied, uns beide aus der Situation zu erlösen, indem ich meine Mutter dazuholte.

„Mama, du kannst kommen." Für einen Moment kam ich mir vor, als würde ich das Kind zum Weihnachtsbaum rufen oder so. Der Moment verflog aber sofort wieder, als ich die Antwort meiner Mutter hörte.

„Seid ihr sicher? Ich will nicht stören."

„Gott, Mama! Es ist nichts passiert. Wir sind beide vollends bekleidet und du kannst jetzt herkommen." Das hatte tatsächlich peinlicher geklungen, als es das hätte tun sollen. Ich vermied jeden weiteren Blick in Chris' Richtung. Himmel, irgendwie verspürte ich den starken Drang, im Erdboden zu versinken.

Der wurde zum Glück wesentlich kleiner, als Mama endlich auf ihren Krücken das Wohnzimmer betrat und ich das Leuchten in ihren Augen sah.

„Tadaaa", sagte ich ein wenig halbherzig. Aber die Überraschung war ja auch schon mehr oder weniger dahin. Was ihre Freude allerdings nicht schmälern konnte.

„Das habt ihr alles zusammen gemacht?" Sie trat noch ein Stück näher und ich wich zur Seite aus, damit sie sich den Baum besser ansehen konnte. Dabei stieß ich leicht gegen Chris' Schulter, den ich neben mir gar nicht wahrgenommen hatte – kein Wunder, ich hatte mich ja auch redlich bemüht, ihn weder anzusehen noch ihm irgendwie anders Aufmerksamkeit zu schenken. Ich brachte nicht einmal ein „Verzeihung" oder „Tschuldigung" über die Lippen. Ich spürte lediglich den leichten elektrischen Schlag, der mich bei der Berührung durchfuhr.

Damit war es dann amtlich. Vorher hätte ich mich womöglich noch rausreden können, aber inzwischen konnte ich die Augen wohl nicht mehr vor der Wirklichkeit verschließen. Ich hatte mich echt in ihn verliebt. Ja, ich weiß. Jeder andere hatte das schon längst bemerkt! Aber was fing ich denn nun mit dieser Erkenntnis an?

Erst einmal gar nichts, denn Mama forderte meine volle Aufmerksamkeit. Ihre Begeisterung für den Überraschungsweihnachtsbaum schien regelrecht überzulaufen und steckte damit auch mich an. Irgendwie schaffte sie es sogar, diese peinlich befangene Situation aufzulösen.

Na, ein Glück.

Aber wie würde es hiernach weitergehen?

Wenn man nicht der geduldigste Mensch ist und auf die Folter gespannt wird.

Von wegen morgen! Ich war stinksauer, denn der Kerl war einfach nicht aufgekreuzt! Erst redete er großartig davon, dass wir das morgen fortsetzen würden, und dann ließ er sich nicht blicken!

Fast schon wehmütig sah ich zu seinem Haus hinüber, aber da rührte sich nichts. Nur die Lichterketten leuchteten in der bereits fortgeschrittenen Dunkelheit.

Natürlich könnte ich auch rübergehen, aber wo kamen wir denn da hin? Er hatte mich „vertröstet" und ich würde ihm jetzt gewiss nicht nachrennen. Außerdem, was sollte ich denn sagen? Was hätte ich für einen Grund, zu ihm zu gehen? Sein Fuß war ja wieder in Ordnung, ich brauchte ihm also keine Suppe zu kochen.

Apropos Suppe.

Der Topf!

Ich schoss hoch und Mama warf mir so einen speziellen Blick zu. Sie hatte mich ohnehin schon den gesamten Tag beobachtet, aber zu meinem größten Glück bisher nichts gesagt. Das hätte ich jetzt auch gar nicht gebrauchen können, immerhin war es ihrem Timing zu verschulden gewesen, dass gestern (mal wieder) nichts passiert war. Denn dieses Mal hatte es nicht den Anschein gehabt, als würde Chris dem erneut ausweichen. Ganz im Gegenteil war der entscheidende Schritt im Grunde von ihm ausgegangen.

„Ich hab ganz vergessen, dass Chris ja noch deinen Topf wegen der Suppe hat. Ich geh mal eben rüber und hole ihn." Eilig trat ich an ihrem klobigen Bein vorbei, achtete darauf, nicht zu stolpern, und machte mich auf den Weg.

„Viel Spaß!", war das Einzige, was Mama dazu zu sagen hatte. Ich wusste aber auch so, dass ihr vollkommen klar war, dass der Topf lediglich einen Vorwand darstellte.

Das würde Chris allerdings auch wissen. Was mir leider erst auffiel, als ich bereits vor seiner Tür stand. Irgendwie machte es das schon etwas peinlich. Andererseits war ich jetzt hier, noch peinlicher wäre es, unverrichteter Dinge wieder umzudrehen. Wenn er das zufällig beobachtete, konnte ich mich in Grund und Boden schämen. Dann wählte ich doch lieber den offensichtlich vorgeschobenen Grund, den Topf abholen zu wollen.

Mit leicht zitternden Fingern drückte ich auf den Klingelknopf. Ich hörte das Läuten im Inneren und nutzte die Zeit, bis sich die Tür öffnete, um meine Nervosität unter Kontrolle zu bekommen. Was mir leider nicht gelang. Daher war ich bemüht, sie so gut es eben ging, zu verbergen. Kein unsteter Blick, kein Nesteln mit den Fingern an Ärmeln oder Jacke. Da es sich allerdings komisch anfühlte, wenn sie einfach so herunterhingen, steckte ich sie kurzerhand in die Taschen. Gegen Abend war es ja zumindest etwas kälter, das sähe also nicht mal merkwürdig aus.

Als ich bemerkte, dass ich auf den Fußballen ungeduldig vor und zurück wippte, fragte ich mich langsam, ob er womöglich gar nicht daheim war. Ich versuchte es mit einem zweiten Klingeln und nahm wieder meine Ausgangsposition ein, doch es tat sich nichts.

Und so sah ich mich aufmerksam um. Im Gegensatz zu unserem Haus brannte in den Fenstern kein Licht und jetzt bemerkte ich auch, dass sein Auto gar nicht in der Einfahrt stand.

Toll, das hätte mir auch gleich auffallen können.

Ich stieß einen Seufzer aus, sah noch einmal kurz zur Tür, aber was wollte ich noch hier, wenn er ganz offensichtlich nicht da war? Also ging ich unverrichteter Dinge wieder nach Hause.

„Das war aber schnell. Nanu? Wo ist denn mein Topf?" Mama musterte mich über den Rand ihrer Lesebrille hinweg kritisch, als ich das Wohnzimmer betrat.

„Er war nicht da. Ich muss ihn ein andermal holen", antwortete ich tonlos.

„Wie? Wer war nicht da? Der Topf?"

Jetzt musste ich doch tatsächlich ein wenig lächeln. „Nein, Chris war nicht da. Der Topf bestimmt schon, aber …" Ich ließ den Satz unvollendet auslaufen.

„Der konnte dir die Tür nicht öffnen", vollendete Mama ihn mit amüsiertem Unterton. „Dann gehst du einfach morgen noch mal rüber."

„Ja", antwortete ich lahm. Lust hatte ich ehrlich gesagt keine.

Irgendwie leicht verloren stand ich mitten im Raum und wusste mit einem Mal nichts mehr mit mir anzufangen. Meine Arme kamen mir heute ziemlich häufig wie unschöne und teils unnötige Accessoires vor.

„Ich werde mal das Abendbrot vorbereiten", meinte ich schließlich, weil ich einfach irgendetwas zu tun brauchte. Ich entschied mich dazu, uns einen Tomate-Mozzarella-Salat zu machen, und schnitt mit ziemlich viel Druck die armen Tomaten.

Keine Ahnung, was mich nun wütender machte. Dass er gar nicht da war, um vorbeizukommen, statt unverrichteter Dinge daheim herumzusitzen. Oder dass er mit Sicherheit genau gewusst hatte, dass er nicht da sein würde und gestern trotzdem so etwas gesagt hatte.

Ich wusste, dass ich nichts, rein gar nichts an der Sache ändern konnte und eine Antwort nur bekäme, wenn ich nachfragte. Was ich, dafür kannte ich mich gut genug, nicht tun würde. Aufregen tat ich mich dennoch. Was sollte all das denn bitteschön?

Erst der Kuss, sofort im Anschluss die Zurückweisung. Danach so tun, als wäre nichts geschehen und weiteren Küssen ausweichen. Jetzt die ganz offensichtliche Aufforderung dazu, dann leider die Unterbrechung und nun machte er sich wieder rar? Ich wollte jetzt verdammt noch mal wissen, was das alles sollte! Wenn er kein Interesse hatte, dann sollte er den Kontakt gefälligst ganz abbrechen. Sobald es Mama besserging, fuhr ich zurück in mein altes Leben und damit wäre die Sache abgeschlossen. So jedoch wurden meine Gefühle nicht nur vollkommen durcheinandergewürfelt, sondern schienen auch immer stärker zu werden. Bis ich es nicht mehr einfach so dabei belassen konnte, sobald ich ging.

Soweit hatte ich es ursprünglich gar nicht kommen lassen wollen, aber es war passiert und ich wusste bereits, dass ich die Notbremse nun nicht mehr ziehen würde. Das zeigte allein schon meine Wut, die mich momentan durchströmte wie die Lava einen brodelnden Vulkan.

Ich wusste nur leider nicht, was ich deswegen unternehmen sollte. Wenn er nicht Zuhause war, bekam ich ihn ja nicht einmal für ein klärendes Gespräch zu packen.

Arg! Ich hasste es, zur Untätigkeit verdammt zu sein. Das war am Ende auch der Grund, weswegen ich uns ein ausgesprochen gutes Abendbrot zubereitete, weil ich unbedingt etwas zu tun brauchte. Ich musste mich dringend ablenken.

Mama musterte mich nur mit diesem wissenden Ausdruck im Gesicht. Aber sie kannte mich gut genug, sodass sie nicht nur von allein hinter den Grund meiner Gefühlslage kam, sondern auch wusste, dass sie mich besser nicht darauf ansprach. Wie wir wohl beide wussten, würde das den Vulkan zum Ausbrechen bringen und das wollte niemand.

Nein, wirklich nicht. Vertraut mir!

Auch am nächsten Tag behielt ich das Nachbarhaus die ganze Zeit im Blick. Wenn ich es nicht verpasst hatte, dann war Chris auch über Nacht weggeblieben, denn sein Auto hatte ich weder gestern vorm Schlafengehen in der Auffahrt entdecken können noch heute Morgen nach dem Aufstehen.

Wo war der Kerl nur abgeblieben?

Ich hätte mit meinem Tag wirklich besseres anfangen können, als das Haus nebenan zu observieren, aber es gelang mir nicht. Mama traute sich sogar die ein oder andere kleine Bemerkung zu machen, ansonsten hielt sie sich jedoch zurück.

Eventuell hatte sie auch ein schlechtes Gewissen, weil sie uns unterbrochen hatte und es nur deswegen jetzt zu dieser Lage gekommen war. Insgeheim wusste ich, dass es sie brennend interessierte, was vorgestern (alles) passiert war. Aber da ohnehin nichts weiter vorgefallen war, verspürte ich keinen besonderen Drang, ihr davon zu erzählen. So schwiegen wir uns den Tag über ziemlich an. Es war nicht unbedingt unangenehm, ich war nur gedanklich mit anderen Sachen beschäftigt, und Mama gab mir dafür meinen Freiraum.

Am späten Nachmittag schoss ich regelrecht vom Sofa hoch, als sein Auto endlich auf die Auffahrt fuhr. Ich bremste mich jedoch noch rechtzeitig, ehe ich einfach rüberrennen konnte. Ich hatte zwar den gesamten gestrigen und heutigen Tag auf diesen Moment gewartet, aber wieso eigentlich? Was plante ich jetzt zu tun?

Weiter zu warten, richtig. Ich wartete darauf, dass er kam. Um was auch immer zu tun.

Es vergingen eine Viertelstunde, dann eine halbe und schließlich eine ganze. Ohne, dass irgendetwas geschah.

Ich stand kurz davor, an meinen Nägeln zu kauen, während ich immer noch darauf wartete, dass er herüberkam.

„Meine Güte, jetzt setz dich endlich in Bewegung oder ich schmeiße dich eigenhändig raus!"

Ich machte einen solchen Satz, dass ich mich gedanklich mit den Krallen wie eine Katze an der Decke hängen sah. Musste Mama mich so erschrecken?

„Das sieht doch ein Blinder mit 'nem Krückstock, dass du wie auf heißen Kohlen sitzt. Und ich bin nicht blind, nur auf Krücken." Sie klopfte gegen den Schuh um ihren gebrochenen Knöchel. „Also?"

„Aber ...", setzte ich an. Schließlich konnte ich ja nicht einfach so rübergehen. Was sollte ich denn da?

„Du hast doch deine Ausrede. Geh mir meinen Topf holen und bleib bloß lange weg." Sie machte mit der Hand eine scheuchende Bewegung und ich wusste, dass sie ihre Drohung wahrmachen und mich vor die Tür setzen würde, wenn ich jetzt nicht ging. Mir blieb also im Grunde gar nichts anderes übrig.

Dennoch erhob ich mich etwas widerwillig, am Ende ging ich jedoch brav hinüber.

Ich betätigte den Klingelknopf und dieses Mal musste ich gar nicht lange warten, bis sich die Tür öffnete. Chris blickte mich mit leicht überraschtem Gesichtsausdruck an. Dabei war ich mir nicht sicher, ob das daran lag, dass er nicht wusste, was ich von ihm wollte. Oder wieso ich überhaupt zu ihm kam.

Na ja, war ja auch egal.

„Oh, Nadine."

„Hallo." Waren seine Augen schon von Anfang an so leuchtend gewesen? Oder ließ einen die Liebe Dinge tatsächlich auf eine andere Art und Weise sehen?

Ich hätte am liebsten den Kopf geschüttelt, beherrschte mich jedoch. Leider passierte auch sonst nicht viel.

Irgendwie brachte ich kein weiteres Wort heraus. Jetzt hatte ich so lange darauf gewartet, dass er endlich nach Hause kam und hatte nichts zu sagen?

Wie bereits befürchtet, schaffte ich es nicht, ihn direkt darauf anzusprechen, dass er gestern trotz „Versprechen" nicht einmal zu Hause gewesen war.

Ja, Gott verdammt, ich wusste selber, dass das nur so ein Spruch gewesen war. Aber er hatte ihn halt gesagt! Mensch!

„Wolltest du nur Hallo sagen?", fragte er schließlich mit einem schiefen Lächeln, was mich beinahe wieder in eine kleine Schockstarre versetzt hätte.

„Ähm, nein. Ich wollte fragen, ob ich den Topf von der Suppe wiederhaben könnte." Es war doch echt so was von armselig, dass mir am Ende nichts anderes einfiel als das.

„Ach, richtig. Ja, den wollte ich euch demnächst mal vorbeibringen." Er drehte sich um, um den Topf zu holen. Nahm ich zumindest an. Da er mich nicht hereinbat, blieb ich leicht verloren vor der offenen Tür stehen und wartete, dass er zurückkam.

Tat er wenig später auch; mit Topf in Händen.

„Bitteschön. Vielen Dank auch noch mal für die Suppe, sie war wirklich lecker."

„Danke. Gerne." Ich nahm den Topf entgegen und erinnerte mich noch sehr gut, wie abweisend er gewesen war, als ich ihm die Suppe gebracht hatte. Ich könnte das jetzt zur Sprache bringen, damit sich eventuell auch die anderen Dinge klärten. Während ich noch auf den richtigen Worten herumkaute und Mut fasste, hob ich den Kopf. Ich öffnete schon mal den Mund, ohne wirklich zu wissen, was da für Worte herauskommen sollten, aber soweit kam ich ohnehin nicht.

„Wo du sowieso gerade hier bist, ich wollte dich für morgen gerne einladen." Er lächelte mich an, was all die Warterei der letzten zwei Tage wettzumachen schien.

Dummes, einfältiges Herz, wie kannst du dich mit so wenig zufriedengeben?

„Einladen?", hakte ich daher nach. Was ich vorher hatte sagen oder fragen wollen, war vollkommen aus meinem Kopf verschwunden.

„Genau. Dafür hab ich gestern und heute extra alle noch zu erledigenden Arbeiten und Aufträge fertig gemacht, damit ich danach Zeit habe. Weihnachten ist ja auch nur noch ein paar Tage entfernt."

Gearbeitet. Er hatte gearbeitet. Ja, war ich denn bescheuert? Natürlich arbeiteten andere Menschen noch. Weil er so viel Zeit mit mir verbracht und ich ja gerade Urlaub hatte, schien ich das vollkommen vergessen zu haben. Selbstverständlich gab es auch Dinge, die er nicht von Zuhause aus erledigen konnte.

„Wohin?", erkundigte ich mich neugierig geworden.

„Wer sagt denn, das wir weggehen?", wollte er mit einem verschmitzten Grinsen wissen.

„Ach so. Na ja, ich dachte nur weil wir … egal. Okay? Soll ich …?"

„Genau. Komm doch bitte morgen um halb sieben rüber, ja? Und sei pünktlich." Er zwinkerte, wobei ich nicht glaubte, dass das eine Anspielung hatte sein sollen. Ich konnte mich zumindest nicht erinnern, mich mal verspätet zu haben. Meistens hatte ja ohnehin er mich abgeholt.

„Also gut, dann bin ich morgen pünktlich um halb sieben hier." Ich schaffte irgendwie nur ein verhaltenes, leicht unsicheres Lächeln. Aber ich hatte keine Ahnung, was er mit mir vorhatte. Ich hob noch kurz den Topf. „Danke noch mal."

„Ich habe zu danken. Bis morgen", fügte er noch mit samtig weicher Stimme hinzu, was mein Herz augenblicklich wieder höherschlagen ließ.

Beschwingten Schrittes ging ich dem nächsten Tag entgegen. Mal sehen, was der bringen würde.

Wie schnell sich so eine Verliebtheit doch ausbreitete.

Unerwarteter Besuch hoch zwei

Mit einem leichten Kribbeln im Bauch stand ich am nächsten Morgen pünktlich vor Chris' Tür, während die Klingel im Inneren zu hören war.

Ich wartete.

Und wartete.

Und wartete.

Langsam wurde ich ungeduldig.

Das hatten wir doch irgendwie schon mal? War er womöglich wieder nicht Zuhause? Aber er hatte doch gesagt, ich solle um halb sieben rüberkommen. Das Auto stand in der Auffahrt. Also musste er Zuhause sein.

Ich klingelte ein weiteres Mal.

Gerade, als ich mich wegdrehen wollte und bereits überlegte, ob Mama eventuell seine Handynummer hatte – die ich nämlich nicht besaß –, öffnete sich doch noch die Haustür.

Ich blinzelte einige Male und hatte dabei beinahe das Gefühl, in einen Spiegel zu starren, denn Chris tat es mir gleich.

„Ähm." Ich räusperte mich leicht. „Guten Morgen?" Das klang jetzt mehr wie eine Frage, aber ich konnte mir nicht vorstellen, dass er gerade erst aufgestanden war. Wir waren doch verabredet, da konnte er unmöglich noch geschlafen haben. Andererseits sah es ganz danach aus, als hätte ich ihn direkt aus dem Bett geklingelt. Die Haare verstrubbelt, die Augen ganz klein gegen das „grelle" Licht zusammengekniffen, blinzelte er mich immer noch an.

„Nadine?", fragte er schließlich, als habe er mich bis jetzt nicht richtig erkennen können. Dazu gähnte er vernehmlich. Es fehlte eigentlich nur noch, dass er mit der Hand unter das Oberteil seines Schlafanzugs fuhr und sich über die „juckende" Brust kratzte. Jetzt war ich tatsächlich neugierig, ob sich darunter mehr Muskeln verbargen, als man vermuten würde. Die Wahrscheinlichkeit auf einen Waschbrettbauch hielt ich allerdings nicht für sehr hoch. Man wusste allerdings nie.

„Was machst du denn so früh hier?", fragte er schließlich und fuhr sich mit der rechten Hand anstatt über die Brust nun übers Gesicht. Vermutlich, um seinen Blick zu klären und vielleicht etwas wacher zu werden.

„Du hast doch gesagt, dass ich heute um halb sieben vorbeikommen soll, weil du eine Überraschung für mich hast." Ich legte fragend den Kopf schief, während er zu überlegen schien. Hatte er das etwa vergessen? Oder war das womöglich bloß ein dummer Scherz gewesen?

„Mensch, Nadine!", entfuhr es ihm schließlich und ich zuckte bei diesem Ausruf kurz zusammen. „Abends! Halb sieben Uhr abends! Nicht früh morgens!"

„Ja, aber woher soll ich das denn wissen?", beschwerte ich mich sogleich. Das hatte er so nicht gesagt und ich hatte eben angenommen, dass er morgens meinte.

„Hah, also schön." Er stieß einen solch langgezogenen Seufzer aus, dass ich das schon wieder für übertrieben hielt. Es war ja schließlich nicht mein Fehler gewesen. „Jetzt weißt du es und ich bin wach. Hast du schon gefrühstückt oder willst du kurz reinkommen?"

„Ich … nicht wirklich. Mama schläft ja noch." Ich behielt lieber für mich, dass ich nichts gegessen hatte, weil ich annahm, er würde mich womöglich zu einem ausgiebigen Brunch oder Ähnlichem einladen, wenn ich so früh zu ihm kommen sollte.

„Dann komm rein. Ich zieh mich bloß schnell um." Er wirkte nun wacher und mit einem Mal hatte er es auch ziemlich eilig. Dabei war mir sein Blick, seinen Körper hinunter wandernd nicht entgangen. Er schien also inzwischen so wach zu sein, dass ihm die Tatsache, dass er lediglich im Schlafanzug vor mir stand, auch bewusst geworden war.

„Mannoman." Er entfernte sich eilig. „Koch dir einfach schon mal einen Tee oder Kaffee. Ich bin gleich wieder da." Und damit war er weg. Ich zuckte mit den Schultern und ging weiter in die Küche. War ja nicht das erste Mal, dass ich mich hier aufhielt.

Als Chris schließlich wieder zu mir stieß, saß ich mit einer dampfenden Tasse Tee – Kaffee hatte ich zuvor schon bei mir drüben „gefrühstückt" – am Tresen in der Küche. Der Esstisch im Wohnzimmer war nach wie vor mit Papieren überladen und machte nicht den Eindruck, als würde da regelmäßig dran gefrühstückt werden.

„Hast du eigentlich kein Arbeitszimmer?", wollte ich wissen, als er mit wachem Blick und funkelnden Augen neben mir auftauchte.

„Wie?" Er sah durch die Tür ins Wohnzimmer. „Doch, aber da stehen mein PC und Laptop und ich hab keinen Platz für den ganzen Papierkram."

„So, so", antwortete ich nur und nippte an meinem Tee, während ich ihn kritisch musterte. Seine Haare waren noch feucht, also hatte ich mir das kurze Wasserrauschen nicht eingebildet. Er war wirklich noch unter die Dusche gesprungen. Ich konnte morgens nicht duschen oder sagen wir mal, ich tat es nicht. Abends nach der Arbeit und bevor ich ins Bett ging, das war meine Zeit für eine Dusche oder ein ausgiebiges Schaumbad. Ich hasste es, meine Haare trocken föhnen zu müssen, die wurden davon stets so strohig. Ich lief lieber abends mit Handtuch auf dem Kopf durch die Gegend und ging zur Not auch im Winter mit feuchtem Haar ins Bett. Im Sommer hingegen sah das schon anders aus. Da liebte ich die kleine Abkühlung auf dem Kopf bei allzu heißen Temperaturen auch tagsüber.

„Ich habe leider nur Brot oder Joghurt hier. Was möchtest du? Bist du sicher, dass du keinen Kaffee willst?" Er lief bereits geschäftig durch die Küche, öffnete Schubladen und Schränke und räumte alles vor mir auf den Tresen.

„Joghurt reicht mir, wenn du etwas Müsli oder Haferflocken hast? Und Kaffee hatte ich daheim schon, danke", winkte ich ab.

„Alles klar, ich brauche jetzt ganz dringend einen. Ich hab gestern Abend etwas länger gemacht, um noch fertig zu werden", meinte er fast entschuldigend. Dabei war ja scheinbar gar nicht angedacht gewesen, dass ich hier heute so früh auftauchte, also gab es auch nichts, wofür er sich hätte entschuldigen müssen.

„Tut mir wirklich leid, dass ich dich aus dem Bett geworfen habe." Ich blies über meinen Tee, weil ich ihn dann nicht ansehen musste.

„Ja, andersherum hätte ich es wesentlich amüsanter gefunden." Als ich aufblickte, grinste er mich an. Dabei kam mir der Gedanke, dass das normalerweise ja auch die übliche Rollenverteilung war. Das Mädchen, welches im Schlabberlook an der Tür stand, ungekämmt, ohne Schminke und mit Mundgeruch und dem das furchtbar peinlich war. Andersherum war es der sexy Typ, der wie von einem Stylingteam herausgeputzt die Tür öffnete und dem man nur schmachtend auf den nackten Bauch starrte.

Na ja, irgendwie war ich froh, dass Chris genau wie jeder andere normale Mensch aussah, wenn man ihn aus dem Bett klingelte. Zerknittertes Gesicht, winzige Augen und einfach nur verpennt, statt umfallend sexy. Das andere sorgte bloß für Minderwertigkeitskomplexe. Wobei ich rein optisch gegen Letzteres nichts einzuwenden gehabt hätte.

„Du kannst es dir ja von mir zu Weihnachten wünschen, eventuell tue ich dir den Gefallen." Ich grinste breit und zwinkerte ihm zu.

„Eine sehr gute Idee. Bekomme ich das als Bonus zu meinen anderen Geschenken? Es kostet dich ja schließlich nichts." Jetzt warf er mir einen flehenden Blick inklusive fachmännischer Augenaufschläge zu. Da sie vom FachMANN kamen, wirkten sie nicht so richtig überzeugend und ich musste mein prustendes Lachen eilig mit heißem Tee ersticken.

„Schauen wir mal, immerhin wird es mich einiges an Überwindung kosten", erwiderte ich, nachdem ich mich halbwegs beruhigt hatte.

„Dann bin ich mal gespannt, was der Weihnachtsmann dieses Jahr so für mich übrighat. Bitteschön." Er stellte eine Schüssel mit Joghurt vor mir ab, dazu Walnüsse, Mandeln, sowie Haferflocken und zwei unterschiedliche Müslisorten.

„Danke." Ein Löffel folgte auch noch, während Chris sich mir gegenüber an den Tresen lehnte und sein Brot großzügig mit Marmelade bestrich.

„Nachdem ich dir heute schon eine Überraschung beschert habe, kannst du mir ja vielleicht deine verraten? Nicht, dass es noch so eine … ein Missverständnis gibt." Er hob daraufhin nur eine Augenbraue.

„Fürchtest du etwa, ich könnte mich für die fehlenden Stunden Schlaf rächen?", wollte Chris schließlich wissen, nachdem er einmal von seinem Marmeladenbrot abgebissen und heruntergeschluckt hatte.

„Da du es dir zu Weihnachten wünschst, wäre es unverzeihlich, wenn du dir das Geschenk schon vorher holst."

„Da hast du absolut recht." Er zeigte mit dem roten Messer auf mich, was durchaus bedrohlich hätte wirken können, mich allerdings nur zum Schmunzeln brachte.

„Jetzt spuck es schon aus", forderte ich, nachdem er mich nur weiter kauend musterte. Ich hatte währenddessen das ein oder andere über meinen Joghurt gestreut und aß nebenbei ein paar Löffel. Das schmeckte echt gut. Was war das für ein Joghurt? Irgendetwas Weihnachtliches? Ich war versucht, unauffällig daran zu schnuppern, war mir jedoch sicher, dass er das sofort bemerken würde, da er mich beim Essen nicht eine Sekunde aus den Augen ließ.

„Es ist eine Überraschung und die soll es auch bleiben. Du kannst aber raten. Ich wette jedoch, dass du nicht draufkommst." Gemein grinste er mich an, ehe er sich den Rest seines Marmeladenbrotes in den Mund schob.

Also riet ich, während er genüsslich seinen Kaffee schlürfte. Wobei ich zugeben musste, dass ich zunächst wenig einfallsreich an die Sache heranging und eher die Dinge ausschloss, die es nicht sein konnten. Also alles, was mit Schnee zu tun hatte, und das, was wir bereits unternommen hatten, fielen raus.

„Es hat doch wieder etwas mit Weihnachten zu tun?", begann ich schließlich ihn auszufragen.

„Ja, definitiv."

„Mhm, einen Tannenbaum haben wir. Weihnachtlich dekoriert im Grunde auch. Geschenke kaufen?" Er schüttelte den Kopf. „Mich mit Weihnachtsfilmen foltern? Womöglich läuft im Kino irgendetwas?" Erneutes Kopfschütteln.

„So leicht mache ich es dir nicht. Ich sagte ja, dass du es nicht erraten wirst." Er grinste spitzbübisch. Was mich natürlich nur umso mehr anstachelte, hinter das Geheimnis zu kommen.

Also schön. Etwas, worauf ich nicht kommen würde und mit Weihnachten zu tun hatte. *Komm schon, Nadine. Das kann doch nicht so schwierig sein.*

„Willst du mich etwa zu einem Gottesdienst schleppen?", schreckte ich hoch. Das war das Einzige, was mir noch einfiel. „Meinst du wirklich, Gott könne meine Begeisterung für Weihnachten wecken?"

„Auf die Idee bin ich noch nicht gekommen, wäre aber durchaus eine Überlegung wert." Er lachte und ich atmete erst einmal erleichtert auf. Bis er hinzufügte: „Mit der Kirche hat es allerdings tatsächlich etwas zu tun."

„Bitte nicht", stöhnte ich. Doch ehe ich mir weiter Gedanken darum machen konnte, deutete er auf meine Müslischale.

„So, genug geraten. Was es ist, erfährst du erst heute Abend. Ich werde keine weiteren Tipps geben. Iss auf. Ich muss leider noch ein paar Dinge erledigen."

Ich dachte, das hätte er alles in den vergangenen Tagen getan? Na ja, musste ja nicht unbedingt etwas mit der Arbeit zu tun haben. Es gab noch so etwas wie Hausarbeit. Die drüben mit ziemlicher Sicherheit auch auf mich wartete. Ich hatte für heute durchaus noch das ein oder andere auf meiner Liste stehen. Schließlich hatte ich die vergangenen beiden Tage fast ausschließlich observierend auf dem Sofa verbracht.

Als ich aufgegessen hatte, wollte Chris mich gerade zur Tür bringen, als es klingelte. Er runzelte die Stirn.

„Wer kann das sein?"

Na, das brauchte er mich ja nun wirklich nicht zu fragen.

„Meine Mutter eher nicht." Ich hatte ihr gestern bereits erzählt, dass ich heute Morgen zu Chris gehen würde. Sie würde bestimmt

Augen machen, wenn ich ihr berichtete, dass ich zwölf Stunden zu früh bei ihm geklingelt hatte.

„Dann schauen wir mal nach." Schwungvoll öffnete er die Tür und als Nächstes fiel sein Gesicht komplett in sich zusammen. Was bei mir augenblicklich die Alarmglocken läuten ließ. „Du?"

„Dir auch einen guten Morgen", erwiderte die Frau vor der Tür mit einem breiten Lächeln.

Nach meiner anfänglichen Irritation betrachtete ich sie genauer. Man könnte auch sagen, ich scannte sie ab.

Auf den ersten Blick erinnerte sie mich irgendwie an eine Barbiepuppe. Blonde, lange Haare, die perfekt frisiert mit leichten Wellen ihren Rücken hinabflossen (musste man schon fast so sagen). Große, blaue Augen blinzelten uns unter langen, dunklen Wimpern an. Sie war geschminkt, allerdings nicht zu stark, aber auch nicht zu wenig. Sie sah aus, als wolle sie auf eine Party, ein Konzert oder ähnliches. Leichter Rouge, passender Lidschatten zu ihren blauen Augen, perfekt gezogener Lidstrich (den ich nie sauber hinbekam) und rosa Lippenstift.

Ihr langer beigefarbener Mantel war vorne offen. Sie hatte ein Tuch um ihren Nacken gelegt, sodass die Enden vor ihr herunterhingen. Meine Güte war sie einem Filmset entlaufen oder was?

„Wir haben uns doch gestern erst gesehen", erwiderte Chris. Mein Herz machte daraufhin einen kleinen Satz. Allerdings eher nach unten als in die Höhe. Hatte er nicht gesagt, er wäre arbeiten gewesen? Wieso waren sie dann zusammen?

Ganz ruhig bleiben, Nadine. Eine Kundin. Bestimmt eine ... Aber eine Kundin begrüßte man ja wohl kaum mit: *Du?*

„Ja und wie du dich vielleicht erinnern kannst, hattest du etwas vergessen. Ich bin nur hier, um es abzuholen." Sie lächelte. Ich konnte das Lächeln allerdings nicht richtig einordnen. Es war irgendwie nichtssagend. Oder es kam mir nur so vor, weil ich sie nicht kannte.

„Mensch, ich hätte es die Tage schon vorbeigebracht", murrte Chris. Er schien nicht gerade erfreut über ihren Besuch. Wobei das auch an meiner Anwesenheit liegen könnte. Immerhin kam er so in die Verlegenheit, mir später erklären zu müssen, wer sie war und was er mit ihr zu schaffen hatte. Andererseits ... musste er das wirklich? Wir waren nicht zusammen oder etwas in der Art. Er konnte sich treffen, mit wem er wollte, ohne mir Rechenschaft ablegen zu müssen.

„Ich war aber gerade in der Nähe, daher dachte ich, verbinde ich das rasch." Sie trug immer noch dieses Lächeln.

„Ja, schon klar." Chris schnaubte. „Da ich dich anders nicht wieder loswerde, warte eben."

„Ich werde mich nicht wegbewegen", flötete sie ihm hinterher. Ich stand währenddessen etwas verloren im Flur. Was sollte ich denn jetzt machen? Einfach gehen kam mir ziemlich unhöflich vor. Andererseits hatte er uns nicht mal einander vorgestellt und ließ uns nun hier zu zweit allein? Was sollte das?

„Und wer bist du?" Etwas abschätzig musterte sie mich mit hochgezogener Augenbraue, verschwunden war das Lächeln auf ihrem Gesicht.

„Ich bin ..." Ich zögerte kurz und war mir nicht sicher, wie ich mich am besten vorstellen sollte. Was daran lag, dass ich nicht wusste, was ich für Chris eigentlich darstelle. Am Ende entschied ich mich für das Unverfänglichste.

„Seine Nachbarin, ich wohne nebenan." Ich streckte ihr meine Hand hin, um mich „offiziell" vorzustellen. Doch nicht nur das, ich wollte sie dadurch zwingen, ihrerseits klarzustellen, wer sie war. Das würde mich hoffentlich von diesen klischeehaften Gedanken befreien, dass sie seine Freundin ist. Am Ende war es sowieso immer die Schwester oder so. Unter keinen Umständen würde ich voreilige Schlüsse ziehen und ihn deswegen stehenlassen, obwohl er nichts falschgemacht hatte. Ich würde besser sein als all die Frauen in den Büchern und Filmen. Und wenn sie es mir nicht verriet, fragte ich später einfach direkt Chris. „Nadine", fügte ich meiner Vorstellung noch hinzu, ehe sie meine Hand ergriff. Sie drückte sie. Das Grinsen, welches sich auf ihrem Gesicht ausbreitete, gefiel mir gar nicht.

„Freut mich, ich bin ..." Ich drücke mir die Daumen und kniff innerlich die Augen zu, wohingegen ich in echt nicht einmal blinzelte.

Nicht seine ... „... seine Freundin. Exfreundin, um genau zu sein. Ist schon ein Weilchen her, dass wir zusammen waren. Mein Name ist Sophia." Sie beugte sich ein Stück vor. „Aber uns verbindet immer noch so viel. Viel mehr, als du jemals erreichen würdest."

Das Grinsen von vorhin war nun eindeutig als diabolisch zu erkennen. Sie quetschte noch kurz meine Finger, dann ließ sie los. Nicht ohne mich siegessicher anzulächeln.

Diese Frau war definitiv böse. Darüber konnte auch die Schminke und das schöne Aussehen nicht hinwegtäuschen. Eine menschliche Venusfliegenfalle oder etwas in der Art. Na, das Vergnügen würde ich ihr mit Sicherheit nicht gönnen. Brachten wir sie doch mal etwas aus dem Konzept.

„Oh, Sophia, richtig. Chris hat ja schon so viel von dir erzählt. Mensch, dass wir uns wirklich mal treffen. Ich war ja schon so gespannt." Ich drückte beide Hände gegen die Brust und gab mich wie ein begeisterter Teeniefan, der sein Topidol oder so traf. Was Chris konnte, schaffte ich ja wohl allemal.

„Ach, hat er das?", gab sie zögernd zurück. Ich klopfte mir heimlich auf die Schulter, weil ich sie wie erhofft damit aus der Bahn geworfen hatte. Mit so etwas hatte sie anscheinend nicht gerechnet. Jetzt war nur die Frage, ob ich das so fortsetzen wollte oder es auffliegen ließ.

„Aber klar doch. Dein liebenswerter Charakter, die Herzlichkeit, deine Fürsorge für andere. Das alles hat mich ja so beeindruckt." Als ich all die Dinge aufzählte, die sicherlich nicht auf sie zutrafen, schien sie allmählich zu begreifen, dass ich sie lediglich auf den Arm nahm. Aber echt mal, wie konnte Chris nur jemals mit so einer zusammen gewesen sein? Das begriff ich wirklich nicht. Was hatte er in ihr denn gesehen? „Sag mal, hältst du mich für bescheuert?"

Jetzt funkelte sie mich eindeutig wütend an.

„Also wenn du mich so fragst ...", setzte ich an. Zum Glück kam Chris in genau diesem Augenblick zurück. Andernfalls hätte es passieren können, dass wir uns gegenseitig an die Gurgel gegangen wären. Ich sah uns schon wie Hähne kämpfend auf dem Boden, mit den Fingern über das Gesicht kratzend und an den Haaren ziehend.

Eine andere Art von Kampf würde sie bestmmt nicht hinbekommen, also musste ich mich wohl oder übel auf ihr Niveau herablassen.

„Bitteschön, da sind die Unterlagen." Chris reichte ihr einen braunen Umschlag. „Dann noch einen schönen Tag, Sophia", wiegelte er sie mit einem aufgesetzten Lächeln ab. Ich stand neben ihm und lehnte mich posermäßig ein Stück zurück. Sie konnte uns gar nichts, wurde Zeit, dass sie das einsah und verschwand.

„Na, dann. Vielen Dank. War mir ein Vergnügen, Nachbarin", schoss sie noch gehässig hinterher, aber das konnte mich nicht schocken.

„Bestell unserem Vater einen schönen Gruß", fügte Chris hinzu, was bei ihr für ganze zwei Sekunden alle Gesichtszüge entgleisen ließ, ehe sie sich wieder gefasst hatte.

„Aber natürlich werde ich das. Bis bald."

Ich sah ihr eine Weile nach. Er hatte das Wort *Vater* sehr merkwürdig betont und besonderen Wert auf das *unser* gelegt. Das war dann also wahrscheinlich seine … Stiefschwester? Jene, die eine Beziehung mit ihm angefangen hatte und ihm dann die gesamte Schuld zuschrieb?

Chris seufzte, augenscheinlich erleichtert, dass sie weg war und riss mich damit aus meinen Gedanken.

„Deine Schwester?", hakte ich sicherheitshalber nach.

„So etwas in der Art, ja." Ich runzelte daraufhin die Stirn. Etwas mehr Erklärung, zum Beispiel, dass sie nur seine Stiefschwester war, hatte ich schon erwartet. Vielleicht sollte ich einwerfen, dass sie sich gar nicht ähnlich waren. Doch noch ehe ich dazu kam, stellte Chris eine Frage. Und zwar eine, die mich meine anderen Überlegungen ziemlich schnell vergessen ließen.

„Was hat Sophia dir erzählt?" Er warf mir einen prüfenden Blick zu.

„Mhm? Was meinst du?" Wie kam er jetzt so schnell darauf?

„Ich kenne sie und ich weiß ganz genau, was für eine Schlange sie sein kann. Wenn sie mich mit einer Frau sieht, weiß ich, dass sie es nicht lassen kann, ihr Gift zu versprühen und wenn ich dich so ansehe …" Er musterte mich jetzt sogar noch eingehender und ich hätte nichts lieber getan, als seinem Blick auszuweichen. Allerdings wäre das wie ein Eingeständnis gewesen und so hielt ich ihm, so gut es eben ging, stand.

„Ach, sie hat nur so komische Anmerkungen gemacht, aber das hat sich jetzt ja erledigt." Daher also ihr „Wir stehen uns noch immer sehr nah". Wobei es nicht wirklich danach aussah, als würden sie sich nahestehen. Mal abgesehen davon, wenn mir so etwas passiert wäre, dann würde ich jeden Kontakt meiden.

„Wusste ich es doch. Ignorier sie am besten. Auf das, was sie sagt, kann man nicht viel geben. Aber sie lässt es nicht bleiben. Einfach so hier aufzutauchen." Er schüttelte den Kopf und ich konnte deutlich den Unmut in seinem Gesicht erkennen. „Wie auch immer. Kann ich dich verabschieden und wir sehen uns heute Abend?"

Konnte er oder musste er fürchten, dass ich ihm das hier übelnahm und heute Abend nicht auftauchte? So ungefähr klang seine Frage. Aber wenn das seine Stiefschwester gewesen war, dann gab es keinen Grund, sich Gedanken zu machen.

„Klar, ich komme dann später noch mal wieder. Dieses Mal zur richtigen Zeit." Mit diesen Worten trat ich aus der Tür. Nachdem Chris diese hinter mir geschlossen hatte, musste ich jedoch zugeben, dass ich ein ganz leicht mulmiges Gefühl im Bauch hatte. Dabei konnte ich noch nicht einmal genau sagen, wieso.

Wenn die Geburt Jesu getwittert wird

„Und? Verrätst du mir jetzt, wohin es geht? Was unternehmen wir, um den Geist der Weihnacht doch noch in mir zu erwecken?" Chris musste bei meinen Worten ganz eindeutig schmunzeln. Es war tatsächlich nichts bei ihm Zuhause. Aber ich hatte auch nicht eine Sekunde geglaubt, dass wir etwas bei ihm daheim unternehmen würden. Wieso sonst diese konkrete Uhrzeit?

„Also schön, da du mich ansonsten bestimmt die gesamte Fahrt über mit Fragen nerven wirst, verrate ich es dir." Gespannt hielt ich die Luft an und wartete auf die große Enthüllung. „Wir werden uns ein Krippenspiel anschauen."

Ich blinzelte einige Male, während er an einer Ampel nach links abbog.

„Ein Krippenspiel?", wiederholte ich mit gerunzelter Stirn. Deswegen also das mit der Kirche? „Da hast du allerdings recht, darauf wäre ich nie gekommen."

Meine Miene verdüsterte sich. Ob das wirklich so viel besser als ein Besuch bei einem Gottesdienst sein würde? Ich war leider so überhaupt nicht gläubig. Zwar wurde ich als Kind getauft, aber ansonsten hatte ich keinen weiteren Kontakt zur Kirche gehabt. Eine Hochzeit stand bei mir bisher auch noch nicht auf dem Plan. Und wenn mein Zukünftiger nicht um einiges kirchlicher war als ich, würde es ziemlich sicher bei einer standesamtlichen Hochzeit bleiben.

„Jetzt schau nicht so. Damit hat doch letztendlich alles angefangen. Das wird mit Sicherheit gut. Es ist eine Art Neuinterpretation."

Auch das noch! Innerlich stöhnte ich auf. So etwas konnte zwar wirklich gelungen sein, aber meistens war das künstlerische Denken dabei derart abstrakt, dass es einfach nur noch abgedreht rüberkam und als normal Sterblicher absolut nicht zu ertragen. Ich verkniff mir jedweden Kommentar und ließ mich bloß tiefer in meinen Sitz sinken. Das konnte ja ein langer Abend werden.

Andererseits … Mein Blick wanderte zu Chris hinüber. Ich würde den gesamten Abend neben ihm sitzen. Das wiederum gab definitiv Pluspunkte.

Mit etwas besserer Laune lächelte ich in mich hinein und begann mir das ein oder andere auszumalen.

„Das ist nicht die Kirche", war das Erste, was ich herausbrachte, als wir auf dem überfüllten Parkplatz hielten.

„Nein, ich habe ja auch gar nichts von einer Kirche gesagt", antwortete Chris ruhig, stellte den Motor aus und schnallte sich ab.

„Nein, aber ich dachte … na ja, klassisch finden Krippenspiele nun einmal in Kirchen statt", rechtfertigte ich mich. Als mir Chris' breites Grinsen auffiel, war ich mir sofort sicher, dass er mich mit voller Absicht die falschen Schlüsse hatte ziehen lassen.

„Dieses hier nicht. Das hat die Schule organisiert. Sie wollen damit das ein oder andere Projekt finanzieren und machen neben dem alljährlichen Adventskonzert in der Kirche noch ein Krippenspiel, welches hier in der Aula stattfindet."

„Ich erinnere mich, mit der großen Bühne bietet sich das an." Ich war hier zur Schule gegangen und kannte mich dementsprechend noch mit den örtlichen Gegebenheiten aus. Im Chor war ich auch für zwei oder drei Jahre Mitglied gewesen. Das Adventskonzert stellte jedes Jahr etwas ganz Besonderes dar und selbst, als ich nicht mehr im Chor mitsang, kamen meine Eltern und ich, um es uns anzusehen. Zumindest so lange, bis die beiden sich scheiden ließen. Ich schob die tristen Gedanken hastig beiseite. Ich wollte mich unter gar keinen Umständen jetzt von so etwas herunterziehen lassen.

„Wollen wir?", fragte Chris, weil ich bisher keine Anstalten machte, auszusteigen.

„Oh, ja. Sofort." Ich drehte mich zur Autotür und öffnete sie, weiter kam ich jedoch nicht. Chris in meinem Rücken lachte herzlich.

„Du solltest dich vorher vielleicht besser abschnallen", merkte er an und löste für mich den Gurt.

„Beim nächsten Mal", erwiderte ich mit einem Lachen. Normalerweise wäre es mir ganz sicher extrem peinlich gewesen, dass mir so etwas passierte. Aber wir hatten gemeinsam schon so viele verrückte Dinge erlebt, was war da ein vergessener Gurt?

„Bitteschön." Als wir draußen vor seinem Wagen zusammentrafen, reichte er mir seinen rechten Arm.

„Sehr löblich. Dabei wird es doch gar nicht so schickimicki, oder? Wenn doch, hättest du mich vorwarnen müssen, dass ich Abendgarderobe zu tragen habe. Das hätte auch dem Missverständnis mit der Uhrzeit vorgebeugt."

„Da hast du recht! Mensch, beim nächsten Mal denke ich dran."

Ich hakte mich bereitwillig bei ihm unter und allerbester Laune gingen wir zum Eingang. Die Türen standen weit offen und eine auffällige Beschilderung wies uns den Weg. Den ich aber auch ohne problemlos gefunden hätte. Wie oft war ich diese Gänge entlanggewandert? Genervt, müde, frustriert, mit Freunden, alleine, mit Schulkameraden und Leidensgenossen.

Vorm Eingang zur Aula hatte sich bereits eine Schlange gebildet.

„Es gibt übrigens keinen festen Eintritt, man kann freiwillig etwas *spenden*. Das Geld kommt zur Hälfte der Theater-AG für Kostüme und sonstiges zugute und der Rest für andere schulische Aktivitäten. Wie ich gehört habe, braucht die Schule Geld für Materialien des Chemie- und Biologie-Raums. Die Schüler haben sich daher etwas einfallen lassen", erklärte Chris mir, während wir in der Schlange langsam vorrückten.

„Wirklich eine schöne Idee!" Ich sah mich um. Der Parkplatz war bereits ziemlich voll gewesen, aber hinter uns ging die Schlange schon wieder einige Meter weiter. Ich warf einen Blick in die Aula, wo die Stuhlreihen gut gefüllt waren.

„Wenn ich gewusst hätte, dass es so gut ankommt, wäre ich mit dir nicht erst so spät gekommen."

„Dann hätte ich dich heute Morgen ja noch früher aus dem Bett geworfen", neckte ich ihn.

„Gott, bloß nicht." Er gähnte ausgiebig. „Dann hätte ich noch weniger Schlaf bekommen. Ich hoffe wirklich, dass das Stück nicht langweilig ist. Es wäre so peinlich, wenn ich dabei einschliefe. Ein lauter Schnarcher aus dem Publikum kann eine ganze Theater-Karriere ruinieren."

„Wenn du wirklich einschläfst, wecke ich dich, bevor du zu schnarchen beginnst. Ein Aufschrei aus dem Publikum drückt im Gegensatz dazu wahre Begeisterung aus." Ich setzte ein diebisches Grinsen auf.

„Wie zum Teufel willst du mich denn wecken?" Chris musterte mich schockiert.

„Wenn du das nicht auf die harte Tour herausfinden willst, würde ich dir empfehlen, nicht einzuschlafen." Wieder bewegten wir uns einige Schritte vorwärts.

„Und ich hatte mir bereits Hoffnungen auf einen Kuss gemacht, wie im Märchen. Dornröschen?" Er setzte eine traurige Miene auf.

„Träum weiter." Zu mehr kamen wir nicht, weil wir jetzt an der Reihe waren für den Eintritt.

„Guten Abend, wir freuen uns sehr, dass Sie Interesse an unserem Krippenspiel haben. Über eine Spende für weitere schulische Aktivitäten und Anschaffungen wären wir Ihnen sehr dankbar." Die Frau hinter dem Tisch deutete auf eine Aufreihung von fünf Spardosen. Dabei waren ein klassisches Sparschwein, ein dickbäuchiger Weihnachtsmann, ein ebenso runder Schneemann, ein rotnasiger Rudolph und Mrs. Claus, wenn ich die blonde Frau im Weihnachtsmannoutfit richtig deutete.

Während Chris bezahlte, kramte ich ebenfalls mein Portemonnaie hervor, das ich nebst meinem Handy zum Glück auch eingepackt hatte.

„Ich hab schon für uns beide bezahlt", meinte Chris, als ich ebenfalls die Hand ausstreckte.

„Aber es ist für einen guten Zweck." Ich steckte noch einige Scheine in Mrs. Claus Kopfschlitz.

„Vorsicht, Nadine. Bei dir zeigt sich der Geist der Weihnacht." Er zwinkerte mir zu.

„Keine Sorge, es liegt nur daran, dass ich die Frauenbewegung unterstützen will." Verdeutlichend zeigte ich auf die von mir gewählte Spardose.

„Ja, klar. Rede dir das ruhig weiter ein."

„Werde ich", erwiderte ich mit einem Grinsen. „Wollen wir dann?" Dieses Mal war ich es, die ihm auffordernd meinen Arm hinhielt.

„Aber auf jeden Fall."

Wir nahmen recht mittig in einer Reihe Platz. Ich sah mich um, viele Stühle waren nicht mehr frei. Es standen sogar schon einige am Rand. Wobei die meisten von ihnen Kameras oder Handys in Händen hielten. Ich nahm an, dass sie für ein besseres Bild den Stehplatz gewählt hatten.

„Wann fängt es an?", fragte ich Chris.

„Um halb acht. Jetzt ist es kurz nach sieben. Ich bin mir sicher, dass noch einige kommen werden."

Und damit sollte er recht behalten. Ich musste wirklich staunen, als die große Aula bis auf den letzten Platz belegt war. Einige Nachzügler säumten die holzvertäfelten Wände. Um halb acht wurde schließlich die Tür geschlossen und das Licht gedämmt. Stattdessen erstrahlte ein Scheinwerfer auf der höhergelegenen Bühne.

Ein Junge von sechzehn oder siebzehn Jahren mit kurzen blonden Haaren kam von links vor dem roten Vorhang entlanggelaufen und stellte sich in der Mitte uns zugewandt auf.

„Ein herzliches Willkommen. Ich habe das große Vergnügen Sie heute durch den Abend zu begleiten. Sobald der Vorhang sich für ein neues Bühnenbild schließt, werden Sie wieder das Vergnügen mit mir bekommen. Unser Krippenspiel heute hat die Theatergruppe gemeinsam zusammengestellt. Sie wollten es etwas neumodischer gestalten und haben sich alle Gedanken gemacht und sich einiges überlegt. Ohne zu viel zu verraten: Die drei Heiligen, die die Geburt des Jesus Kindes verkünden, nennen sich heutzutage Facebook, Instagram und Twitter." Ein herzhaftes Lachen ging durch die Reihen und auch ich musste bei diesem genialen Einfall miteinstimmen. Das war wirklich mal modern gedacht.

„Aus Datenschutzgründen ist die Bevölkerung gezwungen, in ihre Geburtsstadt zurückzukehren und ihre Kontaktdaten zu hinterlegen, sowie alle Unterlagen zu unterschreiben. Joseph und Maria entscheiden sich fürs Couchsurfing. Leider scheint ihre Onlinebuchung nicht funktioniert zu haben. Außerdem besteht Joseph auf einen Vaterschaftstest, da das Kind nicht von ihm zu sein scheint." Leises Gemurmel erhob sich.

Die Idee war nicht schlecht, fand ich. Sowieso hatten die Kinder sich sehr innovative Ideen einfallen lassen.

„Außerdem …"

„Hör auf zu spoilern und komm endlich von der Bühne herunter!", rief jemand aus dem Publikum. Ich war mir sicher, dass das zum Stück gehörte. Prompt folgte herzhaftes Gelächter. Wenig später erklangen laute Rufe, die nochmals dazu aufforderten, es solle mit dem Stück begonnen werden. Nach kurzem Zögern stimmten Chris und ich ebenfalls mit ein.

„Jetzt fehlen eigentlich nur noch die fliegenden Tomaten", flüsterte ich in seine Richtung.

„Madame et Monsieur, das Krippenspiel des einundzwanzigsten Jahrhunderts", eröffnete der Sprecher schließlich mit einer tiefen Verbeugung und der Vorhang hob sich.

Zum Vorschein kam eine Art Nachrichtensprecher. Hinter ihm zwei Bildschirme aus Pappe, vor ihm ein Rednerpult. Er selbst war mit Jackett und Schlips ausgestattet. Er hatte einen Zettel in der Hand, von dem er ablas.

„Guten Abend meine Damen und Herren. Wie ich Ihnen nun mitteilen muss, tritt nächste Woche die neue Datenschutzverordnung in Kraft. Laut dieser, ist es erforderlich, dass sie sich zum Ort ihrer Geburt begeben und dort die entsprechenden Unterlagen ausfüllen. Aus Datenschutzgründen ist es nicht gestattet, diese per E-Mail oder der Post zu verschicken. Sie könnten abgefangen oder von Dritten gelesen werden. Alle Unterlagen verbleiben in ihren Geburtsstädten.

Wer dem nicht nachkommt, dem könnte neben hohen Geldstrafen auch der Verweis des Landes drohen. Bitte kommen sie der Aufforderung bis Weihnachten nach."

Der Sprecher verneigte sich und sobald er hinter seinem Pult hervortrat, gab es unterdrückte Lacher aus dem Publikum. Die galten seiner unteren Hälfte, die lediglich mit Shorts und Socken in Schlabberlatschen bekleidet war. Was man vorher nicht gesehen hatte. Unter johlendem Beifall verließ er die Bühne.

Hastig wurde von schwarzgekleideten Bühnenhelfern ein Sofa und ein Ohrensessel auf die Bühne gerollt, ein Teppich davor ausgelegt und darauf ein kleiner Wohnzimmertisch drapiert.

Als Nächstes betrat eine „Frau" mit dickem Bauch die Bühne, die sich stöhnend auf dem geblümten Sofa niederließ. Ein „Mann" in einem offenen Bademantel folgte und nahm im Sessel Platz. Er hob einen Arm und drückte auf eine Fernbedienung, ehe er ihn wieder sinken ließ.

„Bis Weihnachten, sind die denn verrückt? Das sind nur noch ein paar Tage, können die so etwas nicht früher sagen?", regte Maria sich auf und strich über ihren Bauch. „Ich bin schwanger und wir haben kein Geld. Wie sollen wir so eine Reise finanzieren?"

„Keine Sorge, ich weiß schon genau, wie wir das angehen. Ein Freund fährt in dieselbe Richtung, der nimmt uns ein ganzes Stück mit. Danach trampen wir und übernachten per Couchsurfing. Absolut kostenlos, null Problemo." Joseph machte dieses typische Rockerzeichen mit den Fingern.

„Für mich sieht er aus wie so ein hipper Schnorrer von heute", flüsterte ich Chris zu und der begann leise zu lachen.

„Ein Hippie im einundzwanzigsten Jahrhundert", antwortete er und ich musste ihm da zustimmen. Währenddessen wurden die Möbel hastig weggeräumt und die beiden begrüßten Josefs Freund, der äußerlich einem Gangsterrapper mehr als nur ähnlichsah. Mit vielen Goldkettchen um den Hals.

Die beiden stiegen in das Auto des Freundes, Maria mit ein wenig Mühe und viel Gestöhne wegen ihres extrem dicken Bauchs, und im nächsten Moment dröhnte es in meinen Ohren.

Als die Sirene des Feueralarms losging, nahm nicht nur ich zunächst an, dass das zum Stück gehörte. Doch als das irritierte Erstarren der Schauspieler sich in ein wuseliges Durcheinander wandelte und von neben und hinter der Bühne Darsteller und Mitwirkende auftauchten, wurde uns allen schnell klar, dass dem nicht so war.

Der Sprecher vom Anfang griff zum Mikro.

„Der Feueralarm ist kein Teil der Vorführung, bitte verlassen Sie geordnet und in Ruhe das Gebäude bis geklärt ist, wodurch er ausgelöst wurde. Ich bitte nochmals, nicht in Panik zu geraten, es besteht keine unmittelbare Gefahr."

Daraufhin erhoben sich alle Gäste und gingen dicht hintereinander die Reihen entlang zum Ausgang, vor der kleinen Tür staute es sich natürlich entsprechend.

„Glaubst du, dass es irgendwo brennt?" Beunruhigt sah ich mich um, ob irgendwo Rauch zu entdecken war, und sog möglichst unauffällig die Luft ein. Wenigstens konnte ich nichts dergleichen riechen.

„Kann ich mir eigentlich nicht vorstellen", versuchte Chris, mich zu beruhigen.

„Aber ein Probealarm wird es ja wohl auch nicht sein. So etwas macht man während des Unterrichts und nicht bei einer Aufführung."

„Vielleicht hat jemand die Scheibe des Alarms eingeschlagen und ihn aktiviert."

Ich hob eine Augenbraue. „Und wieso sollte das jemand machen? Als Scherz geht das ja nun wirklich zu weit."

„Warten wir es doch einfach ab. Ich bin mir sicher, dass es keinen Brand gibt. Das wäre echt ein sehr merkwürdiger Zufall." Richtig. Es war bestimmt unserer Anwesenheit zuzuschreiben, dass das passiert war. Immerhin ging bisher irgendwie alles schief, was wir unternahmen. Eigentlich hätten wir sogar damit rechnen müssen, dass so etwas geschah. Aber ich war derart begeistert von der Idee des Stücks gewesen, dass ich an derlei Dinge gar keinen Gedanken verschwendet hatte.

Wir sammelten uns draußen vor der Schule und ich war nicht die Einzige, die das große Gebäude nach Rauch oder Flammen absuchte. In einer Traube oben auf den Stufen standen die Schüler und Schülerinnen der Theater-AG. Ich konnte Facebook, Instagram und Twitter erkennen, die alle drei T-Shirts mit dem entsprechenden Logo bedruckt trugen.

Ich war überrascht, dass es doch verhältnismäßig leise war. Keine lauten Stimmen, nur hier und da gemurmelte Unterhaltungen. Ich sah auf mein Handy. Es dauerte etwas über fünf Minuten, bis jemand aus der Schule heraus bis an den Rand der obersten Stufe trat und die Stimme erhob.

„Meine lieben Gäste und Eltern. Es tut uns furchtbar leid, es handelt sich hierbei um einen Fehlalarm. Es besteht kein Grund zur Sorge. Sie können nun alle wieder hereingehen, wir haben es mit der Feuerwehr abgeklärt. Das Stück wird fortgesetzt."

Daraufhin folgte lautes Gemurmel, doch als die Ersten sich in Bewegung setzten, kam auch der Rest des Pulks dem nach. Die Schauspieler waren schon beim Erscheinen des Sprechers im Inneren verschwunden.

„Na, also. Alles halb so wild. Komm, Nadine."

„Chris, nicht", hielt ich ihn auf, als er mit den anderen wieder hineingehen wollte.

„Was? Wieso nicht? Ich weiß, es hat etwas die Stimmung gekillt, aber das wird bestimmt noch ganz toll. Wir sollten wirklich …" Doch als ich entschieden den Kopf schüttelte, verstummte er. Ich beugte mich zu ihm vor und flüsterte ihm mit leiser, ernster Stimme ins Ohr: „Das können wir ihnen nicht antun."

Als ich mich wieder zurücklehnte, sah er mich zunächst mit überraschtem und verwirrtem Blick an, als wüsste er mit meinen Worten nichts anzufangen.

Ich erkannte den Moment, als er es dann doch verstand, sofort und beinahe im selben Augenblick fing er heftig an zu lachen.

Ich sah mich verstohlen um. Bei dem plötzlichen Ausbruch an Heiterkeit in dieser Situation wurden wir nicht nur von einem Elternpaar verwirrt, ja beinahe abschätzig betrachtet.

„Geht das auch etwas leiser?", zischte ich in seine Richtung. „Außerdem finde ich das alles andere als lustig."

„Nicht? Ich finde es äußerst amüsant, dass du uns derartige Kräfte zuschreibst." Er stützte sich inzwischen mit den Händen auf seinen Oberschenkeln ab, weil das Lachen ihn ansonsten wohl in die Knie gezwungen hätte. Am liebsten hätte ich ihm den Mund zugehalten, so zog ich ihn nur etwas zur Seite, schließlich standen wir außerdem noch allen im Weg.

„Na ja." Er richtete sich auf und sog die kalte Nachtluft ein. Vor seinem Gesicht bildeten sich große Atemwolken und die Beleuchtung funkelte im dunklen Hintergrund. „Andererseits ist es wirklich merkwürdig, dass bei uns beiden zu dieser Zeit echt alles schief zu gehen scheint. Wahrscheinlich hast du recht. Beim nächsten Mal könnte nicht nur der Feueralarm, sondern auch die Sprinkleranlage losgehen und dann wäre der Auftritt wortwörtlich ins Wasser gefallen." Er musste bei seinen eigenen Worten schon wieder loslachen, hielt sich dieses Mal jedoch die Hand vor den Mund.

„Oh, mein Gott. Das wäre ja schrecklich." Ich reagierte ehrlich geschockt, was seine gerade erst zurückgewonnene Selbstbeherrschung wieder vollends über Bord zu werfen schien. Er lachte von Neuem los. Ich ließ ihn dieses Mal, die restlichen Zuschauer waren bereits wieder in der Schule verschwunden. Und so wartete ich mit verschränkten Armen, bis er fertig war. Am liebsten hätte ich noch genervt mit dem Fuß auf den Boden gewippt, verkniff mir das aber.

„Also gut, du hast recht. Am besten wäre es, wenn wir uns zusätzlich bis Weihnachten von Feuer, leicht entzündlichen, sowie scharfen und gefährlichen Dingen fernhalten." Er legte einen Arm um meine Schultern und führte mich in Richtung Parkplatz. Ich ließ es geschehen, obwohl mich die Geste im ersten Moment überraschte. Jetzt fühlte es sich wie ein richtiges Date an und mein verräterisches Herz machte einen kleinen Satz.

„Oder von Katzen", ergänzte ich seine Aufzählung, auch um mich etwas abzulenken.

„Wie?" Überrascht stockte er kurz, ehe er mit mir weiterlief. „Ach so, ja, genau. Höchst gefährliche Biester diese Katzen."

Ich konnte deutlich neben mir sein unterdrücktes Lachen hören und musste dieses Mal tatsächlich selber schmunzeln.

„Du bist mir schon so eine." Er zog mich bei diesen Worten ein Stück enger an sich, was mich zum zweiten Mal überraschte. Ich genoss das warme Kribbeln in meinem Bauch und schloss kurz die Augen, während ich tief durchatmete. Ich begann dieses Gefühl wirklich zu … mögen.

Wie alles begann

„Uh, ist ganz schön frisch geworden." Das sollte nicht nur eine Ausrede sein, mich etwas enger an Chris zu schmiegen. Sein Arm lag nämlich immer noch um meine Schulter. „Wo gehen wir eigentlich hin?"

„Dahin, wo es ungefährlich ist und wir hoffentlich nichts anrichten können." Er schmunzelte und ich kniff ihn durch die dicke Jacke in die Seite.

„Fängst du schon wieder damit an?"

„Hey, du wolltest nicht mehr reingehen, weil du Angst wegen unseres Karmas hattest. Ich entspreche lediglich deinen Wünschen."

„Also schön, und wohin führt mein Wunsch uns nun?" Wir hatten das Schulgelände bereits hinter uns gelassen.

„Ich dachte, wir machen noch einen kleinen Spaziergang durch den Park. Solange wir genügend Abstand zum See halten, dürfte uns nichts passieren?" Er zwinkerte verschmitzt.

„Mich bekommst du auf keine zwanzig Meter ans kalte Wasser. Als Dank bekomme ich nach dem Bad noch eine dicke fette Erkältung. Das brauche ich wirklich nicht."

„Dann passen wir mal lieber auf, dass du mir nicht verloren gehst." Sein Arm zog mich noch enger an ihn und ich ließ es bereitwillig geschehen. Mein Herz klopfte schneller, sodass ich es deutlich in der Stille der Nacht hören konnte.

Zum Glück hing der Mond groß und rund am Nachthimmel, andernfalls wäre es ziemlich finster gewesen. So aber konnten wir die Wege problemlos erkennen. Der Himmel war sternenklar, was auch erklärte, wieso es so kalt war. Keine Wolke würde uns das Licht nehmen. Das war ein … durchaus romantischer Spaziergang bei Mondenschein.

Ich verkrampfte mich bei diesem Gedanken ein Stück weit und erinnerte mich an den Morgen des Tages. Chris hatte nicht ein Wort darüber verloren, genauso wenig wie er bisher auf irgendwelche Anspielungen oder Steilvorlagen meinerseits bezüglich seiner Vergangenheit eingegangen war.

Ich würde trotzdem noch mal einen Versuch starten. Die Sache mit seiner Schwester ließ mich nämlich nicht los.

„Hör mal, Chris. Das heute Morgen war ja deine Schwester, richtig? Sophia?", begann ich zögerlich. Direkt mit der Tür ins Haus zu fallen, war eigentlich nicht meine Art, aber subtile Anspielungen griffen bei ihm einfach nicht.

Chris' Schritte stockten für einen kurzen Moment, doch weil er von allein nichts erzählte, musste er jetzt leider durch.

„Nicht so ganz. Sie ist meine Stiefschwester."

„Ach so, das erklärt dann auch, wieso sie meinte, dass sie deine Exfreundin ist", antwortete ich, obwohl ich das mit der Stiefschwester bereits wusste.

Chris blieb stehen und sein fester Griff um meine Schulter zwang mich dazu, dies ebenfalls zu tun. Als wir standen, löste er die Umarmung, um sich ganz zu mir herumdrehen zu können.

„Sie hat was?", fragte er sichtlich schockiert.

„Sie hat sich als deine Freundin, als deine Exfreundin vorgestellt", wiederholte ich bereitwillig ihre Worte.

„Oh, Sophia. Du miese kleine Hexe. Das wirst du mir büßen." Er fuhr sich mit beiden Händen durchs Haar. „Ich wusste ja, dass sie eine kleine … ist. Aber dass sie wirklich so weit geht. Jedes verdammte Mal so ein Gehabe! Sie kann doch nicht einfach bei mir aufkreuzen und so etwas …" Chris' blaugrüne Augen, die im Dunklen beinahe schwarz wirkten, fanden meine.

„Was empfindest du denn für sie?", wollte ich wissen, da ich längst wusste, dass sie nicht gelogen hatte. Wobei, da Chris es nicht abstritt, war das auch so klar.

„War das anhand meiner Reaktion nicht zu erkennen?", wollte er mit einem harten Lachen wissen.

„Das kann man so und so interpretieren", erwiderte ich ehrlich. Entweder regte er sich auf, weil sie ihr Verhältnis zu ihm offen dargelegt hatte oder weil sie versuchte, uns auseinanderzubringen. Und das, obwohl sie gar nicht wusste, ob da etwas zwischen uns war.

Aber was er für sie empfand, konnte man daraus dennoch nicht schließen.

„Ich würde es als Wut, Frustration und Abneigung bezeichnen." Er sah mich offen an, ohne etwas zu verheimlichen. Das machte mir Mut, etwas genauer nachzuhaken, obwohl ich wusste, dass ich damit in einen sehr intimen Bereich vorstieß.

„Was genau ist denn zwischen euch beiden vorgefallen?" Ich stellte die Frage unbewusst leise, aber mir kam es so vor, als dürfte ich diese Sache nicht laut ansprechen.

Chris' Augen wanderten für einen kurzen Augenblick zur Seite, dann nahmen sie den Blickkontakt wieder auf.

„Wir waren zusammen und na ja, irgendwann hat sie mir dann gesagt, sie braucht mich nicht mehr. Und hat mich weggeworfen wie ein abgenutztes Spielzeug. Wozu sollte ich ihr jetzt also noch nachtrauern?" Seine Miene war ernst, aber auch finster. Ich hatte die ganze Zeit mehr wissen wollen, dass er mir von all den Dingen erzählte, die Mama mir längst anvertraut hatte.

Er hatte jedoch so eine abweisende Haltung, wahrscheinlich aufgrund seiner inneren Verletzlichkeit, dass ich es nicht über mich brachte, weiterzubohren. Aber eine letzte Sache musste ich noch loswerden.

„Sie scheint dich aber zurückzuwollen", sagte ich, schlang gleichzeitig jedoch versöhnlich einen Arm um seine Mitte und zog ihn weiter, sodass wir wieder nebeneinander den Weg entlanggingen. Ich wollte ihm dadurch zeigen, dass das kein Vorwurf sein sollte.

„Da kann sie aber lange warten", schnaubte er und legte nach kurzem Zögern seinen rechten Arm um meine Schulter.

„Aufs Warten scheinen sich ihre Angriffe nicht gerade zu beschränken." Ich hüstelte.

„Nein, leider nicht. Wenn ich endgültig meine Ruhe haben will, müsste ich den Kontakt komplett abbrechen und heimlich in einer Nacht und Nebel Aktion ans andere Ende des Landes ziehen."

„Warum tust du es nicht?" Die Worte waren raus, ehe ich sie aufhalten konnte.

Er sah schräg zu mir herunter und hob eine Augenbraue. „Ist die Frage jetzt ernstgemeint?"

„Ich meine nicht ausgerechnet jetzt, aber da du vorhin von immer gesprochen hast, nehme ich mal an, dass das nicht das erste Mal war, oder? Ich meine, dass sie sich so aufführt?" Ich musterte ihn konzentriert, um auch jede noch so kleine Regung mitzubekommen. Währenddessen schlenderten wir gemütlich den Weg entlang. Hohe Bäume streckten sich dem Himmel empor und eigentlich war es viel zu friedlich für dieses ernste Gesprächsthema. Das Licht des Mondes glitzerte auf der stillen Oberfläche des Sees, der sich gut hundert Meter zu unserer Linken befand.

„Das ist ziemlich kompliziert und nicht ganz so einfach wie du dir das vielleicht denkst. Außerdem habe ich jetzt mehr als nur eine Sache, die mich hier an Ort und Stelle hält." Verdeutlichend drückte er mich kurz an sich und ich ließ das Thema daraufhin ruhen.

Wir schlenderten noch eine Weile schweigend durch den dunklen Park. Zweifellos hing jeder von uns seinen eigenen Gedanken nach.

Chris war es, der schließlich die Stille durchbrach.

„Willst du noch etwas essen? Es ist kühler geworden und ich denke, jetzt im Dunkeln wird die Stimmung auf dem Weihnachtsmarkt wunderbar sein. Freitags hat er auch noch bis spät auf." Erwartungs- und fast hoffnungsvoll schaute er mich an. Mal wieder sah ich mich gezwungen, Ja zu sagen. Aber ich verspürte tatsächlich Lust darauf.

„Ich hätte gern einen Crepes", antwortete ich schließlich und konnte beobachten, wie Chris' Gesicht vor Begeisterung regelrecht aufzublühen schien. Meine Güte, er strahlte aber auch immer so eine unglaubliche Freude aus. Ob ich mich je daran gewöhnen würde?

„Dann sehen wir mal zu, dass wir dir deinen Wunsch erfüllen."

Arm in Arm machten wir uns auf den Weg. Noch vor wenigen Tagen, letzte Woche oder vorletzte, hätte ich es nicht ehrlich zugeben können oder (was vielleicht sogar wahrscheinlicher war) es gar nicht gesehen. Doch die vielen Lichter an den kleinen Hütten und die Menschen, welche enggedrängt durch die Gänge schlenderten, verzauberten mich. Obwohl der Schnee fehlte und ich nach wie vor nicht behaupten konnte, in Weihnachtsstimmung zu sein, spürte ich die Atmosphäre. Sie hüllte sogar mich wie eine warme Decke ein.

„Ich hatte Recht", meinte Chris, während er mich, immer noch im Arm haltend, gezielt zu einem Crepesstand führte.

„Womit?", fragte ich überrascht.

„Dass dir die Stimmung hier gefällt. Sie verzaubert dich." Er lächelte sanft. Er wollte mich damit keinesfalls aufziehen. „Es steht dir mitten ins Gesicht geschrieben."

Wie gesagt, noch vor nicht allzu langer Zeit hätte ich es abgestritten. Aber jetzt? Jetzt war ich, dank ihm, bereit, mich auf diesen ganz besonderen Zauber einzulassen. Ich öffnete endlich die Augen, um ihn zu sehen.

„Ja, du hattest Recht", stimmte ich ihm also zu. Weil es mir dennoch etwas peinlich war, das zuzugeben, senkte ich die Augen.

„Schön." Als ich zu ihm hochschielte, richtete er sich gerade auf und sah sich noch einmal um. Auch ich bestaunte ein weiteres Mal all die Buden. Der Geruch von gebrannten Mandeln und den frisch-gebackenen Crepes vor uns erfüllte die Luft. Leise Weihnachtsmusik erklang von dem kleinen Karussell nicht weit von uns entfernt. Normalerweise hätte ich all das als kitschig abgetan, aber dank Chris konnte ich diese Dinge genießen und mich von ihnen gefangen nehmen lassen.

„Noch drei Tage bis Weihnachten", meinte Chris, als er sich mir wieder zuwandte. „Brauche ich die Tage noch, um dich vom Zauber der Weihnacht zu überzeugen, oder konnte er sich bereits in dein Herz schleichen?" Bei Chris' Frage fiel mir im ersten Moment nur etwas anderes ein, was sich ganz eindeutig in mein Herz geschlichen hatte. Aber das würde ich jetzt nicht herausposaunen.

„Ich denke, er ist auf dem besten Wege", meinte ich nur, erntete aber bereits dafür ein breites Lächeln.

Am Samstag schlief ich richtig lange. Der Abend war total nett ausgeklungen. Wir waren fast bis zum Ende über den Weihnachtsmarkt gewandert. Wofür ich mich am Anfang unserer „Reise" nicht im Geringsten begeistern konnte, verzückte mich inzwischen. Es war wirklich unglaublich, welch einen enormen Wandel ich in den wenigen Tagen durchgemacht hatte und das alles dank Chris. Beinahe wie bei Scrooge, nur dass ich das Glück hatte, dass man mir einen Engel und keine drei Geister geschickt hatte.

Mit einem breiten Grinsen betrat ich die Küche. Ich fühlte mich derart erholt und glücklich, dass mein Zustand nicht einmal das schlechte Gewissen trüben konnte, als ich Mama am Frühstückstisch sitzen sah.

„Wie bist du denn allein die Treppe …?"

„So hilflos bin ich nun auch wieder nicht. Natürlich ist es mit Hilfe besser und sicherer, aber ich bekomme das durchaus auch alleine hin. Du hast so schön geschlafen, da wollte ich dich nicht wecken."

„Du warst in meinem Schlafzimmer?" Ich tat entsetzt.

„Aber natürlich, ich musste mich doch vergewissern, dass du vergangene Nacht überhaupt wiedergekommen bist."

Ich verschluckte mich regelrecht an ihren Worten, was einen Huster nach dem anderen bei mir auslöste.

„W-was hattest d-du denn ge-gedacht?", brachte ich zwischen einigen von ihnen mühsam hervor.

„Na, man weiß ja nie. Ich dachte, vielleicht übernachtet meine Tochter ja woanders." Sie hob auf so eine spezielle Weise die Augenbrauen, dass ich spüren konnte, wie mein Gesicht heiß wurde. Dabei war rein gar nichts in der Richtung passiert! Sie meinte mal wieder, zu viel zu wissen. Wobei sie bis dahin die meiste Zeit richtiggelegen hatte, was mich auf die Idee brachte, dass sie womöglich auch über etwas anderes Bescheid wusste.

Mit einer dampfenden Tasse Kaffee nahm ich neben ihr Platz. Hunger verspürte ich noch keinen, ich würde mir später etwas machen. Sie hatte sich allem Anschein nach bereits bedient.

„Darf ich dich was fragen?", eröffnete ich die Runde.

„Geht es dabei um Chris?", wollte sie scharfsinnig wissen.

„Nein, um dein Weihnachtsgeschenk dieses Jahr", erwiderte ich und tat überrascht. Wurde dann aber wieder ernst. „Ja, natürlich geht es um ihn, das weißt du doch."

„Sicher tue ich das", meinte sie selbstzufrieden, wurde dann jedoch ernst. „Ist es etwas, was du ihn lieber selber fragen solltest?"

„Nein, nicht wirklich."

„In Ordnung, was also möchtest du wissen?" Sie legte ihre Hände auf dem Tisch übereinander und musterte mich abwartend.

„Mama, was weißt du über Chris seine Schwester? Ich meine die, die ihn so hintergangen hat." Ich war mir nämlich sicher, dass es eben nicht so eine einfache Geschichte war, wie er es mir hatte weismachen wollen. Auch ohne mein heimliches Hintergrundwissen. Sie wirkte wegen der Frage nicht unbedingt überrascht. Na ja, ich hatte ihr von meiner Begegnung ja bereits erzählt.

„Mhm, ich hab sie nur ein paar Mal getroffen und …" Ihre Miene verfinsterte sich sichtlich. „Ich will nicht schlecht über Menschen reden, die ich kaum kenne, aber sie machte auf mich den Eindruck eines verzogenen, verwöhnten Mädchens. Sie wirkte nicht sonderlich sympathisch und behandelte mich ziemlich von oben herab."

„Dito. Genau so erging es mir auch und den Eindruck hatte ich ebenfalls. Dabei wusste ich zunächst gar nicht, wer sie ist. Wenn ich es von Anfang an gewusst hätte, wäre sie mir sicherlich noch unsympathischer gewesen. Ich verstehe gar nicht, wie Chris …" Ich brach abrupt ab.

„Vielleicht war sie damals anders. Er war sechszehn und sie fünfzehn. Oder er hat es nicht gesehen. Ich weiß es nicht, ich kenne ihn ja auch noch nicht so lange." Mama hob die Schultern.

„Aber dass er noch Kontakt zu dieser Familie hat, wundert mich am meisten. Und dass sie sich nun doch wieder an ihn heranschmeißt, nach dem was sie ihm angetan hat." Ich konnte nur mit dem Kopf schütteln. Am liebsten hätte ich ihn jedoch gegen ihren gedonnert. Auch, wenn mir das selber furchtbare Kopfschmerzen beschert hätte.

„Ich denke, sie ist es gewohnt, alles zu bekommen, was sie will. Und dass die Dinge immer nach ihrem Willen laufen. Jetzt, wo Chris sie nicht mehr will, ist er interessant für sie. Noch interessanter, je mehr er sich ihr verweigert. Dinge, die man nicht haben kann, besitzen nun einmal den größten Reiz." Da konnte ich ihr nicht widersprechen. So etwas in der Art hatte ich mir auch zusammengereimt. Das erklärte nur nicht, wieso er den Kontakt hielt.

„Aber warum ...?", setzte ich an, um genau das zu fragen, da kam Mama mir zuvor.

„Ihr Vater hat eine große Baufirma. Chris fertigt häufig Zeichnungen für sie an. Ich kann nur Mutmaßungen äußern, aber ich denke, dass seine Adoptiveltern ihm gegenüber womöglich im Nachhinein doch ein schlechtes Gewissen bekamen. Eventuell haben sie auch begriffen, was für ein durchtriebenes Gör ihre Tochter ist. Allerdings bezweifle ich das. Wahrscheinlicher ist, dass es hierbei um das gesellschaftliche Ansehen ging. Sie wollen vor der Welt gut dastehen, also geben sie sich als großzügig aus, indem sie dem verstoßenen Pflegesohn eine gute Arbeit verschaffen."

„Das ist absolut widerlich", spuckte ich aus.

„Es ist nur eine Vermutung. Ich kenne sie nicht persönlich. Allerdings kenne ich diese Art von Menschen gut genug, um zu wissen, dass sie ganz schnell dafür sorgen können, dass er keine großen Aufträge mehr bekommt. Ich denke, Chris weiß das. Bisher gab es bestimmt keinen Grund, den Kampf aufzunehmen, aber vielleicht lieferst du ihm ja einen." Ihre Augen schienen mich bei den Worten zu durchbohren.

„Mama, egal, was da auch ist oder sein wird. Ich will sein Leben unter gar keinen Umständen noch komplizierter machen." Er hatte bereits genug erleiden müssen, aber ich verstand nun, was er damit gemeint hatte, dass es nicht so einfach war.

„So denkst du nur, weil du ihn liebst", sagte sie schlicht und erhob sich. „Es wird Zeit, dass du ihm das sagst."

Ich lachte. „Ich bin alt genug, um solche Entscheidungen selber treffen zu können."

„Dann solltest du sie aber auch treffen."

Ich schüttelte lediglich den Kopf und schwieg. Ganz unrecht hatte sie nicht, das wusste ich. Ich brauchte nur noch den richtigen Moment. So etwas sagte man jemandem schließlich nicht zwischen Tür und Angel.

Nur, wann genau dann?

Wenn es zugig in der Hose wird

„Nadine, komm raus." Vollkommen verschlafen stand ich an der Tür und dachte, ich würde träumen. Ich war nur froh, dass ich geistesgegenwärtig meinen Mantel übergezogen hatte, ehe ich die Tür öffnete. Aber eher, weil es bereits im Flur ordentlich frisch gewesen war, und weniger, um meinen Schlafanzug darunter zu verbergen. Als ich sah, wer da vor mir stand, war ich froh über die frischen Temperaturen.

„Wolltest du dir dein Weihnachtsgeschenk nun doch vorher holen?", fragte ich ihn skeptisch, da ich mir nicht erklären konnte, was das hier sonst sollte. Außerdem war erst morgen Weihnachten, wieso klingelte er mich am 4. Advent aus dem Bett? Gestern hatte er sich mal wieder rar gemacht und sich nicht blicken lassen und heute erschien er quasi schon im Morgengrauen? Den sollte mal einer verstehen. Dabei hatte ich gestern wirklich lange darauf gewartet, dass er vorbeikam. Irgendwann hatte Mama mich letzte Besorgungen machen lassen, um mich zu beschäftigen, ansonsten war sie sehr zurückhaltend gewesen.

„Wie? Ich …" Erst bei meiner Frage nach dem Geschenk sah Chris mich richtig an, hörte aber sofort wieder damit auf, als wäre ihm bewusst geworden, was er da tat. Oder besser gesagt, hörte er damit auf, sobald ihm klar wurde, in welchem Aufzug ich gerade an der Tür stand. Das fand ich richtig süß. Er sah sogar in eine vollkommen andere Richtung, dabei trug ich ja meinen Mantel, man konnte also gar nichts sehen. Und selbst wenn, schlief ich ja zum Glück in mehr als meiner Unterwäsche.

„Tut mir wirklich leid, es ist nur … Nadine!" Jetzt sah er mich doch wieder an, allerdings genauso schnell wieder weg, als wäre ihm in dem Moment eingefallen, wieso er es vorher nicht getan hatte. Schließlich überwand er sich erneut dazu, mich anzusehen. „Es liegt Schnee!"

Das Funkeln in seinen Augen war unglaublich! Die pure jugendliche, nein kindliche Begeisterung lag darin!

Das sorgte dafür, dass ich länger als nur ein paar Sekunden brauchte, um zu verstehen, was er gerade gesagt hatte. Sobald ich es begriff, wanderte mein Blick an ihm vorbei und fiel auf unseren Vorgarten. Und der war weiß.

Unglaublich!

„Nein!" Mir stand der Mund offen. Hatte der Wetterbericht etwas von Schnee gesagt? Das war ja fast wie ein … Wunder. Ein Weihnachtswunder, wenn man so wollte.

„Jetzt komm schon raus. Bevor alles wieder weg ist!" Chris ergriff mich am Handgelenk. Ich hielt jedoch dagegen, als er mich zu sich hinausziehen wollte.

„Moooment! Ich will mir erst etwas anziehen." Mein Mantel war aufgeklappt und machte nur äußerst deutlich, was ich damit meinte.

„Ach so, ja, klar." Er schien das für den Moment wieder vergessen zu haben. Als hätte er sich verbrannt, ließ er mich los.

„Ich bin gleich wieder da, keine Sorge." Ich schenkte ihm einen verschmitzten Blick. Sein Verhalten fand ich einfach nur süß!

Keine fünf Minuten später stand ich neben ihm draußen im Garten und starrte auf den Schnee. Kein aufwendiges Fertigmachen, tatsächlich lediglich Zähneputzen, Katzenwäsche und Sachen anziehen.

„Das soll der Schnee sein?" Ich blickte wenig begeistert auf den matschigen Kram zu meinen Füßen. Aus der Entfernung hatte es schön ausgesehen und ich hatte echt gedacht, dass eine einzige Sache mal gut laufen würde. Ich meine, weiße Weihnachten? Das wäre für Chris der absolute Beweis gewesen, dass es so etwas wie den Zauber von Weihnachten gab. Aber so schien auch der nicht mehr als eine Illusion zu sein.

So etwas hätte ich wohl noch zu Beginn unseres Kennenlernens gedacht, inzwischen schien ich mich jedoch an all die Missgeschicke gewöhnt zu haben, denn es machte mir gar nicht mehr so viel aus. Es war beinahe schon normal, dass die Dinge mit uns eben nur selten glattliefen.

„Na ja, es ist besser als gar nichts, oder?" Chris hob entschuldigend die Schultern, hatte dabei aber sein typisches Lächeln aufgesetzt. Und mittlerweile konnte ich ihm nicht mehr mit einer grimmigen Miene begegnen, stattdessen brachte es mich ebenfalls zum Lächeln. Ich war mir nicht bewusst gewesen, dass so etwas tatsächlich ansteckend sein konnte. Meine Güte, das müsste man eigentlich für viel Geld verkaufen. Und er verschenkte es einfach so.

„Komm schon. Wir können ja trotzdem einen Schneemann bauen. Ich glaube, Schneeballschlacht fällt flach. Mit den Dingern kann man jemanden wortwörtlich umhauen." Erst jetzt bemerkte ich den Schneeball, den er in Händen wog. Fast durchsichtig, mehr Eis als Schnee und so wie das aussah verdammt schwer.

„Nein, das sollten wir lieber vermeiden. Ein Pflegefall an Weihnachten reicht, finde ich." Vorsichtshalber schob ich seine Hand ein Stück weiter von mir weg.

„Sagte ich ja. Aber solange nicht alles komplett weggetaut ist, können wir zumindest einen Eisschneemann bauen." Er hatte so einen begeisterten Ausdruck im Gesicht, dass ich einfach nicht Nein sagen konnte, obwohl ich mir wirklich, wirklich schönere Dinge vorstellen konnte, als hier im tauenden Schnee herumzuspielen. Das kam mir vor wie am Strand eine Sandburg mit Matsch zu bauen.

„Also schön, aber wenn mir kalt ist, gehe ich rein", drohte ich ihm an, bezweifelte bei den Temperaturen allerdings gleichzeitig, dass es dazu kommen würde. Es war merklich wärmer geworden.

„Mach dir keine Gedanken, ich sorge schon dafür, dass dir warm wird." Er zwinkerte mir zu und ich konnte nicht verhindern, dass mein verräterisches Herz wieder einmal einen kleinen Hüpfer hinlegte. Ich war echt froh, dass man das von außen nicht sehen konnte.

Da wir beide uns mit unseren Jeanshosen nicht in den wässrigen Schnee knien wollten, stellte sich das Schneeballkugelrollen als etwas schwierig heraus. Leicht breitbeinig rollte ich die Kugel mit hängenden Armen wie ein Gorilla vor mir her. Wobei, als ich zu Chris hinübersah, der eine sehr ähnliche Methode gebrauchte, erinnerte es mich eher an einen Zombie, der seine Arme nutzlos auf dem Boden herumschleifte. Oder an Frankenstein.

Bevor mein Kichern bis zu ihm herüberdrang, senkte ich hastig den Kopf und rollte weiter.

Da nicht so viel Schnee gefallen und auch nur noch ein kleiner Rest auf dem Rasen und den Beeten übrig war, hatten wir nicht allzu viel zur Verfügung.

„Warte kurz. Ich werde in meinem Garten auch eine Kugel rollen und trage sie dann her." Chris eilte los, noch bevor ich ihn davon überzeugen konnte, dass das absoluter Blödsinn war. Bis heute Abend wäre unser „Schneemann", so denn er diesen Namen überhaupt noch verdiente, ohnehin zu einer Pfütze geworden und der ganze Aufwand für die Katz. Aber Chris würde das Argument höchstwahrscheinlich nicht gelten lassen, also sah ich ihm nur kurz hinterher, ehe ich meine kleine Kugel noch ein Stück weiterrollte. Als der Schnee aufgebraucht war, stellte ich mich mit dem kleinen Ding abwartend neben Chris etwas größere Bauchkugel. Ich klopfte sie noch fest und rundete ein paar Ecken ab, wobei sich der geschmolzene Schnee nur noch schwer formen ließ, da er inzwischen zu mehr als 80 Prozent aus Eis bestand. Wässriges Eis, korrigierte ich mich sogleich.

Ich schaute auf meine Finger herunter, die sich bereits rot färbten. Sie kribbelten und schmerzten, aber ich wollte unser Werk unbedingt vollenden und mich nicht einfach so nach drinnen verziehen. Das konnte ich ihm nicht antun.

Als ich Schritte hörte, drehte ich mich um und staunte nicht schlecht, was Chris da für eine riesige Kugel in seinen Armen trug. Ich wollte nicht wissen, wie schwer die war, nach seinem Gesichtsausdruck zu urteilen, wog sie mindestens eine halbe Tonne. Sein Gesicht wurde immer röter und er blies angestrengt die Backen auf. Die Kugel war beinahe genauso groß wie seine erste. Meine Güte, es hätte auch eine kleinere gereicht. Aber ich hielt den Mund.

Chris trat an mir vorbei, wobei mir nicht entging, dass seine Bein-
haltung immer breiter wurde. Das nahm sogar noch zu, als er vor
der anderen Kugel in Position ging. Langsam ging er in die Knie und
senkte den Schneeball Stück für Stück ab. Fasziniert beobachtete ich
ihn dabei und konnte nicht verhindern, dass mein Blick auf sein
Hinterteil fiel, welches mit jedem Zentimeter strammer in der Hose
wurde.

Das schien auch der Hose nicht entgangen zu sein, denn der reichte es irgendwann.

Mit einem deutlich vernehmbaren *Ritsch*, riss sie in zwei. Ich schlug
erschrocken die Hände vor den Mund, während ich durch das entstandene Loch freie Sicht auf seine Boxershorts hatte.

O, Weihnachtsmannrot!

Chris ließ die Kugel aufgrund des Schrecks fallen. Sie knallte auf
die andere und fiel kurz darauf herunter. Ich staunte nicht schlecht,
als sie dabei nicht entzweibrach. Was wahrscheinlich dem hohen
Eisanteil zu verdanken war. Eine normale Schneekugel hätte einen
solchen Sturz sicherlich nicht heile überstanden.

Kurz betrachteten wir zwei die Kugel, dann vollführte Chris eine
halbe Drehung, in der er sich aufrichtete und beide Hände auf seinen Hintern legte.

„D-das …“, stotterte er und lief puterrot an, was dafür sorgte,
dass ich mein Lachen nicht mehr zurückhalten konnte. Es brach wie
ein explodierender Vulkan aus mir heraus und ich musste mir den
Bauch halten, wobei ich mich noch halb vorwärts krümmte. Ich
drohte sogar vornüber in den Schnee zu fallen, weil ich mich überhaupt nicht mehr gefangen bekam.

„Das ist gar nicht lustig“, startete Chris einen halbherzigen Versuch, mich zu tadeln. Was jedoch gänzlich seine Wirkung verfehlte,
als er schließlich mit in mein Lachen einfiel. Er stützte sich mit der
einen Hand an dem Schneemann ab, mit der anderen verdeckte er
immer noch seinen Hintern.

Wir hatten beide einen solchen Lachflash, dass ich doch noch zu
Boden ging. Es brauchte eine ganze Weile, bis ich wieder richtig Luft
bekam. Sobald ich mich halbwegs beruhigt hatte, fing Chris erneut

an zu lachen und das Ganze ging von vorne los. Andersherum funktionierte das allerdings auch und ich steckte ihn an.

„Wie lange bleibst du eigentlich noch?", wollte Chris wissen, während wir keuchend am Boden lagen. Ich wusste ganz genau, dass das zu kalt war und ich schnell wieder aufstehen sollte, aber ich konnte nicht. Ich genoss die beißende Kälte auf meinen Wangen und die Atemwolken über meinem Gesicht. Der graue Himmel, zu dem ich hinaufblickte, sah jedoch eher nach Regen als nach weiteren Schneeflocken aus. Ich rollte mich auf die Seite.

„Auf jeden Fall bis nach Silvester, dann muss ich schauen. Ich hab ja nicht ewig Urlaub und Mama kommt theoretisch auch ohne mich klar. Bis dahin sollte der Fuß …" Ich verstummte. Chris' Blick hatte sich verdüstert. Und das, wo wir bis eben noch solch einen Spaß gehabt hatten.

Er war wirklich der erste Mann, bei dem ich dermaßen gelöst war und mit dem ich gemeinsam so viel lachen konnte. Gut, mit ihm zusammen gingen auch am meisten Dinge schief, was uns wesentlich mehr Chancen zum Lachen gab, aber das war es nicht. Ich fühlte mich einfach pudelwohl in seiner Nähe. Und ich wusste auch, was hinter diesem Gefühl steckte. Ich sollte es ihm endlich sagen, bevor die Zeit verstrich und ich wieder zu meiner Wohnung und meinem alten Leben zurückmusste.

Das kam mir unglaublich weit weg und so unwirklich vor. Als wäre das alles nur eine entfernte Erinnerung und nicht erst zwei Wochen her.

„Dann hab ich aber ja noch die Chance, dich nach den Feiertagen zu sehen. Weihnachten endet schließlich nicht so einfach am zweiten Weihnachtsfeiertag." Chris' verschmitztes Grinsen wirkte auf mich etwas gezwungen. Ihm fehlte diese ansteckende Begeisterung. Ich runzelte die Stirn. Gerade hatte ich noch darüber nachgedacht, die Gelegenheit zu nutzen und ihm von meinen Gefühlen zu erzählen, aber jetzt erschien es mir unpassend.

„Möchtest du deine Pechsträhne mit mir etwa weiter fortsetzen?" Das war nicht ganz das, was ich hatte sagen wollen, aber irgendwie kam das andere mir nicht über die Lippen.

„Wer weiß, vielleicht haben wir nach Weihnachten ja endlich mal Glück." Er zuckte mit den Schultern und stemmte sich hoch.

„Du glaubst echt noch an Wunder, was?", belächelte ich ihn, während er mir eine Hand hinhielt, um mir aufzuhelfen. Bereitwillig ergriff ich sie.

„Wir hatten kurz vor Weihnachten Schnee, das kommt einem Wunder doch schon sehr nah, meinst du nicht?"

„Da könntest du Recht haben. Wir sehen aber, dass bei uns wie gewohnt mal wieder etwas an der ganzen Sache schiefgegangen ist." Ich deutete um ihn herum auf seinen Hintern. Wenn jetzt jemand vorbeikäme, hätte derjenige einen ausgesprochen guten Blick darauf.

„Das kennen wir ja schon."

„Ja, allerdings." Etwas verlegen standen wir danach nebeneinander. Chris ließ irgendwann meine Hand los, die er länger als nötig festgehalten hatte.

„Ich denke, ich sollte mir mal eine andere Hose anziehen", meinte er schließlich, als wir nach wie vor befangen dastanden.

„Ja, das wäre wohl besser." Auch mein Lächeln wirkte erzwungen und leicht verkniffen, das konnte ich ganz genau fühlen. „Ich, ähm, baue den Schneemann fertig."

Ich wollte hören, dass wir das zusammen tun würden, dass ich auf ihn warten sollte, doch diese Worte bekam ich nicht.

„Bis dann, Nadine", verabschiedete er sich und ich doofe Nuss stand wie angewurzelt da, den Mund zwar geöffnet, aber unfähig, ihn zu benutzen. Ich hätte ihn aufhalten sollen. Oder etwas sagen sollen. Irgendetwas. Jetzt hatte ich das Gefühl, dass es eine ganze Zeit dauern würde, bis wir uns wiedersahen. Dabei war morgen doch Weihnachten. Sein großer Tag, auf den er so sehr hingefiebert hatte. Was war nun damit? Würde ich ihn sehen? Würden wir ihn zusammen feiern? Oder hatte ich mir all das bloß eingebildet?

Zwischen Soßenbraten, Stärkemehl und Rotkohlflecken

„Soll ich dir nicht doch helfen, Schatz?" Es war Heilig Abend und ich war vollauf damit beschäftigt, unser Essen vorzubereiten. Mama stand quasi direkt hinter mir und da war sie einfach nur im Weg.

„Nein, ich bekomme das schon hin. Setz dich, ruh dich aus. Ich schaffe das allein." Ich unterdrückte gerade so den Drang, wild mit den Händen in der Luft zu fuchteln und mich dabei wie eine Irre im Kreis zu drehen. Noch etwas, was ich an Weihnachten absolut nicht leiden konnte, war, dass alles in Stress ausartete. Dabei musste bloß für uns beide ein Essen hinbekommen. Aber eben nicht nur ein Essen sondern ein Weihnachtsessen. Da waren die Ansprüche dann doch höher und das Ganze auch um einiges aufwendiger. Die Gans war fast so weit, dass sie in den Ofen konnte. Ich musste sie nur noch fertig füllen und zumachen. Gerade steckte ich die Zahnstocher hinein und verschnürte sie wie bei einem Schuh. So hatte selbst ich mir das merken können und es war wirklich nicht kompliziert. Unten zuknoten und fertig.

Noch den Deckel vom Bräter oben drauf und dann ab in den Ofen damit. Als Nächstes waren die Klöße an der Reihe.

Mama stand immer noch zweifelnd halb hinter mir.

„Du hast mir doch alles aufgeschrieben und wenn ich Fragen habe, rufe ich. Aber wenn du mir bei jedem Schritt und jedem Handgriff über die Schulter und auf die Finger guckst, macht mich das schier wahnsinnig. Also setz dich, guck einen der schönen Weihnachtsfilme, die jetzt im Fernsehen kommen, und lass mich machen." Das brachte sie endlich dazu, sich auf ihren Krücken umzudrehen und zurück ins Wohnzimmer zu humpeln. Es fehlte mir gerade noch, dass ich sie im Eifer des Gefechts übersah und wir gemeinsam zu Boden gingen. Außerdem provozierte sie mit ihren Argusaugen nur Fehler. Ich war viel entspannter, wenn ich mir keine Sorgen machen musste, dass jeder noch so kleine Fehlgriff sofort an die große Glocke gehangen wurde. Ich machte also in Ruhe das Wasser für die Kartoffeln fertig, schälte diese und ließ sie dann erst einmal kochen.

Nie wieder Klöße. So viel stand für mich fest. Ich selber mochte sie ohnehin nicht besonders und das Ganze hatte ich mir nur Mama zuliebe angetan. Das war aber auch das einzige und gleichzeitig letzte Mal. Was ein Aufwand und das an Weihnachten!

Gut, dass Mama eine Kartoffelpresse besaß, aber es war trotzdem noch eine Mordsarbeit gewesen. Hoffentlich schmeckten sie wenigstens.

Zur Erholung kümmerte ich mich als Nächstes erst einmal um den Rotkohl. Da stand nur eine geringe Anzahl an Anweisungen auf meinem Zettel. Ein Glas öffnen, in einen Topf tun, Apfelmus hinzufügen und noch etwas Johannisbeergelee, fertig. Das bekam sogar ich ohne weitere Schwierigkeiten hin. Ich war ohnehin erstaunt, dass bisher noch kein größeres Missgeschick passiert war. Gequetschter oder geschnittener Finger, Essen auf dem Boden oder auseinanderfallende Klöße. Allein bei den Klößen machte ich drei Kreuze, wenn die fertig und am Ende genießbar waren.

Ich sah kurz nach der Gans, die hatte noch einige Minuten. Mama hatte mir im Vorfeld eingebläut, immer mal wieder nach ihr zu sehen, nachdem der Bräter offen war, weil sie dann sehr schnell zu dunkel wurde. Die Zeitschaltuhr war zwar gestellt, aber Vorsicht war die Mutter der Porzellankiste. Und wenn ich kochte, sollte man lieber alle Dinge sechs Mal überprüfen. Wenigstens war der Ofen dieses Mal heiß, das hatte ich mittels Hand-Reinhalten heute schon ganze zwei Mal überprüft. Fehlten also nur noch vier, um wirklich sicher zu gehen.

„Gut, dann kommt jetzt ein Kloß zur Probe ins Wasser. Ich bin echt gespannt, wie der wird. Mein erster selbstgemachter Kloß", verkündete ich feierlich, bevor ich ihm ein heißes Wasserbad bescherte.

Dabei immer darauf achten, dass das Wasser eher am Sieden, als am Kochen ist, betete ich mir Mamas notierte Anweisungen vor.

Worauf man aber auch alles achten musste. Ich war nachher bestimmt so kaputt wegen all der Konzentration, dass ich beim Essen einschlief.

Nächstes Jahr ließ ich entweder wieder Mama kochen oder ich würde etwas liefern lassen. Der Spaß am Kochen wurde mir hierdurch leider nicht beschert. Was meine Mutter sich insgeheim zweifellos gewünscht hatte. Aber der Zug war längst an mir vorbeigefahren.

Also schön, jetzt hatte ich circa zwanzig Minuten Zeit, um den Tisch zu decken oder etwas anderes zu erledigen. Allerdings traute ich mich kaum aus der Küche heraus.

Als es dann soweit war, nahm ich den Kloß, der inzwischen oben an der Oberfläche schwamm, gespannt aus dem Wasser und legte ihn auf einen Teller. Zur Überprüfung setzte ich ihn meiner Mutter vor. Sie würde das endgültige Urteil fällen.

„Bitteschön. Du darfst kosten." Ich nahm ihr gegenüber Platz und beobachtete jede ihrer Bewegungen. Ich wollte sie unbedingt sagen hören, dass es ihr schmeckte und der ganze Aufwand sich gelohnt hatte.

Das Messer schnitt und ich konnte dabei zusehen, wie Mamas erwartungsvoller Gesichtsausdruck sich in Zweifel verwandelte.

„Der schneidet sich aber nicht gut. Total fest." Sie drückte mit der Gabel drauf. „Der ist wie Gummi. Also den kann ich nicht essen. Ich bin zwar noch keine alte Oma, aber meine Zähne werden das trotzdem nicht mitmachen. Was hast du denn da reingetan?"

„Na, das, was du mir gesagt hast." Zweifelnd sah sie mich an.

„Zeig her. Und sag mir genau die Schritte." Das brauchte ich jedoch gar nicht mehr, als sie die Zutaten sah, hatten wir das Rätsel bereits gelöst.

„Du hast nicht ernsthaft Speisestärke für die Klöße genommen, oder?" Entsetzt hielt sie das Päckchen hoch.

„Ähm, doch?"

„Nadine, das ist zum Backen", rief meine Mutter aus.

„Aber auf dem Zettel stand Stärkemehl und das ist Stärke", meinte ich kleinlaut.

„Kartoffelmehl war damit gemeint. Meine Güte, Nadine!" Mama warf die Hände in die Luft und das mit so viel Schwung, dass ich mir Sorgen machte, sie würde im nächsten Moment rittlings den Halt verlieren. „Kind, wirklich. Zumindest sooo etwas musst du doch hinbekommen."

Jetzt kam ich mir erstrecht wie der letzte Depp vor.

„Ich koche nicht oft, backen schon mal gar nicht und so etwas Aufwendiges auch zum ersten Mal", versuchte ich mich zu rechtfertigen, doch Mama schüttelte bloß den Kopf.

„Also wenn du Speisestärke anstelle von Kartoffelmehl genommen hast, dann kannst du die anderen auch gleich wegtun. Die werden nämlich genauso." Mama deutete auf die restlichen Klöße, die ich mit so viel Mühe hergestellt hatte.

„Nicht dein Ernst!", stöhnte ich laut.

„Leider doch."

„Und was essen wir jetzt zur Gans? Pommes?" Ich wandte mich dem armen Vogel zu.

„Scheiße!" Ich flog regelrecht zum Ofen.

„Oh, nein, oh nein, oh, nein. Die ist viel zu dunkel geworden." Geschockt sah ich auf die Gans. Wieso hatte der verdammte Ofen nicht gepiept? „Was stimmt mit der Uhr nicht?"

Mir war gerade so elend zumute, dass ich am liebsten alles in die Tonne gehauen hätte, um danach eine Runde Pizza zu bestellen. Ich kochte mir ansonsten an Weihnachten auch durchaus selber etwas, aber ja nicht so etwas Aufwendiges. Gerade kam ich mir vor, als wäre ich der allergrößte Anfänger oder Nichtsnutz. Wieso konnte nicht ein Mal irgendetwas funktionieren?

Ich dachte, ich hätte mich in den letzten Tagen daran gewöhnt, dass ein Missgeschick das andere jagte, und wäre gelassener derlei

Dingen gegenüber geworden. Aber erstens war Chris dieses Mal gar nicht mit von der Partie und zweitens hatte alles seine Grenzen. Und hier waren meine soeben eindeutig übertreten worden.

„Lass mal sehen." Mama schob sich neben mich. „Ach, das ist doch bestimmt nur die Haut. Zwar schade drum, aber das heißt nicht, dass man das Fleisch darunter nicht mehr essen kann. Das bekommen wir schon hin, mach dir keine Sorgen und lass mich mal ran."

Wahrscheinlich hätte ich ihre Hilfe von Anfang an annehmen sollen. Meine Mutter wirkte seit Langem mal wieder vergnügt und glücklich, während sie in der Küche herumwerkelte. Ihr machte das mit dem Kochen Spaß, wohingegen ich dabei jede Sekunde verzweifeln könnte. Jeder hatte halt seine Stärken und Schwächen.

Anstelle der Klöße kochte ich eine zweite Runde Kartoffeln. Zum Glück hatte ich genügend eingekauft. Die köchelten nun vor sich hin. Mama hatte mir beim Schälen geholfen, wodurch es gleich viel schneller gegangen war.

„Dann kümmern wir uns jetzt um den Soßenbraten." Ich krempelte mir die Ärmel hoch, schließlich wollte ich wenigstens eine Sache an diesem Abend vernünftig hinbekommen. Ich war also voller Elan und staunte nicht schlecht, als Mama in lautes Gelächter ausbrach.

„Was ist daran denn so lustig?", wollte ich irritiert wissen. Man durfte ja wohl noch Tatendrang zeigen.

„Das heißt, Bratensoße, meine Süße."

Ich blinzelte ein paar Mal, bis mir mein Fehler auffiel.

„Wichtig ist ja, wie sie schmeckt und nicht, wie ich sie nenne", murmelte ich, weil es mir peinlich war. Wahrscheinlich war ich einfach nicht richtig bei der Sache. Etwas lenkte mich ab und ich wusste auch ganz genau, was. Immerhin wollte ich keinen Braten aus Soße zaubern, sondern eine leckere Soße zu dem Braten.

Durch das Küchenfenster konnte man Chris' Haus genauso gut sehen, wie aus dem Wohnzimmer. Die kleine Hecke zwischen den beiden Grundstücken war eine rein optische Abgrenzung, aber kein Sichtschutz. So kam es, dass der ein oder andere Blick von mir während der Arbeit hinüberwanderte. Keine Ahnung, was ich da erwartete zu sehen. Es war Weihnachten, also ging ich wohl davon aus, dass er mir noch irgendwie *Fröhliche Weihnachten* wünschen würde. Darum war es doch die ganze Zeit gegangen, oder nicht?

Es nagte dieses unangenehme Gefühl in meinem Inneren, dass er sich womöglich gar nicht blickenließ. Das fände ich furchtbar, aber ich wusste auch nicht, was ich dagegen tun sollte.

„Nadine, du machst einen wirklich wahnsinnig." Erschrocken zuckte ich zusammen.

„Was? Wieso?" Was hatte ich denn bitteschön getan? War mir abermals so ein Fauxpas gelungen wie mit den Klößen?

„Jetzt geh schon rüber und lade ihn ein", forderte mich Mama auf. Ich wusste durchaus, wen sie meinte. Dennoch blinzelte ich sie für mehrere Sekunden verständnislos an, bis ich ein „Ich?" herausbrachte. Was keineswegs heißen sollte, dass sie herübergehen sollte.

„Natürlich du. Dein geschätzter Herr Vater ist ja trotz Ankündigung nicht aufzufinden, wir haben also ohnehin viel zu viel zu essen. Was jetzt übrigens alles fertig ist. Nimm es als Ausrede."

Mir verschlug es bei ihren Worten nun richtig die Sprache. Wir hatten nur so viel zu essen, weil sie darauf bestanden hatte, dass wir eine ganze Gans brauchten. Dass Papa wirklich kommen würde, hatten wir doch beide nicht gedacht. Ganz ernsthaft, der würde seine neue Familie an Weihnachten nicht alleine lassen und alle mitschleppen? Wir wussten, was das bedeutet hätte.

Kurz kam mir der Gedanke, dass sie mich mit Absicht so viel hatte kochen lassen, damit …

Ich öffnete den Mund, um irgendetwas zu erwidern oder zu widersprechen, aber es kam einfach nichts heraus.

„Du schaust schon den gesamten Tag rüber. Man sieht es dir überdeutlich an."

„Tu …" … ich nicht. Wollte ich sagen, aber eigentlich dachte ich nur: Tu ich das?

Oder besser gesagt, war das wirklich so oft gewesen, dass es ihr aufgefallen war?

„Der verträumte Ausdruck auf deinem Gesicht ist immer schlimmer geworden. Ich dachte, bis Heilig Abend hättet ihr das längst geklärt, aber ihr braucht anscheinend beide länger. Ich will aber nicht mehr warten und mir das mitansehen müssen, also los." Sie ruckte mit dem Kopf zum Nachbarhaus hinüber. Ich rührte mich noch immer nicht. Sie hatte mich damit viel zu sehr überrascht. Zusätzlich war ich vollkommen überfordert. Ich hatte keine Sekunde mit dem Gedanken zugebracht, Chris zum Weihnachtsessen einzuladen. Ich konnte doch nicht so einfach …

„Wirst du jetzt wohl gehen oder muss ich dich dieses Mal ernsthaft rauswerfen?", drohte Mama mir, nachdem ich nach wie vor keinerlei Anstalten zeigte.

„Nur keine Umstände, du hebst dir bloß nen Bruch", wiegelte ich hastig ab, als ich endlich meine Stimme wieder hatte. Gleichzeitig konnte ich nicht glauben, dass ich das jetzt wirklich zu tun gedachte.

Während ich die wenigen und mittlerweile schon vertrauten Schritte zu Chris hinüberging, überlegte ich fieberhaft, wie ich mein plötzliches Auftauchen erklären sollte. Oder eher die Einladung zum Essen. Gut, Mama hatte mir einen Grund genannt. Der kam mir aber genauso einfallsreich vor, wie die Sache mit dem Suppentopf.

Konnte ich ihn nicht auch irgendwie anders einladen?

Doch ehe ich mich versah, hatte ich bereits auf den Klingelknopf gedrückt und die Tür öffnete sich.

„Nadine! Das finde ich aber nett, dass du extra vorbeikommst, um mir schöne Weihnachten zu wünschen. Ein frohes Fest." Er lächelte mich so strahlend an, dass ich fast gezwungen war, wegzusehen, weil ich das grelle Licht nicht länger aushielt.

Mein Herz schlug mir inzwischen bis zum Hals. Was war denn nur los? Ich brauchte ihn doch bloß zu fragen, ob er mit uns Essen wollte. Keine große Sache. Das war kein Liebesgeständnis und außerdem …

Als ich seinen fragenden Blick bemerkte, fiel mir ein, dass ich eigentlich etwas sagen müsste.

„Hey. Ähm, wir haben viel zu viel zu Essen gemacht und daher wollte ich dich fragen, ob du nicht Lust hättest, rüberzukommen und bei uns … mitzuessen." Jetzt war mir echt nichts Besseres eingefallen. Wie peinlich! Entsprechend fiel es mir verdammt schwer, ihm in die Augen zu sehen. Dabei hatte ich keine Ahnung, wieso eigentlich. Ich meine, ich hatte doch nichts falschgemacht und die Frage war auch in keiner Weise verwerflich oder etwas in der Richtung. Aber ich hatte trotzdem das Gefühl, dass ich damit meinen gesamten Widerstand gegen seine Bemühungen, mir das Weihnachtsfest aus seinem Blickwinkel heraus zu zeigen, aufgab und endlich einwilligte. Und das, das war mir dann durchaus peinlich. Ähnlich peinlich wie die Sache auf dem Weihnachtsmarkt. Das hier allerdings noch ein ganzes Stück mehr.

Chris schien im ersten Moment vollkommen überrascht zu sein.

„Aber willst du den Weihnachtsabend denn nicht allein mit deiner Mutter verbringen? So als Familie?"

„Ich, ähm … ach, weißt du." Ich hätte beinahe erwidert, dass ich ja ohnehin nicht so viel auf Weihnachten und den ganzen Kram gab, aber das wäre wohl die vollkommen falsche Argumentation gewesen und so griff ich auf einen anderen Grund zurück. Der allerdings durchaus etwas peinlich war. Auch egal, ich wollte mich ja sowieso schon in einem Loch verkriechen.

„Ich hab irgendwie das Gefühl, dass du meiner Mutter viel mehr Familie warst als ich oder der Rest von uns. Und daher finde ich, dass es nur normal ist, dass du heute Zeit mit ihr verbringst. Also mit uns", ergänzte ich rasch und spürte, wie meine Wangen dabei zu brennen begannen. „Weil ich mir das auch wünsche."

Meine Güte, jetzt reichte es aber wirklich mit den Peinlichkeiten! Das würde ich ganz bestimmt kein zweites Mal sagen!

Sein Lächeln war, wenn überhaupt möglich, sogar noch strahlender als zuvor und das entschädigte mich zu Hundertprozent für den peinlichen Spruch von eben.

„Außer, du hast etwas Besseres vor", fügte ich hastig hinzu.

„Nein, habe ich nicht." Er überschlug sich fast vor Begeisterung. „Ich komme sofort!" Er drehte sich um, stockte dann aber kurz. Mein Herz blieb für ganze zwei Sekunden stehen, weil ich glaubte, dass es doch einen Grund gab, der dagegensprach.

„Ähm, ich komme gleich nach. Ich will nur noch rasch das Geschenk für deine Mutter einpacken."

„Ah, ja, klar. Ich gehe dann schon mal und lasse die Tür offen?"
Keine Ahnung, wieso diese Aussage mich so ins Stocken brachte.
Wobei, eigentlich wusste ich es schon. Ich hatte nicht das Gefühl, als
würde er die Wahrheit sagen. Trotzdem sprach ich es nicht an.

„Ich bin in zwei Minuten bei euch." Sein Lächeln, das er mir daraufhin schenkte, war jedoch genauso offen und ehrlich wie sonst.
Dahinter schien sich nichts zu verstecken, was mich wiederum beru-
higte.

„Beeil dich, sonst wird das Essen kalt." Ich wäre vor Freude beinahe die Stufe hinabgehüpft, beherrschte mich jedoch. Wie hätte das
denn bitteschön ausgesehen? Zumal ich mich bei meinem Glück
bestimmt auf die Schnauze gelegt hätte.

Dennoch schien ich das breite Grinsen nicht verbergen zu können,
denn Mama sah es sofort und machte entsprechende Rückschlüsse.

„Er kommt. Sehr schön. Ich habe schon für unseren Gast mitge-
deckt." Sie deutete auf den Tisch, wo ein drittes Gedeck lag. War ja
klar, dass sie kein Nein erwartet hatte. Seltsamerweise hatte ich mir
die ganze Zeit auch nur Gedanken gemacht, wie ich ihn einladen
sollte und nicht, ob er Ja sagen würde. Ich musste über mich selbst
lachen. Das sagte ja schon so gut wie alles.

Chris kam mit einem herzlichen „Fröhliche Weihnachten" herein,
gerade als ich die Teller mit dem leckeren Essen belud.

„Chris, mein Lieber. Was für eine Überraschung, schön, dass du
dich an Weihnachten zu uns gesellst." Mama begrüßte ihn mit einer
ausladenden Armbewegung, welche keine drei Sekunden später zu
einer herzlichen Umarmung wurde. Sie saß am Kopfende des Ti-
sches und hatte ihren Fuß lang ausgestreckt.

„Ich hätte ja sonst bloß allein in meiner Bude gehockt", erwiderte
Chris und mir versetzte es einen Stich. Ich hatte überhaupt nicht
mehr daran gedacht, dass er niemanden hatte, mit dem er Weihnachten feiern konnte. Ihn einzuladen hätte mir wirklich früher einfallen
können, dann wäre die Einladung auch um einiges herzlicher ausge-
fallen.

Ich versuchte, diese trüben Gedanken hastig aus meinem Kopf zu
vertreiben.

„Das Essen ist fertig", verkündete ich also lautstark. „Gans mit Apfel- und Rosinenfüllung, dazu Kartoffeln, leckere Soße und Rotkohl."

Schwungvoll stellte ich die beiden Teller auf den Tisch und holte noch meinen eigenen aus der Küche. Chris und ich setzten uns.

„Möchtest du Wein?" Ich hielt den Rotwein hoch.

„Gerne." Er nickte und nahm dann vorsichtig das Besteck in die Hände.

„Ich wünsche euch allen ein fröhliches Weihnachtsfest und einen guten Appetit. Schauen wir mal, was Nadine uns da Schönes gezaubert hat", eröffnete Mama die Runde. Ich spürte, wie ich bei ihren Worten ganz leicht rot anlief.

„Oh, das ist aber lecker. Und das hast du alles selber gemacht?" Bewundernd sah Chris mich an und ich wünschte mir so sehr, jetzt mit aller Überzeugung JA sagen zu können. Aber das wäre gelogen gewesen.

„Mama hat am Ende fleißig mitgeholfen. Eigentlich sollte es Klöße statt Kartoffeln geben, aber die sind … na ja, eher nicht zum Verzehr geeignet." Ich sah zu Mama hinüber.

„Damit hätte man sehr gut Pingpong spielen können. Ich werf dir nachher mal einen zu. Echt ein Wunder, dass man so etwas kochen kann. Dass ich da nicht als Kind schon draufgekommen bin, wir hätten früher einfach einen Ball zum Spielen kochen können."

„Ja, ja. Aber das lag nur daran, dass du bezüglich der Stärke nicht genau genug warst. Woher sollte ich das denn bitteschön wissen?", beschwerte ich mich, ehe sie so weitermachen konnte.

„Also ein bisschen Grundkenntnisse hatte ich dir schon zugetraut. Aber …" Sie hob die Schultern und ich hatte nicht übel Lust, ihr einen besagter Pingpongklöße an den Kopf zu werfen. Aber dann hätte ich mich womöglich noch länger um sie kümmern müssen. Apropos. Ein wenig trübte es meine Stimmung, wenn ich daran dachte, dass meine Zeit hier ziemlich bald zu Ende sein würde.

„Was ist? Ich habe nichts zu den Ping … äh, Klößen gesagt." Chris hob abwehrend und mit Unschuldsmiene die Hände. Mir war gar nicht bewusst gewesen, dass ich ihn angestarrt hatte.

„Nein, schon gut." Hastig wandte ich den Blick ab. Leider landete er dabei direkt auf meiner Mutter und deren Gesichtsausdruck gefiel mir gar nicht. Dieses leise in sich Hineinschmunzeln und der dazu passende, wissende Blick. Meine Güte! Die hatte bestimmt mehr mitbekommen als er. Oder ich. Also gut, sie dachte sich wahrscheinlich schon die ganzen letzten Tage so ihren Teil, was unsere Ausflüge und Unternehmungen in der Vorweihnachtszeit angingen.

Aber daran wollte ich jetzt nicht denken. Ich wollte den Abend genießen und mir keine unschönen Gedanken über die Zukunft oder was-wäre-wenn-Dinge machen.

„Möchte noch jemand Rotkohl?", rief ich schließlich in die Runde, um die peinliche Atmosphäre aufzulösen.

„Pass mit dem Löffel auf, Nadine! Das ist meine gute Tischdecke, die ich extra für Weihnachten …" Weiter kam Mama nicht, weil ich hastig den Löffel auf meinen Teller zog und dabei selbstverständlich etwas verlor.

„Ups?" Ich sah zu ihr herüber. Wenigstens war dieser wissende Ausdruck verschwunden.

„Gut, dass du ja ohnehin die Wäsche machst. Ich werde dich schrubben lassen, bis dir die Finger bluten."

„Das gibt nur neue Flecken", erinnerte ich sie und ich wusste, wenn die Krücken nicht am Sofa lehnen würden, hätte sie mir die jetzt um die Ohren gehauen.

Der Geist der Weihnacht

Während wir so beisammensaßen und herumscherzten, durchflutete mich mit einem Mal ein sehr seltsames Gefühl. Es begann mit einem sanften Kribbeln im Bauch, das sich ausbreitete und mich an die Schmetterlinge der Liebe erinnerte. Aber das hier war anders. Das Kribbeln erzeugte ein warmes Gefühl in meinem Magen, welches sich in meinem gesamten Körper verteilte. Aber anders als bei der Liebe, die einen elektrisierte und zu Tatendrang animierte, brachte dieses Gefühl eine unglaubliche Zufriedenheit mit sich. Ich ließ mich tiefer in meinen Stuhl sinken, lehnte mich zurück und ein Lächeln breitete sich ganz von allein auf meinem Gesicht aus.

Ich denke, das hier nannte man Glück. Und wenn ich mich so umsah, dann war das hier womöglich mein perfektes Weihnachten.

„Nadine, wenn du nicht langsam aufhörst, so dreinzublicken, beginne ich mir wirklich Sorgen zu machen. Was ist denn mit dir los?" Mama musterte mich eingehend.

„Ich bin einfach nur satt." Sie hob eine Augenbraue. Ich zuckte mit den Schultern. „Und glücklich, schätze ich."

Bei diesen Worten verbreitete sich mein Lächeln noch mal um ein ganzes Stück.

„Happy Chris-mas", fügte ich an und sah dabei Chris in seine grünblauen Augen. Die begannen regelrecht zu leuchten. Ohne vermessen sein zu wollen, aber das war wohl sein schönstes Weihnachtsgeschenk dieses Jahr. Es war nicht zu übersehen, dass er es geschafft hatte, mich für den Zauber der Weihnacht zu begeistern.

„Ich will ja niemandem vorgreifen, aber ich hätte da noch das ein oder andere Geschenk", meinte er mit einem leisen Räuspern.

„Tust du nicht. Mach nur", forderte meine Mutter ihn auf.

„Dann hole ich meine wohl auch mal unterm Baum hervor." Ich stand ächzend auf – das Essen war wirklich gut gewesen – und stellte zwei Geschenke vor meine Mutter. Das eine war bereits als Flasche zu erkennen, aber sei's drum. Über den guten Wein freute sie sich trotzdem.

„Oh, was ist das?" Irritiert hielt sie das Band mit den Perlen in der Hand hoch, welches in meinem zweiten Geschenk gewesen war.

„Das ist für deine Brille. Damit ich sie nicht ständig suchen muss. So kannst du sie ganz einfach um den Hals hängen." Ich grinste und fand die Idee ziemlich gut.

„Du weißt aber schon, dass mich das unglaublich alt macht, oder?" Trotz ihrer Worte griff sie nach der Brille, die neben ihr auf dem Tisch lag und befestigte das Band daran.

„Macht nichts, ich hab dich trotzdem lieb." Mama lächelte daraufhin herzlich. Wann hatte ich ihr das zuletzt gesagt? Ich musste mich dringend anstrengen, wieder mehr Zeit mit ihr zu verbringen, sie öfter besuchen zu kommen und vor allem an Weihnachten bei ihr zu sein. Warum wurde mir eigentlich erst jetzt klar, wie sträflich ich das vernachlässigt hatte?

„Es ist nichts Weltbewegendes", sagte ich hastig, während ich dabei zusah, wie Chris mein Geschenk an ihn auspackte.

„Baumschmuck", verkündete er kurz darauf begeistert.

„Du hattest ja etwas von lila gesagt, daher ..." Ich wedelte irgendwie verlegen mit der Hand durch die Luft. Die dunkellila Kugeln waren mit goldenen Streifen versehen. Nicht durchgehend, eher wie Pinselstriche unregelmäßig unterbrochen. Mir persönlich gefielen sie sehr gut, daher hatte ich sie mitgenommen.

„Wirklich toll! Dann steht die Farbe für nächstes Jahr hiermit fest. Du musst mir dann aber dabei helfen, weitere Kugeln und anderen passenden Baumschmuck zu finden."

„Ähm, okay." Ich lächelte. Mal schauen, ob wir das nächstes Jahr tatsächlich gemeinsam tun würden.

„Das ist übrigens von mir." Chris schob Mama nun sein Geschenk herüber.

„Ist es das, was ich denke?", fragte sie mit einem Zwinkern.

„Könnte durchaus sein", antwortete er mit einem breiten Grinsen. Ich saß währenddessen nur da und schaute zu.

„Es ist der Krimi, über den wir gesprochen haben!", rief Mama begeistert aus, als sie das Buch auspackte.

„Und es gibt noch einen Bonus." Chris beugte sich vor und klappte das Buch auf.

„Nein! Eine Widmung!", kreischte Mama beinahe wie ein Teenager los.

„Es war gar nicht so leicht, da ranzukommen, aber es hat geklappt." Chris grinste breit. Damit hatte er Mama ganz offensichtlich eine riesige Freude gemacht.

„Ah, wie wunderbar. Ich werde gleich nachher anfangen zu lesen." Noch immer voller Begeisterung hob sie das Buch hoch, dann fiel ihr Blick auf mich.

„Mein Geschenk für dich ist übrigens ein Backkurs", sagte Mama, als ich so ganz ohne Geschenk dasaß.

„Echt jetzt?" Ich hätte heulen können. Ausgerechnet backen? „Wieso?"

„Ich dachte, dass es dir Freude machen würde. Außerdem wirst du ja nicht alleine hingehen." Ich warf einen Blick auf ihren dicken Fuß. Wann sollte der denn stattfinden, dass wir da gemeinsam dran teilnehmen konnten?

„Nein, nicht mit mir", lachte Mama herzhaft. „Chris wird dich begleiten."

Augenblicklich flog mein Blick zu ihm hinüber.

„Wusstest du davon?", fuhr ich ihn regelrecht an.

„Nein, gar nicht." Abwehrend hob er die Hände.

„Es ist mein Geschenk an euch beide. Also keine Widerrede. Er findet vor Silvester statt und beschäftigt sich mit Weihnachtskeksen und -torten. Sodass ich noch in den Genuss vieler, leckerer Dinge kommen darf." Mama schob mir und Chris jeweils einen Umschlag zu.

„Also die von Chris werden bestimmt lecker, sofern der Ofen mitspielt. Bei meinen Sachen wäre ich mir da nicht so sicher." Zweifelnd sah ich auf mein Geschenk hinab.

„Ach, mach dich nicht selber so schlecht. Das Weihnachtsessen hat doch auch vorzüglich geschmeckt", versuchte Chris, mich aufzumuntern. Dabei war ich gar nicht deprimiert oder so. Ich wollte nur verbergen, dass mein Herz bei dem Gedanken, mit ihm gemeinsam zu backen und auch nach Weihnachten noch Zeit zu verbringen, mehr als nur einen Satz machte.

Ich wusste, dass mindestens ein Weihnachtsgeschenk an ihn noch ausstand. Aber ich hatte leider noch keine Ahnung, wie ich ihm das am besten sagen sollte.

Irgendwie ergab es sich doch meist eher so, dass man jemandem mehr oder weniger spontan ein Liebesgeständnis machte. Es zu planen, lag mir überhaupt nicht. Ich hoffte einfach, dass es im Laufe des Abends zu einer Situation kam, wo es gut passte, ihm meine Liebe zu gestehen. Eventuell käme er mir ja auch zuvor, dann erübrigte sich der Rest.

Arg, ich sollte wohl nicht so passiv sein. Immerhin gingen die ganzen anderen Aktionen auch immer von Chris aus. Mal abgesehen davon, wieso war ich mir eigentlich so sicher, dass er mir seine Liebe gestehen würde? Seine Gefühle waren ja durchaus etwas schwankend. Ich …

„Dein Geschenk habe ich übrigens draußen. Wenn du kurz mitkommen würdest?"

Ich blinzelte. Ich war dermaßen in meine Gedankenwelt abgetaucht, dass ich überhaupt nicht verstand, was er mir sagen wollte. Er hatte ein Geschenk für mich?

Wieder machte mein Herz einen Satz. Chris ergriff meine Hand und zog mich vorsichtig von meinem Stuhl hoch. Ich musste mich erst einmal auf meine Beine konzentrieren und sie vernünftig koordinieren, sonst wäre ich der Nase nach hingekracht.

„Du entschuldigst uns doch kurz, Sibille, oder?"

„Macht ihr nur. Ich bin ja in der Zwischenzeit versorgt." Mama schlug ihr neues Buch auf, setzte ihre Brille auf die Nase, welche noch an dem Band um ihren Hals baumelte, und begann zu lesen. Sie genoss ihre Weihnachtsgeschenke sichtlich. Fehlte nur noch, dass sie sich ein Glas Wein eingoss.

Chris führte mich den Flur entlang und öffnete die Tür. „Darf ich bitten?" Er verneigte sich und ich trat durch die offene Tür. Allerdings wusste ich nicht, wie weit ich gehen sollte.

„Und wo ist jetzt mein Geschenk?" Suchend sah ich mich um. Ich war bis an den Rand der obersten Stufe getreten und schaute sorgfältig nach links und rechts. Auch den Rasen, der den kleinen Vorgarten bildete, hatte ich im spärlichen Licht, das aus dem Haus und den Fenstern fiel, bereits einer gründlichen Musterung unterzogen. Aber ich konnte nichts erkennen, bis auf die jämmerlichen Reste unseres Schneemanns. Sollte ich womöglich zu Chris nach Hause gehen? Hatte er es noch bei sich liegen? Aber dann hätte er ja „Zuhause" gesagt und nicht „draußen".

Ich hörte Chris hinter mir leise lachen. „Schau mal nach oben."

Daraufhin drehte ich mich zu ihm herum und hob den Blick, seiner ausgestreckten Hand folgend. Was ich da baumeln sah, sorgte dafür, dass mein rechter Mundwinkel zuckte.

„Wow, das ist jetzt aber mal die Krönung der Weihnachtsklischees." Als ich Chris wieder ansah, bemerkte ich das Schmunzeln. So viel also zu, ich muss das Geschenk deiner Mutter noch einpacken. Ich hatte doch gewusst, dass er mich diesbezüglich anlog.

„Das Beste habe ich mir halt für den Schluss aufgehoben." Mit einem breiten Lächeln trat er aus der Tür heraus und legte beide Arme um mich. „Darf ich denn?"

Sein fragender und leicht unsicherer Blick amüsierte mich. Erst hing er einen Mistelzweig über die Tür, was eine klare Absicht voraussetzte, und nun zögerte er, das durchzuziehen?

Ich überlegte kurz, ihn zappeln zu lassen, aber irgendwie konnte ich das diesem süßen Welpen nicht antun. *Nadine, es ist Weihnachten, jetzt sei mal nicht so.*

„Ich habe gehört, es soll Unglück bringen, wenn man der Tradition nicht folgt", erwiderte ich nur, bemerkte jedoch das Aufblitzen in seinen Augen bei meinen Worten.

„Na, noch mehr Unglück können wir natürlich nicht riskieren. Wo du das ja ohnehin schon magisch anziehst."

„Du Schuft! Das ist ja wohl nicht meine Schuld und es lag definitiv nicht an mir, sondern an dem Zusammenspiel zwischen ..."

„Halt einfach den Mund und küss mich", unterbrach er mich überraschend energisch und kurz darauf lagen seine Lippen auf meinen, mit den Händen hielt er mein Gesicht sanft umfasst. Ich konnte nicht verhindern, dass ich unter dem Kuss kichern musste. Er quittierte das mit einem leisen Knurren und vertiefte den Kuss daraufhin. Das sorgte endgültig dafür, dass ich „meine Klappe" hielt. Meine Güte, wo hatte der Typ so küssen gelernt? Unser erster Kuss war nichts dagegen.

Ich ließ mich komplett fallen und versank regelrecht in dem Gefühl, welches mich durchflutete. Als ich meine Hände in seinen Pullover krallte und mich enger an ihn schmiegte, konnte ich deutlich spüren, dass das schon eher nach seinem Geschmack war. Sein linker Arm umschlang meine Hüfte und die rechte Hand legte er an meinen Hinterkopf, als er einen Schritt auf mich zumachte. Ich wich gehorsam zurück und erwartete, jeden Moment mit dem Rücken an eine Mauer zu stoßen.

Dummerweise hatte ich vergessen, dass sich hinter mir ja gar keine Wand oder ähnliches befand. Mein Fuß trat bei meinem nächsten Schritt ins Leere und ich verlor daraufhin das Gleichgewicht. So eng Chris mich kurz zuvor noch umschlungen gehalten hatte, als ich zu strampeln begann, ließ er mich los. Dabei war das ja gar kein Befreiungsversuch gewesen. Warum auch immer, öffnete ich die Hände, sobald ich vollends den Boden unter den Füßen verlor. Und so landete ich wild mit den Armen rudernd rittlings auf meinen vier Buchstaben.

„Autsch." Mit schmerzverzerrtem Gesicht rieb ich mir den unteren Rücken und den Po. Warum hatte ich nicht auf weichem Gras landen können? Das Pflaster war wirklich hart. Als ich anklagend den Blick hob – Chris hätte schließlich wissen müssen, dass da eine Stufe hinter mir war –, hätte ich ihn am liebsten mit einer Hand voll Schnee beworfen. Wieso war keiner da? Ein bisschen Erde hätte es notfalls auch getan, aber Fehlanzeige. Dabei hatte er es wirklich verdient!

Der Kerl stand ernsthaft oben auf dem Treppenabsatz und hielt seine linke Hand vor den Mund, um das offensichtliche Lachen zu verbergen. Die andere hatte er um seine Mitte geschlungen. War er ein Mädchen, oder was?

„Jetzt sag noch mal, dass die ganzen Missgeschicke nicht an dir liegen?", brachte er schließlich mit halbwegs ernster Miene hervor, allerdings kämpfte sich das Lachen am Ende des Satzes bereits wieder hervor.

„Sag mal, geht's noch? Wer hat mich denn die Stufe heruntergeschubst?", antwortete ich mürrisch. Auffordernd streckte ich eine Hand aus. „Wirst du mir jetzt wenigstens mal hochhelfen?"

„Ja, sorry." Als er jedoch die Hand von seinem Mund löste, brach das Lachen erst recht hervor. Ich murmelte etwas vor mich hin, während er mir, bebend vor Lachen, hochhalf.

„Das war wirklich keine Absicht", meinte er entschuldigend und zog mich sanft an seine Brust. Von oben sah er zu mir herab. „Verzeihst du mir?"

Da war wieder sein spezieller Dackelblick. Dieses Mal konnte er es jedoch vergessen, dass ich darauf hereinfiel.

„Einen Versöhnungskuss kannst du dir so was von abschminken", erwiderte ich energisch.

„Auch nicht, wenn ich dir sage, dass ich dich liebe?" Und da war der Moment. Trotzdem verschlug es mir erst einmal die Sprache. Wie konnte er das so nebenbei raushauen? Ich wusste ganz genau, was ich darauf antworten würde, aber irgendwie hatten seine Worte mein Hirn und mein Sprachzentrum für kurze Zeit auf Eis gelegt. Wenn ich ehrlich war, hatte ich nicht damit gerechnet, diese Worte aus seinem Mund zu hören. Nicht nach all den Zurückweisungen, die ich in der Zeit mit ihm durchlebt hatte. Obwohl unser Kuss mich eigentlich darauf hätte vorbereiten müssen. Dennoch war ich vollkommen überwältigt.

Der nächste Kuss war ganz sanft, fast schon zaghaft. Ich war gar nicht mehr dazu gekommen, zu antworten.

Als müssten wir uns erst noch besser kennenlernen, ertasteten wir einander vorsichtig. Was albern war, wenn man bedachte, was wir beide schon alles gemeinsam unternommen hatten. Aber dieses Mal blieb ich wenigstens auf meinen Beinen stehen. Auch wenn mich ein Kribbeln erfasste, welches meinen gesamten Körper durchlief und meine Beine weichwerden ließ.

Ganz langsam lösten wir uns schließlich voneinander. Ein Zittern durchlief meinen Körper. Ich hätte es auf die eisigen Temperaturen geschoben, immerhin stand ich schon eine Weile ohne Jacke hier draußen. Nur war es wirklich nicht kalt. Außerdem wusste ich es besser.

Daher musste ich, ehe ich mich in dem Gefühl verlor, meinerseits noch etwas loswerden.

„Ich hätte noch ein Weihnachtsgeschenk für dich", sagte ich leise.

„Zusätzlich zu den lila Christbaumkugeln?"

„Es sind lila Chris-baumkugeln", verbesserte ich ihn mit einem leisen Lachen.

„Dachte ich mir schon. Mir gefällt das." Er setzte zu einem erneuten Kuss an, doch ich drehte mich ein Stück zur Seite. Wenn ich das jetzt zuließe, würde mein Geschenk vollkommen untergehen.

Chris schaute kurz irritiert drein, dann fing er sich. „Und? Wo finde ich mein Geschenk?"

Ich legte meine Hände an seine Wangen und stellte mich auf die Zehenspitzen, um mit ihm auf Augenhöhe zu sein. Ich bescherte ihm einen intensiven Blickkontakt, ehe ich antwortete.

„Es steht direkt vor dir."

Ein schiefes Grinsen, das leicht anzüglich wirkte, schlich sich auf sein Gesicht. „Und wann darf ich es auspacken?"

Es schüttelte mich kurz, weil ich mein Lachen unterdrückte. „Nicht ich bin das Geschenk", stellte ich schnell klar, da er zweifellos plante, *mich* „auszupacken".

„Nicht?"

Ich schüttelte den Kopf. „Ich schenke dir meine Liebe. Ich will ja nicht angeben, aber das ist ein sehr großes Geschenk. Also pass gut darauf auf."

Ich ließ sein Gesicht los und stellte mich wieder auf meine Füße. Noch bevor ich richtig stand, küsste er mich gleich ein weiteres Mal. Nur ganz kurz, aber ich konnte trotzdem die überschäumende Freude spüren, die er auf mich zu übertragen schien.

Zwischen dem Nebel, der mich umgab, kämpfte sich mühsam ein Gedanke hindurch. Eigentlich war es nicht wichtig, aber irgendwie nagte es an mir. Und das schon länger.

Ehe ich also wieder auf den richtigen Moment warten musste, brachte ich es lieber gleich hinter mich. Auch auf die Gefahr hin, dass es unserem momentanen Glück einen ordentlichen Dämpfer verpasste. Aber was muss, das muss.

„Da wir ja inzwischen so weit gekommen sind, wann wolltest du mir denn etwas mehr über deine Vergangenheit erzählen?" Fragend sah ich ihn an. Würde er mir jetzt immer noch ausweichen? So wie all die Momente zuvor?

„Meine Vergangenheit?", antwortete er überrascht und hob die Augenbrauen. Leider brachte mich diese Reaktion nun in leichte Verlegenheit.

„Na ja, die Geschichte, warum du Weihnachten so gerne magst, das mit deiner Schwester", ich malte Anführungszeichen in die Luft, „und so halt."

„Aber das weißt du doch alles schon", erwiderte er nun noch überraschter.

„Ich … aber …" Damit hatte er mich jetzt vollends aus dem Konzept gebracht.

„Deine Mutter hat es dir doch erzählt", fügte er schließlich erklärend hinzu.

„Aber … woher weißt *du* davon?", hakte ich mit schiefgelegtem Kopf nach.

„Sie hat es mir gesagt", gab er schlicht zurück.

„Sie hat … WAS?" Und dabei hatte sie mir noch eingebläut, mir bloß nichts anmerken zu lassen. Was sollte der Scheiß, wenn sie es ihm dann brühwarm selber erzählte?

„Bist du deswegen auf meine ganzen Anspielungen nicht eingegangen?" Ich kam mir gerade richtig dämlich vor, so wie ich mich bemüht hatte, ihn dezent in diese Richtung zu lenken. Wahrscheinlich hatte er sich im Stillen jedes Mal über mich lustig gemacht.

„Ja, das war wirklich sehr amüsant." Er grinste.

Siehste!

„Ihr seid echt solche Blödmänner", schimpfte ich und schubste ihn von mir. „Wann hat sie dir das überhaupt erzählt? Sie war doch die ganze Zeit hier."

Chris griff bloß in seine Hosentasche und zog sein Handy hervor. „Die Dinger sind echt praktisch", meinte er, während er damit vor meiner Nase herumwedelte.

„Na, die kann sich was anhören!", fuhr ich hoch und schob mich an ihm vorbei ins Haus.

„Mama!", rief ich keine zwei Sekunden später und hörte als Reaktion darauf Chris in meinem Rücken lauthals lachen, während er die Haustür schloss. Mit einem schiefen Grinsen auf den Lippen ging ich den Flur entlang.

Wir zwei würden bestimmt noch jede Menge Spaß miteinander haben. Vor allem, wenn das mit unseren Missgeschicken so weiterging.

<u>Nachwort</u>

Wer mich und meine Bücher schon kennt, der weiß, dass ich am Ende immer noch etwas zur Entstehung der Geschichte erzähle. Normalerweise habe ich das immer bei der Danksagung untergebracht. Das hatte nur am Ende nicht mehr wirklich viel mit Danksagung zu tun^^' Daher heißt das Ganze jetzt Nachwort :D

Was ihr euch am Ende der Geschichte vielleicht noch fragt (außer wie es mit den beiden nach Weihnachten weitergeht^^), warum Chris so schlecht gelaunt war nach dem Schlittschuhlaufen. Nadines Mutter hatte Recht, sie hat etwas gesagt. Der Grund war sein Trauma, wenn er nicht mehr gebraucht wird, weggeworfen zu werden.

Wer mag, liest noch mal nach: „Klar doch, du scheinst ja immerhin nicht mehr zu gebrauchen zu sein", witzelte ich leise, aber er wandte nur das Gesicht ab und ging nicht darauf ein.

MuM (Abkürzung für Missgeschicke unterm Mistelzweig) ist bereits mein fünfter Weihnachtsroman und das dieses Mal ganz ohne Fantasy, was man so von mir ja noch gar nicht kennt^^ Mir fällt gerade auf, das ist tatsächlich das allererste Buch, ohne irgendwelche magischen Einschläge! Wie das kommt? Carlsen ist schuld.

Genauer gesagt die Carlsen Challenge. Das sagt euch immer noch nichts? Es gab einen Schreibwettbewerb zum Thema Winter und Weihnachten, Romance aber ohne Fantasy. Normalerweise nicht meins, da ich irgendwie immer etwas Fantastisches brauche, aber da ich so ein riesiger Weihnachtsfan bin, wollte ich auch etwas beisteuern. Es hat allerdings etwas gedauert, bis mir eine passende Idee kam. Ich landete nämlich immer wieder bei magischen Ideen^^

Am Ende kam ich auf die Idee, alles mal anders zu machen. Chris ist nicht der typisch gutaussehende Kerl, dem alles gelingt. Und auch alle anderen Klischees, die mir so eingefallen sind, hab ich vollkommen umgekrempelt. Ich hoffe, dass es euch gefallen hat! Die Idee hat es jedenfalls bei Carlsen bis auf die Short-List geschafft. Hab mich riesig darüber gefreut!

Das Cover stammt übrigens von mir und geht dieses Mal auch in eine ganz andere Richtung als z.B. meine Magie-Reihe, passend dazu, dass es eben auch kein Fantasy gibt. Deswegen wollte ich mal etwas Neues ausprobieren. Ich hoffe, es gefällt euch, und vielleicht seid ihr ja gerade deswegen auf die Geschichte aufmerksam geworden. Vielleicht hat der ein oder andere auch nach dem Lesen Lust eine Rezension zu schreiben und verrät es mir ganz nebenbei^^

Egal ob Rezension, ja oder nein, ich wünsche euch auf jeden Fall ein wunderschönes Weihnachtsfest und das ganz ohne Missgeschicke! Hoffentlich^^
Bis zum nächsten Weihnachtsroman, spätestens im nächsten Jahr!

Eure Pia

P.S. Wen das Krippenspiel begeistern konnte, ich habe es aus Jucks und Tollerei weitergeschrieben. Wer das gerne lesen möchte, einfach bei mir anfragen ;)

Über Pia Hepke

Ich liebe es, mir Geschichten auszudenken und beim Schreiben in andere Welten abtauchen zu können.

Meine eigenen Geschichten, Ideen und Figuren, die langsam zum Leben erwachen und teilweise sogar ein absolutes Eigenleben entwickeln. Ich kann mir das alles nicht mehr wegdenken.

Das Schreiben gehört für mich mittlerweile genauso zu meinem Alltag wie das Lesen, Malen, Fotografieren oder meine Pferde und Hunde.

Es ist eine wunderbare Möglichkeit sich auszudrücken und andere mit seinem Tun zu begeistern. Emotionen herbeirufen, die man nicht kennt, oder die eigenen dem Leser näher bringen.

Themen ansprechen, die sonst ungern thematisiert werden.

All das gehört dazu und ich hoffe, dass ich Dich mit meinem Buch eine kleine Weile aus Deinem Alltag holen und in eine fremde Welt entführen konnte.

Website:
http://pia-hepke.jimdo.com/
Social Network:
https://www.facebook.com/PiaHepkeAutorin

Pia Hepke
Huntloser Str. 105, 26203 Wardenburg

Bisher veröffentlichte Bücher:

Drachensaga - Burg Verlag
Das Geheimnis des Nebels Fantasy-Roman 2013
Das Geheimnis des Feuers Fantasy-Roman 2013
Das Geheimnis des Wissens Fantasy-Roman 2014
Das Geheimnis der Liebe Fantasy-Roman 2015

Irrlichter - Das Licht zwischen den Welten
Irrlichter - Der Schatten auf deinem Leben
Irrlichter - Die Dunkelheit in unseren Herzen
Irrlichter - Der Tod unter deiner Haut
Irrlichter - Die Schönheit unserer Seelen
Irrlichter - Das Leben hinter dem Schleier
Fantasy-Kurzroman 2015, 2017, 2018, 2020, 2021

Wintermagie -
Schneeflockenküsse und Sternenstaub
Romantik Weihnachtsbuch mit Fantasy 2018

Schneemagie -
Weihnachtszimt und Sternenlicht
Romantik Weihnachtsbuch mit Fantasy 2019

Weihnachtsmagie -
Winterwunderland und Sternenleuchten
Romantik Weihnachtsbuch mit Fantasy 2020

Missgeschicke unterm Mistelzweig
Romantik Weihnachtsbuch 2021

Rentiere - Ein weihnachtliches Märchen
Weihnachtsmärchen 2015

Auf den Schwingen eines Greifen
Highfantasy-Roman 2016

Witches - Hexenzirkel Fantasy-Roman 2016
Eisermann Verlag

Adele - Über Nacht zur Meerjungfrau
Isegrim Verlag, Fantasy-Roman 2021

Stummer Schrei Stiller Schmerz
Pferde-Kurzgeschichte 2015
EBook